中國現當代文學史與文學批評反思

高玉 著

目　次

下編　文學批評論

上編
文學史反思

中國現代文學史「新文學」本位觀批判

一

　　中國現代文學研究能有目前這種活躍和繁榮的局面，這與中國現代文學研究的反思品性有關。當今，不論是中國古代文學還中國現代文學，包括文藝學，「清理學科」都是一個熱門話題。人們對「文學」、「文學史」、「雅」、「俗」、「古代」、「近代」、「現代」、「傳統」、「民族性」等文學史「關鍵字」進行了深入的追問，這些追問對於「重寫文學史」，不論是從方法上還是從研究範式上來說都有重大的意義。我認為，對於文學史「學科清理」來說，文學史本位觀也是一個關鍵性的問題。中國文學被嚴格地劃分為中國古代文學與中國現代文學兩種性格迥異的學科，這與相應的深層的中國古代文學本位觀和中國現代文學本位觀有很大的關係。所謂「中國現代文學本位觀」，即對中國現代文學對象和性質的基本觀念，就目前來說，「新文學」是中國現代文學本位觀的核心內涵。本文即對這個問題進行反思和追問。

　　這裏，我首先要對「新文學」的概念做一些澄清。在今天，我們有時也把「新文學」等同於「中國現代文學」，在一定知識背景下，只要有語境的限定，這種使用也未嘗不可。但我這裏所說的「中國現代文學」是廣義的，即 1917 年「新文學運動」以來的

中國各體文學，既包括新體文學，也包括舊體文學；既包括現代文學，也包括當代文學。而「新文學」則是狹義的，指原初意義上的「新文學」，即五四新文學運動時興起的新體文學，其最重要的特徵就是新語言和新思想，也可以說是具有現代品格的文學。在概念上，它與「舊體文學」或「傳統文學」相對立。錢基博說：「當代之文，理融歐亞，詞駁今古，幾如五光十色，不可方物；而要其大別，曰古文學，曰今文學，二者而已。」[1]「古文學」即舊體文學，包括「文」、「詩」、「詞」、「曲」；「今文學」即「新文學」，包括康有為、梁啟超的「新民體」、嚴復、章士釗的「邏輯文」、胡適、魯迅、徐志摩等人的「白話文」。錢基博這裏所說的「新文學」和胡適、李大釗、魯迅、周作人等人所理解的「新文學」還有所不同，但他們都強調新文學不同於舊體文學，這是非常重要的區分。

事實上，1949 年以前，「新文學」的概念在總體上是狹義的。陳獨秀對「新文學」的要求是：「平易的抒情的國民文學」、「新鮮的立誠的寫實文學」、「明瞭的通俗的社會文學」，[2]陳獨秀主要是強調「新文學」的思想革命性。周作人對新文學的界定是：「人的文學」、「平民的文學」、「個性的文學」[3]，同時也是反傳統的文學，他說：「我在這裏要重複的聲明，這樣新文學必須是非傳統的，決不是向來文人的牢騷與風流的變相。換一句話說，便是真正個人主義的文學才行。」「總之現代的新文學，第一重要的是反傳統，與

---

[1]　錢基博：《現代中國文學史》，劉夢溪主編《現代學術經典・錢基博卷》，河北教育出版社，1996 年版，第 371 頁。

[2]　陳獨秀：《文學革命論》，《陳獨秀文集》第一卷，上海人民出版社，1993年版，第 260、261 頁。

[3]　周作人：《人的文學》，《平民的文學》，見《藝術與生活》，河北教育出版社，2002 年版，第 3、8 頁；《個性的文學》，見《談龍集》，河北教育出版社，2002 年版，第 146 頁。

總體分離的個人主義的色彩。」[4]周作人也主要是從內涵上定義新文學，所以他在《中國新文學的源流》一書中把「新文學」的源流追索到明末公安派、竟陵派。胡適對新文學的定義是：「國語的文學，文學的國語。」「我們所提倡的文學革命，只是要替中國創造一種國語的文學。」[5]胡適當然也強調新文學的新的思想性，但他認為新思想要通過新語言來實現，所以，胡適主要是從形式上更具體地說是從語言上定義新文學，強調新文學的白話性。在《白話文學史》一書中他把新文學的白話追索到漢代的平民文學。魯迅強調「新文學」的現代性，認為新文學主要是向西方學習的結果，「新的事物，都是從外面侵入的。」[6]他對於「新文學」的基本觀點是：「新文學是在外國文學潮流的推動下發生的，從中國古代文學方面，幾乎一點遺產也沒攝取。」[7]所以，魯迅特別強調翻譯文學對新文學的影響。

　　五四時發生的以魯迅為代表的「新文學」被認為是正宗的中國現代文學。在深層上，中國現代文學的核心精神是現代性，具體表現為西方性、反封建性等。「中國現代文學」中的「現代」一詞，首先是一個時間概念，指 1917 年～1949 年期間，當它和「中國古代文學」相對舉的時候，「現代」也包含「當代」，即指 1917 年以後迄今，這時中國現代文學主要是在時期上和中國古代文學相區別。另一方面，當「現代」作為時間概念時，「中國現代文學」又

---

[4]　周作人：《新文學的兩大潮流》，《周作人文類編》第 3 卷，湖南文藝出版社，1998 年版，第 91、92 頁。

[5]　胡適：《建設的文學革命論》，《胡適文集》第 2 卷，北京大學出版社，1998 年版，第 45 頁。

[6]　魯迅：《現今的新文學的概觀》，《魯迅全集》第 4 卷，人民文學出版社，1981 年版，第 133 頁。

[7]　魯迅：《「中國傑作小說」小引》，《魯迅全集》第 8 卷，人民文學出版社，1981 年版，第 399 頁。

是一個具有混雜性和包容性稱謂，這時，只要是在 1917 年之後的中國文學，不管是舊體文學，還是「新文學」，以及其他種類的文學，比如民間文學、少數民族文學、根據翻譯改編的文學等都屬於中國現代文學。這裏，中國現代文學本質上是中國現代時期的文學。但中國現代文學中的「現代」一詞更是一個性質概念，即中國現代文學是現代漢語的文學，是具有現代品格的文學，並且，現代漢語和現代品格具有內在的聯繫和一致性。所謂「現代品格」，主要是指從西方學習和借鑒而來的現代精神和現代形式，比如科學、民主、人性、人道主義、理性、現實原則、批判精神，現實主義的創作方法、浪漫主義的創作方法等。總之，西方現代形而上學價值體系既構成了中國現代思想文化的基本內涵，也建構了中國現代文學的基本品格。

中國現代文學「新文學」本位觀表現在文體上就是以五四時興起的四大文體為正統。所謂「四大文體」，即小說、詩歌、戲劇和散文。在現行的文學理論體系中，小說、詩歌、戲劇、散文作為術語或概念在內涵上具有內在的統一性。表面上，中國古代文學的文體也大致可以劃歸為這四大範疇，但從根本上，中國古代四大文體不同於中國現代四大文體。中國古代並沒有現代意義上的小說、詩歌、散文、戲劇文學的概念，它們本質上是現代人站在現代漢語和現代文論的語境上對中國古代文學的一種言說，一種表述。中國古代「小說」是與「歷史」相對應的概念，在古代文學語境中，小說不具有統一性，沒有籠統的小說，只有具體的神話、志怪小說、志人小說、傳奇、話本、章回小說。而中國現代小說並不是從古代小說衍變而來，而是從西方學習而來，小說雖然由於篇幅的不同、題材的不同而劃分為短篇小說、中篇小說、長篇小說以及抒情小說、偵探小說等，但小說作為一個概念具有統一性，它的內涵是在和戲劇、詩歌的比較中確定的，大致來說，現代小說是指一種敘述故事

情節和塑造人物形象的敘事性文體。中國古代詩歌，即古典詩歌，包括詩、詞、曲、賦、楚辭、民歌等，講求對仗、格律等形式和技巧，而現代詩歌則是指新詩。中國古代戲劇主要是指雜劇以及地方和民間戲曲，而現代戲劇主要是指從西方輸入的話劇。中國古代散文和中國現代散文都是一個籠統的概念，具有大雜燴的性質，所以，在概念的邏輯層面上它們並沒有本質的區別，但在歷史的層面上，它們仍然有質的區別，比如過去我們把報告文學和電影文學也納入現代散文的範圍，這就和中國古代的散文在內涵上具有根本不同。

中國現代文學把現代小說、現代散文、話劇和新詩作為文學的正宗，因此，現代文學研究主要是對現代小說、現代散文、話劇和新詩的研究，而中國現代文學史也主要是中國現代小說、現代散文、話劇和新詩的總體發展史。對於不同的小說、詩歌、散文和戲劇來說，越具有現代性，就越具有中國現代文學本位性。有意味的是，詩、詞、賦、傳奇、章回小說、傳統戲曲這些從中國古代文學本位觀立場看來是最正宗的中國古代文學，但在中國現代文學本位觀看來，它們最遠離中國現代文學，所以，現代舊體文學如舊體詩詞被排斥在中國現代文學的範圍之外。現代翻譯文學被稱為「外國文學」，也被排斥在現代文學本位之外。

任何一個時代或一個時期的文學都是複雜的，各種形式的文學、各種文體的文學本無等級之別，「等級」不過是人的一種歧視性的視角。「等級」在中國現代文學中就表現為本位觀，這種本位觀把複雜的現代文學進行了等級性的排序，建構了一個從中心到邊緣的等級秩序，在這個序列中，現代漢語文學被認為是中心，少數民族文學則相對邊緣化。在現代漢語文學中，大陸文學被認為是正宗，港臺和其他海外文學則相對邊緣化。具有現代品性的文學被認為是中心，傳統性和民間性的文學則相對邊緣化。

　　這裏，我主要以現代舊體文學在中國現代文學史中的地位為例來說明中國現代文學「新文學」本位觀的問題。舊體文學特別是舊體詩詞是中國現代文學史中非常普遍的文學現象。從五四迄今，舊體文學創作從來就沒有中斷過。五四新文學運動的發起者和奠基者們如魯迅、周作人、胡適、郭沫若等，他們的創作除了引人注目的「新文學」以外，同時還有舊體文學。更為重要的是，舊體文學始終是五四以來中國文學的重要組成部分，它始終以與新文學潛在性地相對抗的形態而存在。五四時期，僅就文學作品的數量和從事舊體文學創作的人數來說，舊體文學絕不在新文學之下，並且新文學未必就絕對地壓倒舊文學。趙家璧在談到他編《中國新文學大系》原因時說：「五四運動離開那時不過十多年，但是許多代表作品已不見流傳，文學青年要找這些材料同古書一樣要跑舊書攤。」[8]劉半農在 30 年代時也說他曾風靡一時的白話詩，「然而到了現在，竟有些像古董來了」[9]這都說明新文學即使在 30 年代，也未必就是主流文學，未必是絕對地壓倒舊文學以及其他文學的。五四之後很長一段時間舊體文學具有和新文學一樣的市場和讀者，這種格局和狀況至今仍然在延續。據有關資料稱，專登舊體詩詞的《中華詩詞》現在發行二萬多份，（舊體詩詞）「首次大賽曾收到來自十六個國家的十萬首作品。現在……估計喜好並從事創作傳統詩詞的詩人有數十萬人。」[10]但由於中國現代文學的「新文學」本位觀以及其他種種政治、經濟、文化的原因，在書寫的中國現代文學史中，除了領袖人物的舊體詩詞偶被介紹以外，舊體文學在文學史上根本就沒有地位，甚至連被提及的資格都沒有，似乎在文學史上它們根本就沒

8　趙家璧：《編輯憶舊》，生活・讀書・新知三聯書店，1984 年版，第 172 頁。
9　劉半農：《半農雜文二集》，上海書店出版，1983 年版，第 352 頁。
10　舒晉瑜：《「別再把我叫舊詩」──詩壇湧動「新舊交鋒」》，《中華讀書報》2002 年 2 月 6 日。

有存在過。專門性的學術研究與文學史編纂略有不同，對毛澤東詩詞、魯迅的舊體詩詞以及其他作家的舊體文學，有人從事專門性的研究，但總體而言，在目前的中國現代文學史中，新文學被認為是主流甚至是唯一，而舊體文學則被忽略甚至視而不見。

　　對於舊體文學在中國現代文學史中的尷尬處境，已經有學者注意到了。黃修已先生提出應該給舊體文學在中國現代文學史上的地位。[11]而王富仁則不同意把舊體文學「寫入中國現代文學史，不同意給它們與現代白話文學同等的地位」。[12]這裏，簡單地評論孰是孰非並做出相應的選擇是沒有多大意義的。反對現代舊體文學入中國現代文學史固然有它難以克服的困難，但簡單地把現代舊體文學納入中國現代文學史的範圍，進行現象的羅列性描述，同樣存在著難題。正如有人所說：「關鍵是現代舊體文學如何進入中國現代文學史，如果收入舊體文學，只是作為映襯新文學的靶子，批判一通了事，或只是作為新文學的一種陪襯，寫個三兩節敷衍，表示一下自己的寬容，還不如不收。」[13]這實際上涉及到了中國現代文學的本位觀問題。如果不從根本上改變中國現代文學本位觀，中國現代舊體文學即使寫進中國現代文學史，即使佔很大的比重，但終歸是附屬。所以，我們應該對中國現代文學本位觀做歷史和理論的深入追問。我這裏更關注的不是能不能和是否應該把舊體文學寫進中國現代文學史的問題，而是我們在中國現代文學史的範圍內討論舊體

---

[11] 黃修已：《拐彎道上的思想——20 年來現代文學研究的一點感想》，《文學評論》1999 年第 6 期；《現代舊體詩詞應入文學史說》，《粵海風》2001 年第 3 期。

[12] 王富仁：《關於中國現代文學史的編寫問題的幾點思考》，《文學評論》2000 年第 5 期；《當前中國現代文學研究中的若干問題》，《中國現代文學研究叢刊》1996 年第 2 期。

[13] 苗懷明：《要寬容，還是要霸權？——也說現代舊體文學應入文學史》，《粵海風》2001 年第 5 期。

文學的理論前提，也就是說，我們是出於一種什麼樣的思路和觀念來討論舊體文學問題的。作為現象，舊體文學是顯著的事實，過去它實際上也被學人們注意到了，但為什麼過去沒有把它納入到中國現代文學史的語境中進行討論？這實際上涉及到深層的文學史觀的問題，它說明我們實際上已經對傳統的文學史本位觀問題在進行反思。

　　再比如翻譯文學的問題。過去，我們簡單地把翻譯文學看作是外國文學，把它看作是和「中國文學」相對立的文學而排斥在中國現代文學範圍之外。但問題真是這麼簡單麼？翻譯與創作的界線究竟在什麼地方？我們確定其分界的根據是什麼？林紓的翻譯能夠稱得上是外國文學嗎？林紓的翻譯和他的口譯者的翻譯，究竟誰的翻譯是更好的翻譯？假如口譯者的翻譯是更好的翻譯，那為什麼不直接以口譯的文字文本發行和出版，而要以林紓改譯、加工的文本出版發行？近代最富盛名的翻譯家嚴復對林紓的翻譯不屑一顧，但為什麼恰恰是林紓的翻譯風行一時？如何定義翻譯？林紓的翻譯真的如我們現在所說的超出了翻譯的範圍嗎？如果說林紓的翻譯不準確，那麼，我們現在的翻譯就是準確的嗎？我們判斷準確與不準確的標準又是什麼呢？這種標準經得起哲學和歷史的追問嗎？我們還能提出很多疑問，而這每一種疑問都涉及到對翻譯文學的本質認識。我認為，我們不能把翻譯文學看作是簡單的外國文學，原語外國文學和譯語外國文學具有實質性的差別[14]，原語外國文學經過翻譯之後，具有譯語文學的本土性，民族性。文學翻譯不同於科技翻譯，不是簡單的語言轉換，而是一種具有創作性的創造性勞動。翻譯文學對民族文學的建構其作用是巨大的，具體對於中國現代文學來說，沒有翻譯文學就沒有現代文學，翻譯文學在西方文學

---

[14]　參見拙文《論兩種外國文學》，《外國文學研究》2001 年第 4 期。

對中國現代文學的影響過程中，實際上扮演著仲介者的角色，也就是說，外國文學對中國文學的影響是通過翻譯文學作為仲介來實現的。[15]中國現代文學的很多根本性特徵其實都可以從這裏找到根源。在這一意義上，中國現代翻譯文學是否應該寫進中國現代文學史，其實也是一個值得深入追問的問題。這裏同樣涉及到中國現代文學史本位觀的問題。

二

　　追溯現代中國文學及其編纂史歷程，我們看到，中國現代文學的「新文學」本位觀其實是逐漸建構起來的，其建構的過程充滿了誤解，其中最大的誤解就是把作為時間概念的「中國現代文學」與作為性質概念的「中國現代文學」混同，這導致了中國現代文學從性質概念向時間概念的漸變。這種漸變至今不為人們所覺。

　　「文學史的觀念及著述體裁，原是西方的舶來品，文學史本就是西方的一種學術語言。」[16]中國文學早在遠古時代就開始了，但「中國文學史」則始於近代，並且是由外國人開創體例。中國最早的「文學史」是林傳甲的《中國文學史》，出版時間為 1904 年。最早講到「新文學」的中國文學史是胡適的《最近五十年中國之文學》，其中最後的第 10 節專講五四「文學革命」運動。與《最近五十年中國文學》體例相同的還有趙景深的《中國文學小史》、陳子展的《最近三十年中國文學史》和錢基博的《現代中國文學史》，這些著作被黃修已先生稱為「『附驥式』的新文學史」，「附驥」一

---

[15]　參見拙文《翻譯文學：西方文學對中國現代文學影響關係中的仲介性》，《中國現代文學研究叢刊》2002 年第 4 期。

[16]　戴燕：《文學史的權力》，北京大學出版社，2002 年版，第 26 頁。

詞反映了黃先生其實是站在新文學的視角來看視這些早期的文學史著作。但「附驥」一詞也說明了一個很重要的問題，那就是，在早期的中國文學史中，新文學只是整個中國文學史的一個組成部分，「中國文學」和「新文學」不是平等或並列關係，而是種屬關係。五四時期以及五四以後，新文學是最為顯赫的文學現象，不論是在成就上還是在地位上，舊體文學都沒法和它相比較，但在歷史和邏輯上，傳統的舊體文學和新文學是平等的，不管我們如何對舊體文學在成績上持一種否定的態度和對新文學持一種肯定的態度，但這只是評價問題，舊體文學作為文學事實和現象，這是不能否認的。所以，錢基博的《現代中國文學史》敘述 1911 年～1933 年之間的中國文學，就既敘述新文學，又敘述舊體文學，在「序」中他說：「是編以網羅現代文學家，嘗顯聞民國紀元以後者，略仿《儒林》分經敘次之意，分為二派：曰古文學，曰新文學。每派之中，又昭其流派；如古文學之分文、詩、詞、曲，新文學之分新民體、邏輯文、白話文。」[17]這裏，「現代中國文學史」中的「現代」完全是一個時間概念。胡適後來把《中國新文學大系》第一集的「導言」改名為《中國新文學運動小史》，這裏，「新文學」的限定是非常準確的，也反映了他對於中國現代文學史中新舊文學區分的理論意識。

　　事實上，早期的專門性的在我們現在看來可以稱作是「中國現代文學史」的著作都具有嚴格的限定，即都是「新文學史」。第一本新文學史著作是王哲甫的《中國新文學運動史》，時間是 1933 年。在此之前，朱自清曾在清華大學講授「中國新文學研究」，並編有講義《中國新文學研究綱要》。周作人則在輔仁大學講授《中

---

[17] 錢基博：《現代中國文學史・序》，劉夢溪主編《現代學術經典・錢基博卷》，河北教育出版社，1996 年版，第 4 頁。

國新文學源流》並出版講稿。第一個以「現代文學」為名的是任訪秋的《中國現代文學史》，時間是 1944 年。但任著中的「現代」這一概念和後來的「現代」概念有很大的不同，它包括近代。回顧49 年以前的「中國現代文學史」著作，我們看到，這些文學史著作都是很嚴格的文學專題史，即「新文學史」。雖然在意識的深處，這些史家可能非常輕視現代舊體文學，對它們持一種輕蔑和否定的態度，並且可能在意識上就把新文學等同於現代文學，但就著作本身來看，他們的區別還是非常嚴格的，這些著作都冠以「新文學」的名稱，「新文學」這一詞語本身就暗示了他們對「舊文學」作為事實和現象的承認。「新文學」史本身就是在和「舊文學」史的比較和對舉中確立的，並且表明更大範疇的「中國現代文學史」的存在。

1949 年以後，「新文學」這一概念仍然被沿襲，建國後第一部中國現代文學史著作是王瑤的《中國新文學史稿》，體例上承繼朱自清的著作，仍然以「新文學」名之。但「新文學」一詞在性質上悄悄地在發生變化，開始由單純的性質概念涵蓋時間概念，也即「新文學」一詞不僅表示性質，同時也表示時間，「新文學」同時意味著五四至建國前的中國文學，即現代中國文學。而第一個用「中國現代文學」一名的是丁易的《中國現代文學史略》，但為什麼要用「中國現代文學」取代「新文學」，作者沒有闡明。從書中的基本觀點來看，用「現代」這一詞，與當時普遍的對中國歷史階段的劃分有很大的關係，而基本根據就是毛澤東的《新民主主義論》，在這篇文章中，毛澤東把五四之後的中國歷史時期稱為「新民主主義革命時期」，以區別於「舊民主主義革命時期」，這就是歷史學界所普遍使用的「現代」概念和「近代」概念。「現代」和「近代」在這裏既是時間概念，但更是性質概念。那麼，根據毛澤東對中國近現代歷史分期的劃分以及歷史性質的定性，作為中國現代文化一個

重要組成部分的中國現代文學也具有這樣一種時間劃分的性質。這樣,「現代」作為時間概念以及相應的性質概念就這樣在一種對領袖觀點的闡釋和攀附論證中被人為地確定了,並以一種政治權力化的方式合法化了。王本朝說:「中國現代文學作為一門獨立學科進入到大學教育體制,它的文學知識基本上是依據毛澤東『新民主主義論』而建立起來的。」在「新民主主義」理論指導下,「新民主主義文學自然是現代文學的中心內容,也是無產階級領導的人民大眾的反帝反封建的文學,具有文學的階級性、人民大眾性的反帝反封建性。現代文學與現代革命保持了同步,文學知識也是革命知識。」[18]這是非常有道理的。也就是說,中國現代文學作為獨立的學科並以知識的形態在大學教育體制中扮演重要的角色,這與政治有很大的關係,但另一方面,政治以一種權力的方式又反過來制約了我們對中國現代文學作為學科在時間分期和性質上的理解,政治權力又造成了我們對中國現代文學時間和性質的誤讀。出於政治的原因,我們必須把中國現代文學解說成新文學,否則中國現代文學在政治的權力結構中就缺乏合理存在的理由。「新文學」的確具有毛澤東在《新民主主義論》中所說的中國現代文化的時間特點和性質特點,而作為時間概念的中國現代文學未必具有這種性質。但為了話語的統一,稱謂的統一,「新文學」的概念和「中國現代文學」的概念在這裏就以一種奇妙的邏輯混亂方式進行了嫁接,這樣,中國現代文學和新文學就在不經意中被混同了。丁易大略是在和「新文學」同等意義上使用「中國現代文學」一名的。

但「現代」一詞的不經意使用,卻使「新文學史」發生了質的變化。也就是說,「新文學史」從過去的中國現代文學史的一個分

---

[18] 王本朝:《中國現代文學制度研究》,西南師範大學出版社,2002 年版,第192 頁。

支而變成了「中國現代文學史」本身。「新文學」從過去的「屬概念」變成了現在「種概念」。1956 年，教育部組織的《中國文學史教學大綱》的制定則對「現代文學」作為時間概念的確立起了「法定」的作用。「大綱」共分九編，其中第九編為「新民主主義革命時代的文學」，即現代文學。「大綱」中明確使用「現代文學」一詞並對「現代文學」進行性質上的認定：「中國現代文學是中國文學史的一個新的發展部分。它是在現實生活的土壤上，創造性地繼承了中國文學的優良傳統，適應著民主革命的需要和人民的美學愛好而發展起來的。」[19]從這個限定可以看出，「現代文學」在這裏既是一個性質概念，即「新民主主義」的文學，同時又是一個時間概念，即「新民主主義革命時代」的文學，也即 1917 年～1949 年的中國文學，和「先秦文學」、「唐宋文學」、「明清文學」等具有同樣的時間區域性。從這個限定我們還可以看到，舊體文學在中國現代文學中是沒有位置的。在現代文學中，古典文學作為形式已經不復存在，現代文學只是承認其因素被新文學繼承。

而體現這種新文學本位觀的最典型的文學史著作是唐弢主編的三卷本《中國現代文學史》，這是一部總結性的著作，編寫組集中了當時這一學科大部分的權威學者。就當時來說，其編寫的時間之長，其規格之高，其篇幅之巨大以及其編寫之嚴謹性，都是空前的。它對「中國現代文學史」體例的最終確立起了重要的作用，其影響之大，至今中國現代文學史在深層的觀念以及外在的體例上都還沒有根本性的突破。此後，「中國現代文學」一名廣為使用，再少有用「新文學」一名者。

這樣，作為新文學的中國現代文學就從時間和性質兩個方面徹底地人文性地佔據了現代中國文學，「現代中國文學史」被渾然不

---

[19] 《中國文學史教學大綱》，高等教育出版社，1957 年版，第 237 頁。

覺地置換成了「中國現代文學史」。新文學之初，李大釗對「新文學」曾有一個概定：「我們所要求的新文學，是為社會寫實的文學，不是為個人造名的文學；是以博愛心為基礎的文學，不是以好名心為基礎的文學；是為文學而創作的文學，不是為文學本身以外的什麼東西而創作的文學。」[20]但是到了「現代文學」這一概念之後，新文學就不僅只是反叛舊文學，同時也是取代舊文學。其地位就從五四時爭取合法性，到了建國以後被認定為唯一性。「新文學」以「現代文學」之名獨佔現代中國文學史之後，同時也就意味著其他非新文學比如舊體文學實際上被合法性地擠出了現代中國文學史之外，也就意味著中國現代文學在觀念上的「新文學」本位化。所以，建國以後，有關中國文學史的概念發生了很大的變化，「新文學史」最初本來只是在文體上和現代舊體文學史相對舉，但後來卻發生了時間概念的衍變，以「中國現代文學史」之名而構成獨立的現代中國文學史。「新」本來是和「舊」相對應，「舊」既指古代，也指現代的「舊」，但現在「新」被置換成「現代」而與純粹的「古代」相對應。「現代」從單純的性質概念擴展為包容時間的概念，「中國現代文學」不僅指「新文學」，同時也指「現代中國文學」，即指1917年～1949年的中國文學，這樣，「現代」在時間上又和「當代」相對應。現代中國文學史本來是中國文學史的一個組成部分，現在中國現代文學史獨立出來之後，從前的「中國文學史」就約定俗成為「中國古代文學史」，這時，「中國現代文學史」成了與「中國古代文學史」相對應的概念，二者是平列關係。

　　通過以上對中國現代文學史作為學科其範圍逐漸確立過程的回顧，我們看到，中國現代文學史作為人文形態是逐漸建構起來

---

[20] 李大釗：《什麼是新文學》，《李大釗文集》，人民出版社，1999年版，第127頁。

的。五四以來的中國文學現象是異常複雜的，現代中國文學史並不具有某種形而上學的統一性，目前以「新文學」為本位、以「現代性」為標準的中國現代文學史本質上是一個歷史的過程。本質上，對於中國現代文學史來說，「現代性」是一個很人文的概念，不是先有現代性的理念然後才有現代性的文學，而是相反，是先有現代性的文學，然後才有根據這些文學事實歸納出來的「現代性」概念。所以，中國現代文學史中目前所具有的「現代性」的統一性質，本質上是歸納出來的。

　　應該說，中國現代文學史的新文學本位觀對於中國現代文學作為學科的建設性和積極意義是不言而喻的。但同時，它的缺陷也是非常明顯的。以「新文學」為本位就意味著對新文學以外的文學的排斥，以「現代性」為標準就意味對非現代性的輕視和貶低。這樣，在現行的中國現代文學史中，少數民族文學、港臺文學、民間文學、通俗文學、舊體文學、市民文學、武俠小說等就相應地處於一種邊緣和附屬的地位。當然，在歷史本質上是人的歷史的意義上，歷史本來就無所謂客觀，王鍾陵先生曾對「歷史」概念作再區分：「歷史存在於過去的時空之中，這是歷史的第一重存在，是它的客觀的、原初的存在。真實的歷史依賴於人們對這些存留的理解來複現，所以歷史便獲得了第二重存在，即存在於人們的理解之中。」[21]現代解釋學已經充分證明，作為人文形態的歷史，本質上是理解的歷史。文學作品也是這樣，它不是一個擺在那兒的東西，它存在於意義的顯現和理解活動之中。因此，作品所顯現的意義並不是作者的意圖而是讀者所理解到的作品的意義。一部文學作品只有在審美閱讀的理解中它才能作為藝術作品而存在，否則就只是一物。在理解的本體意義上，中國現代文學史新文學本位觀有它的合理性，因

---

[21] 王鍾陵：《中國中古詩歌史》，江蘇教育出版社，1988 年版，「前言」。

為文學史本無所謂絕對的客觀與真實，一切文學史本質上都是文學理解史與解釋史，新文學本位觀的中國現代文學史也是一種理解的文學史。所以，問題的關鍵在於，我們必須承認目前的中國現代文學史是理解和解釋的中國現代文學史，也就是說，我們承認這種解釋和理解的合理性，但同時我們也應該承認其他理解和解釋的合理性。在理解和解釋的意義上，中國現代文學史作為歷史形態，也可以是另一種體例的。

正是因為理解和解釋，新文學本位性的中國現代文學史也處於一種變化之中。80 年代以前，中國現代文學史對中國文學以及文學的主流的理解明顯以革命化、現實主義和浪漫主義性為旨歸，劉大杰說：「凡是富有人民性的而又有藝術成就的進步文學，是中國文學史中的主流。這些文學是現實主義或是積極浪漫主義作品。在這些作品裏，比較真實地或是反映了現實生活和歷史本質，表現了被壓迫者的思想感情，揭露封建統治者的罪惡和黑暗，反抗封建秩序和傳統禮法的不合理，發揚愛國主義、人道主義的精神，喚醒人民的覺悟，追求美好和平的生活。如果符合這類標準的，民間文學也好，文人文學也好，都是文學的主流。」[22]劉大杰這段話主要是對中國古代文學的概括，但對於中國現代文學也大致適用。這樣，80 年代之前的中國現代文學史主要體現為中國現代革命文學史以及創作上的現實主義和浪漫主義文學史。80 年代以後，現代主義被重視，所以李金髮，穆旦等進入中國現代文學史。90 年代以後，通俗文學，商業文學得到重視，所以有了錢鍾書、張愛玲等人的重新發現。即使對於魯迅這樣新文學最核心的作家，也存在一個理解和闡釋的問題，比如對《故事新編》、《野草》的理解和解釋就有一個發展和變化的進程。事實上，重寫中國現代文學史從來就沒有停

---

[22] 劉大杰：《文學的主流及其他》，《光明日報》1959 年 4 月 19 日。

止過。現在的問題是，我們不應該把重寫中國現代文學史局限在新文學本位性內部，而應該突破新文學本位觀，應該以一種更為寬闊的視野來審視現代中國文學。

對於文學史寫作，游國恩早在 50 年代就提出反對兩種錯誤傾向：「一是把文學的範圍擴大到極為廣泛，幾乎無所不包；另一種則又縮小得異常窄狹，而多所遺漏。」[23]中國現代文學史其實也存在這兩種偏向。舊體文學既然是一個廣泛的事實，就沒有理由把它排斥在時間性質的中國現代文學史之外。五四時期，出於各種原因，新文學極力排斥並試圖打倒舊文學，於新文學來說，這是合理的，因為新文學的固有本性就是反對舊文學。但理論是一回事，事實則是另一回事，舊文學是否被完全打倒，這是一個歷史問題。文學是一種非常複雜的文化現象，它絕不是簡單的一個王朝推翻另一個王朝，新文學取得了合法性地位，並且從邊緣推進到中心，但新文學並沒有絕對取代舊文學。舊文學在現代社會仍然存在，並且在合法性上它和新文學具有平等性，正如新詩和舊體詩的平等地位一樣。所以，「中國現代文學」是一個比「新文學」更高層次的概念。中國現代文學史不應該只是「新文學史」。

本文原載《文藝研究》2003 年第 5 期。人大複印資料《中國現代、當代文學研究》2003 年第 11 期複印。《高等學校文科學術文摘》2003 年第 6 期轉載。「2003 年度《文學評論》學術論文提名」。《社會科學報》摘要。

---

[23]　游國恩：《關於編寫中國文學史的幾點意見》，王鍾陵主編《20 世紀中國文學史論文精粹・文學史方法論卷》，河北教育出版社，2001 年版，第 199 頁。

過渡、銜接與轉型

——重新定位中國近代文學

一

　　在整個中國文學中，中國近代文學是一種特殊類型的文學，它既不同於中國古代文學類型，又不同於中國現代文學類型，但與中國古代文學和中國現代文學在性質上完全對抗或相反不同，中國近代文學既與中國古代文學親和，同時又與中國現代文學親和，它既與中國古代文學有著直接的聯繫，又與中國現代文學有著直接的聯繫，既可以看作是中國古代文學的現代延伸，又可以看作是中國現代文學的古代源頭。站在中國古代文學與中國現代文學關係的立場上來看，中國近代文學是一種過渡形態的文學。「過渡」一詞，不論是對於中國近代文學本身來說，還是對於中國近代文學研究來說，都有很深的涵義，這裏面值得追問和反思的地方很多。對於文學本身來說，「過渡」深刻地表明瞭中國近代文學的重要性，沒有中國近代文學便沒有中國現代文學，「過渡」其實就是「變革」，就是「掙扎」和「陣痛」，就是創新，所以，中國近代文學是充滿了內在矛盾、緊張和張力的文學，是最富於生機和活力的文學，有很多經驗和啟示，值得深入研究。就文學

研究來說，「過渡」也隱含了對中國近代文學研究的某種現狀。就目前來說，中國近代文學研究始終處於「過渡」、「銜接」性質的邊緣地位，這種邊緣性既表現在研究的力量和地位上，更表現在研究的意識上，我們始終以中國古代文學和中國現代文學為中國文學的「正宗」。在中國古代文學和中國現代文學本位觀之下，在斷裂的中國文學史研究的格局中，中國近代文學在學科上無所歸屬，在意識上也無所歸屬。

我們認為，不論是從學科分工來說，還是從文學史內在上相對獨立的精神分期來說，文學史的斷代研究或者專題研究都是非常必要的，所謂「先秦文學」、「漢代文學」、「唐代文學」、「宋代文學」、「明代文學」、「清代文學」、「現代文學」、「當代文學」或者時間跨度更大的「古代文學」、「新文學」以及時間範圍更小的如「盛唐文學」、「晚明文學」、「晚清文學」、「新時期文學」等作為獨立的學科研究都是必要的，都有它作為專門研究的合理性。同時，文學史的宏觀研究、總體性把握同樣是重要的，並且這兩個方面互為補充，相得益彰。而就現狀來說，中國文學史的宏觀研究更薄弱，這種薄弱既表現在觀念上，又表現在學術力量和學術成就上。在這一意義上，打破中國古代文學史與中國現代文學史作為學科之間的分隔，從文學精神上把中國古代文學和中國現代文學銜接起來，這是一個新課題，具有重大的價值和意義。同時，這也是一個非常複雜的問題，涉及到文學內部與外部各方面的關係，有很多重大的理論和觀念問題需要解決。而在這許多理論和問題中，筆者認為，如何對中國近代文學進行定位包括文學精神和文學史的定位以確立其在整個中國文學史中的地位、作用和意義，這對於「重寫」中國文學史來說是一個關鍵性的問題。

　　黃子平、陳平原、錢理群三人提出「20 世紀中國文學」[24]，陳思和提出「中國新文學的整體觀」[25]，都是強調中國現代文學的整體性，強調我們通常所說的「現代文學」、「當代文學」乃至「晚清文學」[26]的一體性。其實，整個中國文學都是一個整體，即「中國文學」，只是這「整體」不是在文學的某種固定品性上而言的，而是在歷史發展的過程上而言的。這一點，似乎越來越受到文學史家們的重視，近年來文學史研究中出現了不斷地把中國古代文學向現代延伸或者把中國現代文學向古代追溯的趨勢，人們試圖打通古代文學與現代文學在學科上的分隔，並從歷史的層面上把古代文學和現代文學銜接起來。這些都可以看作是中國文學整體性研究的努力和嘗試。因此，我們主張從本位觀的角度重新反思中國近代文學研究，特別是重新確立中國近代文學的本位觀，這既是中國近代文學的本體性研究，但更是試圖解決中國古代文學與中國現代文學的過渡與銜接問題。

　　一般認為，中國迄今為止的文學大致可以劃分為兩大類型，即中國古代文學類型和中國現代文學類型。中國古代文學起於「殷周之際」，迄於 1840 年的鴉片戰爭，在時間上與歷史學中的中國古代史相當。中國現代文學起於 1917 年的「文學革命」運動（或 1919 年的五四運動），至今還在延續，在時間上與歷史學中的中國現代史大致相當。「古代」與「現代」，既是時間上的，也是精神上的，中國古代文學是古代中國的文學，也是古典文學，它具有中國傳統的文學精神和品格，是在中國內部自發生成和衍變的文學；中國現

---

[24] 參見黃子平、陳平原、錢理群：《論「20 世紀中國文學」》，《文學評論》1985 年第 5 期。

[25] 參見陳思和：《中國新文學整體觀》，上海文藝出版社，2001 年版。

[26] 參見陳平原：《20 世紀中國小說史（1897～1916）》，《陳平原小說史論集》（中），河北人民出版社，1997 年版。

代文學則是現代中國的文學，也是現代性的文學，它深受西方文化和文學精神的影響，是中國傳統文學與西方文學交流、衝突、矛盾與融合的產物。從語言上說，古代文學主要是古代漢語的文學，現代文學主要是現代漢語的文學，並且，古代漢語與現代漢語不僅是古代文學與現代文學在外在形式上區別的標識，同時也是古代文學與現代文學在精神內涵上不同的根源。與歷史的學科不同，在歷史學內，中國近代史和中國現代史具有一體性，通常稱之為「中國近現代史」，並且中國近代史在整個近現代史中佔有主體的地位。而在文學上，中國現代文學與中國當代文學具有一體性，通常稱之為「中國現當代文學」，中國近代文學在中國文學史上缺乏學科的地位。中國近代文學在大學中文系的課程裏不是必修課，這還只是近代文學沒有地位的表象，更深層上，從研究的角度來說，我們迄今為止的中國近代文學研究缺乏主體性和本位性，作為一個學科，它沒有自己的獨立性，還相當不成熟。

　　當我們把中國文學從總體上劃分為兩種類型的時候，這實際上就意味中國近代文學的無所歸屬，即邊緣性地位。事實上，中國近代文學就一直處於這樣一種尷尬的地位，它是中國文學，但在中國文學的兩大類型中它既不屬於古代文學，也不屬於現代文學。從中國古代文學的角度來看，它因為具有了異質，並且變數越來越多，所以不是純正的中國古代文學，最多只能看作是中國古代文學的一個「尾巴」。從中國現代文學的角度來看，它雖然具有了現代的因素，但不論是語言上還是文學精神上，它的主體部分都還是中國古代文學，所以，它最多只能看作是中國現代文學的「前奏」或者「序曲」，和現代文學在品格上還有很大的距離。

　　這就深層上涉及到文學的本位觀問題，中國古代文學和中國現代文學作為兩種類型的文學其實也是兩種文學本位觀。兩大文學類型各自構成自己嚴密的體系，具有自己的從內容到形式的一個完整

的系統。中國古代文學是傳統中國文學，在文學形式上則體現為中國傳統的詩詞、戲曲、散文、傳奇和章回小說等體裁。我們今天雖然也以「小說」、「詩歌」、「散文」、「戲劇」等概念稱謂這些文體，但它們和中國現代文學中的小說、詩歌、散文、戲劇等顯然具有質的不同，是不同的文體系統。把中國古代的雜劇等和西方的話劇等統稱之為「戲劇」其實是約定俗成。詩歌在中國古代主要是指具體的詩、詞、歌、騷、賦、曲等；而在中國現代則主要指新詩，即深受西方詩歌影響的現代白話自由體詩。中國古代詩詞和中國現代文學中的新詩雖然同稱之為詩歌，但其本質的區別卻是一望而知的。同樣，中國古代的傳奇、志怪、話本等不同於西方文學中的小說，現代意義上的小說其實是一個綜合性概念，施蟄存先生曾對小說的概念進行考察，他認為：「『近代』小說有了兩個概念，（一）、繼承舊概念，加上新的修辭語。……（二）、西洋文學名詞，通過日本譯語，傳入中國。但顯然是個譯語，還是借用中國舊名。因為西方語文中沒有符合『小說』二字的名詞。」[27]這就是說，現代的「小說」雖然是一個中文的概念，但它的內涵並不是中國的。文體上是如此，文學精神上也是如此。與中國古代文學相比較，中國現代文學則是在西方從政治到文化到文學的全面衝擊下形成的深受西方影響的文學，它具有自己獨立的體系，並且已經形成新的傳統即中國現代文學傳統。兩種文學類型各有自己的價值體系和中心標準，中國古代文學的精神核心是中國傳統的儒道等思想，在文體上則是我們經常所說的詩經、楚辭、諸子散文、唐詩、宋詞、元曲、明清小說，它們是最純正的中國古代文學，不僅代表了中國古代文學的最高成就，而且也代表了中國文學的正統，在正統的意義上，它們

---

[27] 施蟄存：《古今中外的「小說」》，《施蟄存七十年文選》，上海文藝出版社，1996 年版，第 544 頁。

構成了中國古代文學的核心，其他文學則以此為中心向周圍輻射開去，逐漸邊緣化。中國現代文學的核心在精神上即現代性，具體表現為西方性、反封建性，在文體上主要為詩歌、小說、戲劇、報告文學等，魯迅、郭沫若、茅盾、巴金、老舍、曹禺、艾青、趙樹理、柳青、王蒙、賈平凹等構成了中國現代文學的代表和典範，其他文體和作家則相對邊緣化。不論是對於中國古代文學來說，還是對於中國現代文學來說，通俗文學、民間文學作為文學類型都是相對邊緣化的文學。

並且，兩種文學類型互為邊緣，從中國古代文學的本位立場出發，中國現代文學是邊緣化的，且離中心非常遙遠。相反地，站在中國現代文學的本位立場，中國古代文學是邊緣化的，同樣遠離中心。在語言形式上，對於中國古代文學來說，文言是正宗的語言，而白話則是邊緣性的語言；相反地，對於中國現代文學來說，白話是正宗的語言，而文言則是邊緣性的語言。在中國古代文學中，以民間口語為原初形式的「故事」或「小說」，不過是「街談巷語」，不入正流，但胡適從新文學的角度來看，「白話文學史就是中國文學史的中心部分」，「這一千多年中國文學史是古文文學的末路史，是白話文學發達史」。[28]視角不同，文學的本位觀念不同，對文學史料的選擇、評價和定位也不同，因而呈現出迥異的文學史總體。當今各種中國文學史，包括通史和各種斷代史，雖然時間跨度各不相同，時間段各不相同，但在文學觀念和相應的文學史觀念上不外這兩種文學本位觀。章培恒、駱玉明主編的《中國文學史》把中國古代文學一直延續到近代，並且在第八編「清代文學」的最後以「終章向新文學的推進」為題，對新文學作了一個簡單的界定，但這種

---

[28] 胡適：《〈白話文學史〉引子》，《胡適文集》第 8 卷，北京大學出版社，1998 年版，第 150、151 頁。

界定明顯是站在古代文學的本位立場上來看視新文學的，在他們看來，新文學實際上是舊文學的異質的一種發展。「我們主張從元明清文學的發展趨勢來談『向新文學的推進』這個題目，既是因為在時間上總是需要有一個斷限，也是因為從元代以來與新文學相關聯的變異因素的成長較為連貫和明顯。」[29]在古代文學的體系中，近代文學是「末尾」，現代文學是「終結」，這裏，所謂「末尾」和「終結」本質上是就中國古代文學的本位立場而言的，「末尾」是中國古代文學的「末尾」，並不是整個中國文學的「末尾」；「終結」是中國古代文學的「終結」，並不是整個中國文學的「終結」。

二

　　但與我們論題更有關係的則是中國現代文學的前溯問題。從新文學產生之時起，就不斷有人把新文學從 1917 年向前延伸，如果說胡適的《國語文學史》、《白話文學史》還只是為白話文尋找歷史的根據、還只是一種策略的話，而周作人的《中國新文學的源流》把新文學的源頭追溯到明末「公安派」和「竟陵派」則是有意識地把中國現代文學和中國古代文學銜接起來，更強調現代文學的歷史過程。陳伯海主編的《近四百年中國文學思潮史》則是對周作人這一思想的具體發揮。「近 400 年文學思潮的演進，儘管頭緒紛繁，事象龐雜，總體上卻構成了統一的流程，其實質便是中國文學由傳統向現代的轉變。」[30]就是說，明末就有了中國現代文學的萌芽，

---

[29] 章培恒、駱玉明主編：《中國文學史》（下），復旦大學出版社，1996 年版，第 626 頁。

[30] 陳伯海主編：《近四百年中國文學思潮史》，東方出版中心，1997 年版，第 1 頁。

五四「文學革命」不過是新文學的一個標誌性的「事件」。這樣，作者就從一種現代性的本位立場出發，以流程作為視角通過對近四百年文學的考察，得出中國近四百年文學是一個統一的整體的結論，這樣就通過一個特殊的時間段，通過一個特殊的文學整體觀把中國古代文學和中國現代文學在一種不經意中銜接了起來。但問題也是非常明顯的，首先，從變化、發展以及反抗傳統這一角度來追溯中國新文學的源頭，這是沒有止境的。而最根本的，作者實際上是從現代文學的本位立場出發，他們對五四之前的中國文學的描述是相當主觀化的，他們只看到了明清文學變異的一面，而沒有看到明清文學承繼傳統的一面，特別是《紅樓夢》作為小說典範所達到的中國古代文學的高峰。所以，近四百年文學只是在現代性這一視角或者中國現代文學的本位立場上是一個整體，具有統一性。而在中國古代文學的本位立場上，或者在更高的「中國文學」的層次上，它未必具有統一性。

王德威提出「沒有晚清，何來『五四』」，這在一定程度上說是非常有道理的。五四新文學本質上是一個文學的大收穫，而五四新文學的建構過程則在五四之前的近代，這種建構包括文學觀念的建構、文體建構、現代思想體系的建構、語言建構，以及更為深層的整個文化類型的建構。所以，從歷史的角度，五四不過是一個結果，而近代更表現為一種過程。結果當然是重要的，但過程同樣是重要的。但另一方面，王德威認為現代性在晚清就已經開始了，這實際上仍然是從現代文學的本位立場來看視近代文學，仍然是用現代標準來衡量晚清文學，只不過標準更寬泛一些，對現代性的理解更寬泛一些。他認為晚清小說的四個文類即狹邪、公案狹義、譴責、科幻「其實已預告了 20 世紀中國『正宗』現代文學的四個方向：對慾望、正義、價值、知識範疇的批判性思考，以及對如何敘述慾望、

正義、價值、知識的形式性琢磨。」[31]他還主張進行福科式的考古性探源與發掘。所謂「福科式的考古性探源與發掘」，實際上是從近代文學中尋找現代文學的因素。「現代性」在這裏有如一個放大鏡，帶著這種有色眼睛去看視近代文學，於是一部近代文學史便成了一部現代文學的發生史。這樣，通過把現代文學進行前溯似乎把中國古代文學和中國現代文學銜接起來了。但這種銜接是片面的。我們承認中國近代文學具有「現代性」的品格，並且，中國近代文學中的「現代性」具有過程性，具有內在的邏輯線索。但是，中國近代文學不只具有「現代性」，「古代性」同樣也是它的品格因素，並且和「現代性」一樣，「古代性」也具有它內在的邏輯性和過程線索。中國近代文學作為「過渡」性的文學，它的品質是多方面的，認為它具有統一性、確定性、穩定性、整體性不過是一種神話。中國近代文學目前所呈現出來的形而上學性，本質上不過是我們的一種描述，一種話語建構。

中國古代文學和中國現代文學兩種文學本位觀主宰著當今的中國文學史研究，正是這兩種文學本位觀使中國近代文學研究缺乏主體性。從古代文學的立場，近代文學是古代文學的延續，但更是古代文學的衰落和死亡；從現代文學的立場，近代文學是中國古代文學的新生，是現代文學的先聲和開端。並且一方所看重的恰恰是另一方所輕視的，一方所認可的恰恰是另一方所批判的，古代文學更看重近代文學對傳統文學的繼承和發揚光大，現代文學更看重近代文學中新的文學因素的萌生和壯大，在這兩種不同的文學本位觀觀照下，近代文學被拆解成兩種面貌和性質完全不同的文學。而更重要的是，不論是站在現代文學的本位立場還是站在古代文學的本

---

[31] 王德威：《被壓抑的現代性——沒有晚清，何來五四？》，《想像中國的方法——歷史‧小說‧敘事》，生活‧讀書‧新知三聯書店，1998 年版，第 16 頁。

位立場，近代文學都不可能得到充分的肯定，其地位都不可能得到認可。無論是對於中國古代文學來說還是對於中國現代文學來說，中國近代文學都是邊緣性的文學。「中國近代文學既是中國古典文學的發展和終結，又是現代文學的胚胎和先聲，它具有承前啟後的意義。」[32]這話並沒有錯，從中國文學史的總體發展來看，我們當然應該強調近代文學的承前啟後，即它的過渡性和銜接性。作為描述它是正確的，但描述的背後表現的卻是一種偏見，即古代文學和現代文學的偏見，因為說話的角度是站在「前」和「後」即古代文學和現代文學的本位立場，而不是站在近代文學本位立場。不管我們如何正面評價近代文學，只要是站在古代文學或者現代文學的立場上，它就不可能有自己的獨立性和主體地位。「過渡性」在這裏成了「仲介性」。以古代文學或者現代文學的價值標準和價值體系來看視近代文學，近代文學將無所歸屬，只能是古代文學或者現代文學的附屬。

　　文學史寫作和研究有許多理論問題需要解決，一個很重要的問題就是康德、海德格爾、胡塞爾等人所討論的「先驗圖式」的問題，「先驗圖式」制約著對史料的選擇、描述和評價。現代解釋學和闡釋理論早就揭示出，不帶任何「先入之見」的閱讀根本就是不可能的。就整個中國文學史來說，古代文學本位觀和現代文學本位觀是需要克服和弱化的「先驗圖式」，它嚴重影響古代文學史與現代文學史之間的銜接與通串。從理論上說，這有兩層含義，首先，古代文學本位觀與現代文學本位觀從根本上是矛盾的，這種矛盾影響我們從總體上對中國文學史進行把握，從而不能從內在邏輯理路上把古代文學和現代文學通貫起來。過去，文學史研究和寫作中始終隱藏著某種文學本位觀，或者古代文學本位觀或者現代文學本位觀。

<hr>

[32] 郭延禮：《中國近代文學發展史》第 1 卷，山東教育出版社，1990 年版，「自序」。

當文學史分科相對獨立的時候，這並無大礙，主體的矛盾也不明顯，但當中國文學走向綜合，即謀求通史的時候，矛盾和弊端就表現出來了，並且這矛盾和弊端難以克服。「重寫文學史」不應該理解為單純的文學史格局的調整和材料的發掘，也不應該理解為狹隘的作家、作品、思潮、文類的重新排序，「重寫文學史」更應該是文學觀念上的重新調整。文學本位觀的調整將會對文學史的研究帶來一系列的變化。其次，不論是站在古代文學的本位立場上還是站在現代文學的本位立場上，近代文學都難以言說。在古代文學和現代文學的本位立場上，近代文學是無語的，是雜亂的，沒有經典和傑作，沒有主體性，並因此缺乏地位。這樣，古代文學和現代文學除了在時間上具有延續性以外，二者在其他方面缺乏內在的關聯，因此，中國文學史在內在邏輯上是斷裂的，我們只能看到古代文學的沒落，卻不能看到現代文學的新生；我們只看到了現代文學的誕生，卻看不到它誕生的過程。古代文學和現代文學作為兩種文學類型在整個中國文學史中是以一種錯位的方式連接起來的。

　　對於中國文學史，現在不是是否打通的問題，而是如何打通的問題。而如何打通，近代文學具有關鍵性。我們必須破除從古代文學本位觀或者現代文學本位觀的立場看視中國近代文學的視角，確立中國近代文學的本位觀，確立其獨立性、主體性，從而確立中國文學從古代向現代轉型的過渡形態。從古代文學或者現代文學的角度看視近代文學，不能說是錯誤的，但卻是片面的。只有把這兩個方面結合起來，近代文學才具有完整性。古代文學與現代文學之間的打通不是時間意義上的，時間銜接並不是最重要的，最重要的是邏輯上的，即內在理路上。內在理路上的銜接也不是從對立的雙方中尋找異質的因素，而是文學史作為整體其內在的延綿過程。過去站在古代文學和現代文學的本位立場上看近代文學，它不成熟，缺乏成就因而沒有地位。但從近代文學本位立場上看近代文學，它不

僅發達、繁榮，具有自己的獨立形態，且非常重要，具有自己的主
體性和獨立性。中國近代文學是異於中國古代文學和中國現代文學
的第三種類型的文學，中國近代文學是它自己，它有它自己的內在
尺度，我們不能用古代文學的標準來衡量它，也不能用現代文學的
標準來衡量它。

　　我們認為從文學史本位觀的角度來反思目前的中國近代文學
研究，不論是對近代文學研究本身，還是對整個中國文學史研究，
其意義都是重大的。如何把中國古代文學和中國現代文學銜接起
來，如何從邏輯過程和精神脈絡上通貫中國文學史，中國近代文學
是一個不能迴避或輕視的階段，對它的研究具有關鍵性。中國文學
從古代向現代的發展，這是一個巨大的轉型，而中國近代文學發展
史就體現了這個轉型的整個過程，所以，中國近代文學總體上可以
說是過渡形態的文學，是轉型期的中國文學。在一種更抽象的層次
上，中國近代文學有它獨特的藝術方式和藝術品格，具體地，與古
代文學和現代文學相比，我們認為中國近代文學有這樣一些突出的
特徵：

　　第一、近代文學沒有古代文學和現代文學那樣具有內在的統一
性。當然，古代文學和現代文學也不具有絕對的單純性，其內部同
樣充滿了不協調，充滿了雜音，充滿了緊張，但與近代文學相比，
它們具有某種純粹性，「古代」和「現代」既是時間概念，但更是
性質概念，我們可以說，古代文學即古典性文學，其精神主要限於
中國古代的儒、道、釋等範圍，所以，道、氣、韻、味以及政治上
的忠君、愛國、濟世等構成了中國古代文學在藝術和思想上的鮮明
個性；現代文學即現代性文學，其精神總體上表現為向西方學習，
所以，科學、民主、自由、理性、民族、國家等構成了現代文學的
主題。在語言上，中國古代文學是古代漢語的文學，古代漢語是一
種語言系統，與古代漢語的語言系統相一致，中國古代文學在思想

上也具有體系性。中國現代文學是現代漢語的文學，現代漢語是一種新的語言系統，與現代漢語的語言系統相一致，中國現代文學在思想上也具有體系性。而近代文學則不同，「近代」在這裏主要是一個時間概念，「近代」構不成一種精神品格。在語言上，沒有「近代漢語」的命名，近代的漢語主體上是古代漢語，但古代漢語已經有了異質，另一方面，現代漢語通過白話這一條途徑以另起爐竈的方式開始興起，並且咄咄逼人，大有對古代漢語取而代之的氣勢。所以，近代漢語是過渡性的語言、混雜性的語言、交錯性的語言，是急劇變化的語言，它構不成獨立的語言體系。語言的混雜性、不穩定性充分說明了近代文學在藝術特別是思想上的混雜性和不穩定性。所以，中國近代文學是缺乏主流的文學，是矛盾、衝突、充滿內在張力的文學。

第二、近代文學不是充分類型化的文學。社會的發展和變革是任何民族國家和任何時代的共同規律。但就發展的速度與變革的程度來說，近代社會的幅度是巨大的。西方文化以漢語的方式大量輸入，中西文化從交流到衝突到融合，這些都對中國近代社會和文化發生了深刻的影響。所以，發展、變革構成了中國近代社會最重要的特徵。文學也是這樣，從文學觀念到文學形式、從文學精神到文學體裁，中國近代都處於劇烈的變革之中。處於變革之中的中國近代文學在類型上缺乏穩定性以及相應的不成熟，即處於流動的狀態，這就是我們所說的「不是充分類型化」的含義。提到古代文學，我們馬上就能聯想到一系列的經典文類和經典作品，比如詩經、楚辭、唐詩、宋詞、元曲、明清小說等，比如《離騷》、「三吏」、「三別」、《竇娥冤》、《紅樓夢》等；提到現代文學，我們同樣也能聯想起一系列的經典文類和經典作品，比如話劇、新詩、小說、報告文學等，比如《雷雨》、《鳳凰涅槃》、《阿 Q 正傳》、《包身工》等。並且，不論是古代文學，還是現代文學，它們的文類都具有整體性，

即在精神上具有內在的聯繫。所以，現代文學和古代文學都是很成熟的文學，在文學類型上非常穩定。而近代文學則不同，既沒有經典文類，又沒有經典作家和作品。近代文學在文體上不穩定，在文學品格上不穩定，在文學類型上不穩定，在語言上不穩定，在文化精神上不穩定，一切都變動不居。

第三、近代文學是典型的變革時代的文學。其對現實社會的批判，對傳統文學的否定都是空前的。但與五四新文學不同的是，它更多地是破壞舊文學而不是建設新文學，所以在創作實績上它一直遭人批評。應該說，對於文學的發展，破舊立新是同一個過程的兩個方面，破壞對於文學的發展同樣是不可或缺的，但在一切都以作品為衡量標準的文學史觀念之下，近代文學遭到否定就極在情理之中。與破壞相一致，近代文學一方面表現出巨大的探索和創造性，包括文學觀念的探索與創造、文體的探索和創造、思想的探索和創造等，另一方面，近代文學又表現出空前的混亂與無序。對於有的人來說，老祖宗的一切都是天經地義的，而對於另外的人來說，傳統的一切都是值得懷疑的；對於有的人來說，西方就是洪水猛獸，是禍亂的根源，但對於另外的人來說，西方是良師益友，是救世的良藥。還有各種各樣的折中觀念和選擇。所以，中國近代文學總體上表現出多元的格局，包括文學價值多元、文學趣味多元、文學評價標準多元等。

中國近代文學從類型到品格都不同於中國現代文學和中國古代文學，對它的研究也應該有所不同。我們既不能用古代文學或現代文學的標準來要求近代文學，也不能用古代文學或現代文學的研究方式來研究近代文學。我們應該建立近代文學的價值標準，應該有一種近代文學的本位意識。既然近代文學不是那種具有內在統一性的文學，既然近代文學不具有文類上的穩定性，既然近代文學是一種價值多元的文學，那麼，我們用「統一性」、「穩定性」、「一元

論」來研究它，那就是不公平的，就不可能對它進行公正客觀的評價，也不可能真正發現它的價值和意義。這也對我們目前的文學史研究提出了嚴峻的挑戰，文學史的「形而上學模式」、「作家作品中心論」、「審美中心主義」究竟在多大程度上具有合理性？這是值得深刻反思的。在這一意義上，從本位觀的角度重新審視中國近代文學具有重大的價值和意義。

　　本文與梅新林先生合作，原載《社會科學輯刊》2003 年第 2 期。《新華文摘》2003 年第 7 期轉載。人大複印資料《中國古代、近代文學研究》2003 年第 9 期複印。

論中國近代文學的本位性

一

　　中國古代文學和中國現代文學是兩種不同類型的文學，相應地也有古代文學本位觀和現代文學本位觀。在這兩種文學本位觀之下，中國近代文學無所歸屬，處於邊緣性地位。因此，我們主張從本位觀的角度重新反思中國近代文學研究，這既是中國近代文學的本體性研究，但更是試圖解決中國古代文學與中國現代文學的過渡與銜接問題。我們的基本觀點是：必須破除從古代文學本位觀或者現代文學本位觀的立場看視中國近代文學的視角，確立中國近代文學的本位觀，確立其獨立性、主體性，從而確立中國從古代向現代轉型的過渡形態。關於這一觀點，筆者另有專文論述。這裏我們要進一步追問的是：什麼是中國近代文學的本位性？這涉及到傳統的文學史觀和中國古代文學本位觀與中國現代文學本位觀的問題。本文即在與中國古代文學本位觀和中國現代文學本位觀比較的基礎上對中國近代文學的本位性展開論述。

　　中國古代文學本位觀與中國現代文學本位觀雖然有根本性的不同，但它們還是有某種共通性，那就是重主流、重成就、重名作家、重名作品。這與我們文學史作為學科的定位有很大的關係。總體來說，當今中文學科的文學知識教育與文學水平教育主要是通過

文學史教育的方式來實現的。出於這樣一種目的，所以我們現行的文學史特別強調對文學思潮的清理，特別強調對優秀作家和作品的分析，文學史研究的重點與非重點往往以文學的成就作為標準，文學史教科書在文字篇幅上的多少是與作家和作品的輕重成正比例的，文學評論的標準就在這種文學史學習的過程中不經意地建立起來，學生包括作家都「以史為鑒」從而建構起從鑒賞到批評到研究的標準、原則和方法。這樣，中國文學史的總體狀況是：以主流文學為中心，民間文學則相對邊緣；以漢民族文學為中心，少數民族文學則相對邊緣；以作家作品為中心，文學運動和文學事件則相對邊緣；以直接創作為中心，翻譯和改編等二次創作則相對邊緣。當今文學史深層的思想可以說是「創作中心主義」、「審美本質主義」，從文學成就的角度來寫文學史，而不是從文學發展的角度來寫文學史。各種文學史中，「文學」是中心，「史」是附屬，「文學」壓倒「史」。但是，文學史不應該只是主流史、文學成就史，或者文學名人史與文學傑作史，文學史同時也是文學發展史，文學變革史與文學創造史。

這裏，筆者並沒有從根本上否定中國現代文學本位觀和中國古代文學本位觀的意思，恰恰相反，我們是主張文學本位觀的。雖然「先驗圖式」有它缺陷和弊端，但「先驗圖式」又是不可避免的，不帶任何先入之見，沒有任何先在性的文學和文學史的觀念，純客觀地敘述文學史實，這根本就是不可能的，也是沒有任何意義的。中國現代文學本位觀對於中國現代文學研究作為學科的建構意義是重大的，同樣，中國古代文學本位觀對於中國古代文學研究作為學科的建構意義也是重大的。但是，中國現代文學本位觀和中國古代文學本位觀在文學史研究和寫作中所造成的流弊也是非常明顯的，並且是致命的。歷史上所發生的文學現象是非常豐富而複雜的，我們選擇什麼不選擇什麼，我們選擇了什麼或沒選擇什麼，其

實是相當主觀的，文學觀念和文學史觀念在這裏起著關鍵性的作用。當我們以作家和作品為中心，並且以審美價值和文學成就作為標準的時候，我們實際上把文學運動和文學事件置於文學史的從屬位置，實質上把文學過程置於了次要的地位。我們就只看到了唐詩作為中國詩詞的典範和繁榮，而看不到它在產生過程中的不成熟和沒落過程中的凋零，有如只看到海平面以上的冰山而看不到海平面之下的冰山一樣。只看到了明清小說作為中國文學的高峰，而看不到明清小說走向高峰的過程。只能看到中國文學的成功史，而看不到中國文學的失敗史。只能看到中國文學正面形象，而看不到中國文學的負面形象。只看到了古代中國文學史和中國現代文學史，而看不到中國近代文學史。現行的不論是中國古代文學史還是中國現代文學史，其實都是相當主觀的。

　　而中國古代文學本位觀和中國現代文學本位觀更大的缺陷還在於它強調主流，忽視非主流，從而把中國文學史純化、即單一化或者說簡單化了。應該說，不論是中國古代文學還是中國現代文學，都是非常複雜的，內容上的雜蕪、審美價值上的不同層次、邏輯線路上的交錯、文學觀念上的多樣、文學流派和思潮的歧變，以及文學與政治經濟和文化之間的複雜關係等等。這樣，文學史應該是非常複雜而多面的。但我們現在的文學史卻是線索清晰，走向明確，主次分明，格局單調，被觀念刪削得非常整齊。這樣，中國文學史實際上被限定為主流文學史，或者某種其他文學類型或文學品質的歷史。比如現代文學，理論上它應該是 1917 年新文學和新文化運動以來現代中國的文學史，但事實上，目前它基本上是 1917 年以來具有現代品格的文學的歷史。在目前的現代文學史中，魯迅、郭沫若、茅盾、巴金、老舍、曹禺等具有現代品格的作家和作品是絕對的中心，他們的文體是最正統的文體，而民間文學、通俗文學、傳統文學不論從內容上還是從形式上都是邊緣性的。應該

說，不論從哪個方面來講，中國古代文學在 1917 年之後都沒有結束，有的以變形的形式延續，有的則以原生形態而存在，比如古典詩詞，從文學類型上來說，它是地道的中國古代文學。1917 年之後，中國文學的舊體詩詞寫作不論是在數量上還是質量上都是非常可觀的，不只是領袖人物寫作，一般文人或者知識份子中也多有從事古典詩詞寫作的。就構成上來說，舊體詩詞是 1917 年以來中國文學的重要組成部分，是時間意義上的「中國現代文學」中的重要現象。但是在中國現代文學本位觀之下的中國現代文學史中，它沒有地位，缺乏應有的描述和「書寫」，除了特殊的政治原因，個別領袖人物的舊體詩詞在中國現代文學中佔有一席之位以外，其他舊體詩詞作家和作品都被實際排斥在文學史之外。

中國文學史是非常複雜的，絕不像現行的中國古代文學或中國現代文學本位觀之下的文學史那樣秩序井然、界線分明。現代文學與古代文學不論是從內容上還是從形式上都不能絕然分開，新文學運動之後，中國文學的主體發生了轉移，文學類型也從根本上發生了變化，但這並不意味著古代文學就徹底從中國文學生活中消失了。現代文學與古代文學存在著千絲萬縷的聯繫，無論從什麼角度和以什麼標準都不可能把它們絕然分開。文學史中只有某種具體演進的「里程碑」，沒有絕對的總體文學類型的「界碑」。文學史中只有「標誌性」的作家、作品以及文學事件，沒有「單一性」的作家、作品和文學事件。我們可以從不同的角度、以不同的標準和視角對文學發展史進行階段性的劃分，但任何一個具體的時間或事件界線都有它難以克服的缺陷，每一種劃界都有它的利和弊，有它的合理性的一面和它不周延的一面。所以，文學史階段劃分的絕對界線事實上是不存在的，因為歷史具有延綿性，對於歷史來說，抽刀斷水根本就是不可能的。時間是一種存在，是客觀的，但時間又是一個非常人文的概念，是人為的規定。在時間的意義上，文學史的分期

和劃界有它客觀的地方，但更是約定俗成。我們固然應該反對一成不變或者某種僵化的文學史模式，但這種反對並不意味著這種文學史模式就是錯誤的，進而與此相對立的文學史模式就是正確的。今天，一種政治化的文學史分期受到越來越多的質疑，但我們反對它的理由並不是它的「不正確」，而是這種劃分的自以為唯一正確，以及它在運行過程中的獨斷性，霸權性。我們可以重新提出某種新的文學史分期劃分，只要言之成理就是合理的，但這種合理性不是因為它是絕對或者唯一正確的。文學史分期研究作為人文科學，沒有絕對正確與絕對錯誤的區分，只有理解與不理解、認同與不認同以及接受與不接受的不同。

　　這裏，我們並不是要完全否定中國古代文學本位觀或中國現代文學本位觀，兩種文學本位觀在中國文學史建設過程中的作用、意義、價值以及它的合理性及其弊端，這是一個複雜的問題，需要作專門的研究。我們只要強調，從文學類型上來說，中國近代文學既不屬於中國古代文學，也不屬於中國現代文學，所以不能從中國古代文學本位觀或者中國現代文學本位觀的角度來看視中國近代文學。近代文學有它特殊的價值標準，這種價值標準不同於古代文學的價值標準，也不同於現代文學的價值標準，所以用古代文學價值標準和現代文學價值標準來衡量近代文學是不恰當的。在中國文學史中，近代文學是一種過渡形態，它有不同於現代文學和古典文學的內涵和意義，它有自己的價值體系，這就是中國近代文學的本位性，從研究的角度則要求我們確立中國近代文學的本位觀。我認為這是打通中國文學史，把古代文學與現代文學銜接起來的一個關鍵性問題。近代文學在中國文學發展史中無疑是重要的，但這種重要性的參照價值既不是古代文學也不是現代文學，而是近代文學本身。

二

　　什麼是中國近代文學的本位性？這同樣是一個非常複雜的問題。我認為，變動不居、價值多元且並行不悖、發展、內在的緊張與衝突、探索與創造、對西方的學習與改造、對傳統繼承與批判等應該是中國近代文學本位的基本內容。

　　不管是古代文學還是現代文學，其文體和內容都表現出主次分明、中心與邊緣分明，具有嚴格的等級秩序。而近代文學則多重價值，無主次，無中心和邊緣，多元而無序。從傳統的形而上的角度來看，這當然是不成熟、不完善，但換一種視角比如後現代的視角，它恰恰構成一種特色，它的本位性就是非統一性、非穩定性、非秩序性、過渡性。近代中國社會的各種矛盾非常集中而尖銳，社會處於劇烈的變革之中，並且存在著多種選擇的可能性。就文化上來說，一部分人竭力打開國門，引進西方文化，試圖以此來變革中國社會，擺脫貧窮落後、被動挨打的局面。一部分人則拼命地反對輸入西方的文化，頑固地恪守傳統的舊制度、舊文化。表現在文學上，兩種勢力均衡，兩種文學並行。所以，近代文學是新舊文學雜居的時代。王德威評論中國近代文學的價值矛盾：「它既毫無保留地濫用中國的傳統，又漫無節制地借取西方的印象；它既傳統，又反傳統。在其所為與不所為之間，它完全缺乏一貫性，更不用說它是怎麼說它所欲為的了。……它根本不能納入五四論述所規劃出來的文學規範。」[33]比如小說，其內涵非常複雜，表現為：「搖擺於各種

[33] 王德威：《被壓抑的現代性──晚清小說重新評價》，王曉明主編《批評空間的開創──二十世紀中國文學研究》，東方出版中心，1998年版，第120-121頁。

矛盾之間，如量／質、精英理想／大眾趣味、古文／白話文、正統文類／邊緣文類、外來影響／本土傳統、啟示型理念／頹廢式慾望、暴露／假面、革新／成規、啟蒙／娛樂……，晚清小說由此呈現出一個多音的局面。」[34]因此可以說：「中國小說史上，小說一體像在晚清那般複雜的情況，可謂絕無僅有。在這段期間，小說之寫作、印行、流通及議論，其方式之多，在中國古典小說史上都是空前的。」[35]其實，所有的文體都是如此。對於近代文學，我們不可能像對待古代文學和現代文學一樣對待它，它沒有統一的主題，沒有某種明確的目標和趨向，沒有某種絕對的價值標準，沒有範本。我們無法從文學特徵上對它進行總體的歸納，我們只能對它進行很抽象的原則性概括，即多元性、過渡性、創造性，內在的緊張、矛盾與衝突。

　　總體上來說，西方的政治、經濟、軍事和文化對中國社會的衝擊是造成中國近代文學複雜性的深層原因，對中西不同的態度在文學上就表現為相應的不同形態，有的恪守傳統，有的積極地借鑒西方。而向西文學習又表現出保守和激進的不同態度：有的在形式上學習，有的在內容上學習；有的淺層性地學習，有的深層性地學習；有的積極地學習，有的消極地學習；有的模仿性學習，有的創造性學習。學習也有一個皮毛與深刻的區分，由於沒有規範可以遵循，所以學習的主觀性非常強，表現為種種情形，錢鍾書評論黃遵憲的詩：「差能說西洋制度名物，捃摭聲光電化諸學，以為點綴，而於西人風雅之妙、性理之微，實少解會，故其詩有新事物，而無新理致。」[36]這就是說，黃遵憲的詩歌只是在內容上反映了西方的事物，而在精神

---

[34]　王德威：《被壓抑的現代性──晚清小說重新評價》，王曉明主編《批評空間的開創──二十世紀中國文學研究》，東方出版中心，1998 年版，第 119 頁。

[35]　王德威：《被壓抑的現代性──晚清小說重新評價》，王曉明主編《批評空間的開創──二十世紀中國文學研究》，東方出版中心，1998 年版，第 118 頁。

[36]　錢鍾書：《談藝錄》，中華書局，1984 年版，第 23-24 頁。

上仍然是中國傳統的。但同時也應該承認，有的文學作品受西方的影響，不僅表現在新名詞上，更表現在新思想上，黃人說：「中興垂五十年，中外一家，梯航四達，歐、和文化，灌輸腦界異質化合，乃孽新種。學術思想，大生變革。」[37]這可以說是一種非常深刻的學習。所以郭延禮說：「中國近代文學在中西文化撞擊下所發生的這些變化，……表現得並不平衡；在有的作家和某些作品中表現得比較明顯，而在另一些作家和作品中就很少或看不到西方文化的影響。」[38]正是這樣，近代文學在類型上不同於現代文學與古代文學，而是介於二者之間，是過渡性的類型。過渡性就是中國近代文學的本位性。

　　沒有傑作，這是對中國近代文學的普遍的看法，也是評價。但近代文學並不是真的沒有傑作，只是沒有現代文學或古代文學意義上的傑作。王德威曾把五四新文學和晚清文學進行比較，認為晚清文學更具有創造性。這種創造性既表現在勇於破壞傳統，又表現在勇於學習西方，正是在這種破壞傳統與學習西方的雙重變革之中，中國文學邁上了通往現代的征程。中國近代文學走的是探索之路、探險之路、創制之路，沒有成規可循，一切都需要自己去嘗試、去摸索、去試驗、去建構，包括價值標準。應該說，不論是破壞傳統還是學習西方，都有一個摸索的過程，以今天的標準來看，近代文學對傳統的反叛和對西方的借鑒都很不成熟，但正是這種探索開啟了現代文學的先河，並為現代文學提供了選擇的可能性。中國近代文學實際上預示了中國文學多種發展的可能性，五四新文學不過是在這多種可能性中選擇其一而已，即選擇了面對社會現實、強調政治和啟蒙、通過學習西方來實現價值轉換這樣一種路子。

---

[37] 黃人：《清文彙序》，舒蕪等編選《近代文論選》（下），人民文學出版社，1959 年版，第 495 頁。
[38] 郭延禮：《中國近代文學發展史》第 1 卷，山東教育出版社，1990 年版，第 55 頁。

　　不能以現代文學或者古代文學的標準來要求近代文學，內容上是如此，比如既不能用傳統的儒家思想來衡量近代文學，又不能用現代思想來衡量近代文學。文類上也是如此，對近代文學研究必須跨越當今的文類標準，既不能用現代文體標準，又不能用古代文體標準。夏志清評論劉鶚的《老殘遊記》：「對佈局或多或少是漫不經心的，又鍾意貌屬枝節或有始無終的事情，使它大類於現代的抒情小說，而不似任何形態的傳統中國小說。」[39]這說明，《老殘遊記》既不是古代文學，又不是現代文學，而是近代文學。近代文學文類大多數都是如此。所以，從價值判斷來說，近代文學的本位性不同於古代文學和現代文學的本位性，相應地，本位性的文體也不同。狹邪小說、公案小說、譴責小說、科幻小說、言情小說、報章政論體散文、翻譯文學等這些在古代文學和現代文學中沒有地位甚至被否定的文體，在近代文學中恰恰是主體，是本位性的文體。由於篇幅的關係，下面我們以翻譯文學為例來說明這一問題。

　　古代文學中，翻譯文學在數量上非常有限，並且在文學上不純正，所以沒有地位。中國現代文學中，翻譯文學數量巨大，影響巨大，但由於它依賴於域外文學，雖然它在整個現代中國文學生活中扮演很重要的角色，並且與我們的文學生活息息相關，但仍然被排斥在中國現代文學之外，被稱為「外國文學」。把翻譯文學籠統地稱為「外國文學」，這其實包含著對翻譯的很深的誤解。[40]具體對於近代時期的中國文學來說，把翻譯文學歸屬到「外國文學」更是勉為其難。翻譯文學絕不是單純性的外國文學，它具有本土性或民族性，而中國近代翻譯文學尤其具有創作性，是中國近代本體性的文學，比較典型地體現了中國近代文學的特徵。中國近代翻譯和中

[39] 夏志清：《「老殘遊記」新論》，轉引自《劉鶚及老殘遊記資料》，四川人民出版社，1985年版，第480頁。
[40] 參見拙文《論兩種外國文學》，《外國文學研究》2001年第4期。

國現代翻譯在概念的內涵上有很大的不同，中國近代翻譯包括意譯、重寫、刪改、合譯等方式，譯者往往借題發揮，所譯作品的意識及感情指向，每與原作大相徑庭。林紓是近代的大翻譯家，但他本人並不識外文。中國近代還沒有建立翻譯規範，如何翻譯，往往有很大的主觀性。把翻譯標識為創作，把創作標識為翻譯，創作和翻譯相混雜，半譯半作，這些現象比比皆是。在今天看來，這些都是中國近代翻譯不成熟的表現，梁啟超就批評晚清翻譯小說「稗販、破碎、籠統、膚淺，錯誤諸弊，皆不能免」[41]。近代翻譯當然存在著技術上的問題，即使現代翻譯技術上的錯誤也在所難免，但這只是比較淺層的原因，而更深層的原因則是翻譯理念的不同。翻譯不僅僅只是技術問題，同時更是文化問題。兩種在語言方式和文化背景上完全不同的文學，如何進行轉化，這是一個非常複雜的問題。在沒有統一的規範之前，各自為之是非常正常的情況，有人主張意譯，有人主張直譯，有人主張刪改，等等，作為探索和嘗試，這都有其合理性。所謂誤解，本質上是沒有翻譯規範。站在現代翻譯理念和標準上看是誤譯，但站在近代翻譯理念和標準上來看，可能恰恰是正譯，我們今天認為是譯得不準，在近代則可能被認為是「馴雅」。他們當然知道這是「誤譯」，「意譯」、「改寫」，但他們認為翻譯理應如此，因為翻譯本來就沒有絕對的標準。翻譯本質觀的分歧，這是普遍存在的事實，即使今天仍然如此。而且，今天的翻譯，我們認為是準確的，但歷史和未來地看未必如此。劉禾認為翻譯的標準是歷史地建構起來的[42]。這是非常有道理的，在這一意義上，翻譯的標準表面上很客觀，其實具有人為性和社會約定性。因此，對於文學翻譯來說，所謂「準確」，其實是一個很虛假的概念。

---

[41] 梁啟超：《清代學術概論》，東方出版社，1996年版，第89頁。

[42] 參見劉禾：《語際書寫──現代思想史寫作批判綱要》，上海三聯書店，1999年版。

在翻譯的文化意義上，中國近代翻譯文學具有雙重性，既是「外國文學」，又是中國文學。它在來源上是外國文學，而在形態與實質上是中國文學。正如天虛我生所說：「人但知翻譯之小說，為歐美名家所著，而不知其全書之中，除事實外，盡為中國小說家之文學也。」[43]所以，中國近代翻譯文學與外國文學有關，但不是「外國文學」，而是中國近代文學，並且比較典型地體現了中國近代文學的本位特徵，即過渡性、仲介性、複合性。在這一意義上，中國近代文學是中國古代文學與中國現代文學的過渡形態，也即它是中國文學從古代向現代轉型的仲介。過去，我們站在古代文學本位立場或者現代文學本位立場上，近代文學的複雜性、過渡性、缺乏內在的統一性，其內在的矛盾、衝突、層次、變化等都被看成了是文學的不成熟，但站在近代文學的本位立場，這些恰恰具有其特殊的價值。

如何從文學成就的角度對中國近代文學進行定位？如何從文學史的角度對中國近代文學史進行定位？這是一個非常複雜的問題。確立中國近代文學的本位性實際上是從中國近代文學自身的價值立場對其進行定位。中國近代文學研究作為一個學科，現在還很不成熟。確立其本位性，這是基礎的工作。只有具有了近代文學本位觀，我們才能不懷偏見地去研究近代文學。只有把中國近代文學研究清楚了，中國文學史的打通才具有切實可行性。所以，中國近代文學的本位性研究對中國文學通史具有關鍵性。

本文與梅新林先生合作，原載《學習與探索》2004 年第 6 期。

43　天虛我生：《〈歐美名家短篇小說叢刻〉序》，《歐美名家短篇小說叢刻》，中華書局，1917 年版。

文化衝突中的文學選擇

——中國現代文學現代品格論

　　五四時期，古、今、中、外各種矛盾互相糾結，政治、經濟和社會處於劇烈的動蕩之中，文化衝突激烈，中國現代文化和文學就是在這種複雜的局勢中形成的。所以，我們今天研究中國現代文化和文學，應該緊緊地把握住文化衝突與文化選擇、文化理想與文化現實這兩組問題，它對於我們正確地區分歷史與價值、知識與倫理具有重要的作用和意義。本文就是從這一角度對中國現代文化和文學進行定位，並進而研究其發生以及品格。

一

　　中國文化從春秋戰國到近代，雖然也受佛教的衝擊，但基本上是自足的體系，平衡而穩定，獨尊而悠然，是一個「超穩定結構」。但近代西方文化的入侵卻把中國文化推上了「對象」的地位，中國文化被迫參與競爭，從而走向從一元和諧到多元衝突的格局。這種衝突當然包括古今矛盾即傳統與現代的矛盾，但根本的是中西衝突，中國文化的現代化有其內在的欲求，但這種內在的欲求引發中國傳統社會從政治到價值的深刻危機和失範，卻源於西方從政治經濟軍事到文化的全面衝擊，並且它始終是引導中國從傳統向現代轉

換的範式參考。所以如高力克所說：「由於中國『外發型』現代化的特殊歷史條件，『現代化』（新）與『傳統』（舊）問題在中國轉換成『中西文化』問題的特殊形式，百年來的現代化思潮正是以中西文化論爭的形式而演進的。」[44]正是在這種特定的歷史條件下，中國近代社會的古今矛盾又內化為中西衝突。

　　文化衝突既是社會動蕩和價值紊亂的深層原因，又是其表徵。中國近代，對於社會的動蕩、民族的危機，價值的規範、倫理道德的建構，各種仁人志士出於種種情懷，開出種種藥方，作出種種承諾，即我們所說的「文化理想」。文化理想林林總總，但不外三種基本的傾向：保守主義、激進主義、折中主義。從極端保守到極端激進，理論上可以構成一條連續的線索，中國近現代史上的每一種文化理想都可以在這一條線索上找到它自己的位置。從楊光先的「寧可使中國無好曆法，不可使中國有西洋人」[45]到陳序經的「全盤西化」，中間有封建頑固派、洋務派、革命派、復古派、改良派、西化派，有「中學為體，西學為用」，有「西學為體，中學為用」，有民族主義，有民族虛無主義，有激進的革命主義，有漸進的改良主義……各種文化理想有的只是情感傾向，有的只是學理探討，有的不僅有理論，還把理論付諸實踐。其理論或系統或不系統或完善或不完善，其對社會和政治進程的影響和作用有大有小。五四時所形成的中國現代文化就是在這各種文化理想與文化實際衝突中的一種新的整合。

　　因此，中國現代文化是西方文化衝擊中國傳統文化的產物，它是中西文化衝突在特定的歷史條件下的一次重組，既有西方文化的主動挑戰，也有中國傳統文化的積極回應。從中國文化的本位立場

---

[44] 高力克：《歷史與價值的張力——中國現代化思想史論》，貴州人民出版社，1992 年版，第 22-23 頁。

[45] 夏燮：《中西紀事》卷二，《滑夏之漸》。

來看，中國現代文化是西化的文化，它和中國古代文化是斷裂的關係；但從西方文化的本位立場來看，中國現代文化不過是受西方影響的中國文化，仍然是「東方文化」。所以，中國現代文化是一種既不同於中國古代文化，又不同於西方文化的第三種文化，它實際上是古今中外各種文化力量在衝突競爭中所達到的一種態勢平衡。各種力量互相牽扯、互相約束、互相掣肘，在僵持和各自運作的意義上形成一種綜合。這種綜合不是和諧的統一，其中仍然存在著內在的矛盾甚至尖銳的對立，但是平衡的。同時，各種力量和因素又不能等量齊觀，從中西對立的視角來看，西方文化在中國現代文化中的比重顯然要大於中國古代文化，中國現代文化正是在作為整體性的西方現代文化決定性地戰勝也是作為整體性的中國古代文化從而建立起來的，中國現代文化與中國古代文化的斷裂關係正是在這種意義上而言。中國古代文化在中國現代文化中的構成是隱藏的，主要是通過惰性和慣性的力量對西方文化進行化約從而歸化西方文化，另一方面則是在特定的歷史條件下生發、轉化，以一種新的形態出現。在中國現代文化中，西方文化是顯性的，中國古代文化是隱性的，西方文化是主流，中國古代文化相對處於邊緣地位，中國現代文化正是古今中外文化交彙、衝突、綜合、融合的複雜體。

　　中國現代文化作為新文化絕不是純粹的新派文化。五四之後，中國古代文化作為體系和類型崩潰了、解體了，但其因素並沒有被消滅，它的精神作為力量仍然對新文化具有巨大的作用和威力，它的因素和成分則以變體的形式消融在新文化中，並且是重要的組成部分。所以，中國現代文化是整體性的、綜合性的，其內涵豐富而複雜。現在普遍地認為中國現代文化主要有三大思潮，即激進主義、自由主義、保守主義，這既是中國現代文化的基本構成部分，也是其基本來源。五四時，封建頑固派作為文化派別雖然失敗了，

但中國傳統文化並沒有因此而消失，它在保守主義那裏獲得了新生。從甲寅派、學衡派到新儒學，保守主義文化流派作為激進主義和自由主義的反對派，始終在防止自由主義和激進主義文化失範中起著規約的作用，「現代化不等於西化」就是在文化保守主義的建構下得到普遍認可的。五四之後形成的中國現代文化充滿著內在的衝突、矛盾和緊張，這種結構是中國現代文化多元的深層原因，也是中國現代文化充滿活力和富於創造的根源。同時，中國現代文化正是在這種內在的張力中維持著一種平衡和穩定。試圖通過消除這種張力來消除新文化的衝突、矛盾和緊張從而達到文化的和諧，恰恰是消除了文化的平穩機制，所謂穩定只能是一種「倒塌的穩定」，失衡同時也失範。歷史上，當保守主義和自由主義被一種政治的力量完全壓制的時候，文化就進入了這種失範的狀況，這是大家仍然記憶猶新的。

對中國現代文化進行研究，保持一種歷史主義的觀念是至關重要的。當歷史處於交叉路口的時候，文化也面臨多種選擇。從學理上說，自由主義、激進主義、自由主義都有其合理性，但歷史卻不能是某些個人和團體的一廂情願，而是各種理想、願望、主張、行動互相掣肘、互相妥協，各有取捨，最後達到一種綜合平衡。魯迅和胡適都深諳此種道理。魯迅曾說：「譬如你說，這屋子太暗，須在這裏開一個窗，大家一定不允許的。但如果你主張拆掉屋頂，他們就會來調和，願意開窗了。沒有更激烈的主張，他們總連平和的改革也不肯行。那時白話文之得以通行，就因為有廢掉中國字而用羅馬字母的議論的緣故。」[46]胡適比較早地提出「全盤西化」的口號，但他的本意卻是「充分世界化」[47]，原因是：「取法乎上，僅

---

[46]　魯迅：《無聲的中國》，《魯迅全集》第 4 卷，人民文學出版社，1981 年版，第 13-14 頁。

[47]　胡適：《充分世界化與全盤西化》，《胡適文集》第 5 卷，北京大學出版社，

得其中；取法乎中，風斯下矣。」「全盤西化的結果自然會有一種
折衷的傾向。……全盤接受了，舊文化的『惰性』自然會使他成為
一個折衷調和的中國本位新文化。」[48]中國現代文化就是這種折中
調和的中國本位新文化。但它不是「折中主義」的文化，不是「折
中派」、「調和派」理論的產物，而是激進主義、自由主義、保守主
義以及其他種種文化理想與文化實踐互相制衡最後達到的一種平
衡。中國現代文化既不是激進主義的文化，也不是保守主義的文
化，而是各種主義的綜合，是一種多元的文化。各種文化理想和文
化實踐互相矛盾、互相衝突、互相競爭、互相吸收、互相補充，各
種力量彼此消長，在總體上均衡。各種文化理想實際上都是以一種
削磨的方式進入中國現代文化整體的，所以，每一種文化理想都實
現了，但又沒有完全實現。

　　所以，中國現代文化的現代性更主要的不是表現在某些具體特
徵上，而是表現在機制上。事實上，西方現代文化其現代性也沒有
某些固定不變的特徵。中國現代文化的現代性是總體性的，是在與
中國傳統文化作為總體的比較中確立的。對於中國文化來說，現代
性是一個發展變化的概念，它的內涵在不斷地豐富和發展，中國現
代文化是一個整體，其現代性正是通過整體而表現出來的，很難說
哪些因素具有現代性，哪些因素不具有現代性，甚至很難說哪些因
素是傳統的，哪些因素是現代的，哪些因素是中國的，哪些因素是
西方的。中國傳統文化具體形態化以一種新的方式在現代出現，很
難說它是現代的還是傳統的。西方文化傳入中國，受中國文化的影
響而發生變異，也很難說它是中國的還是西方的。由於政治經濟以
及其他社會背景的不同，中西現代文化的現代性其內涵不盡相同。

1998 年版，第 454 頁。
[48] 胡適：《〈獨立評論〉第 142 號〈編輯後記〉》，《胡適文集》第 11 卷，北京
　　大學出版社，1998 年版，第 671 頁。

中國現代文化深受西方文化的影響，走的是西化的道路，和西方文化具有親和性，正是在這一意義上我們把五四之後的中國文化稱為現代文化。中國現代文化是在文化機制上與西方文化具有相同性的意義上而被稱為具有現代性，而不是在特徵和內容上與西方文化具有同一性而被稱為具有現代性。所以，與中國古代文化的古代性相比，中國現代文化的現代性是整體上的，中國文化的現代轉型是指文化在結構方式、模式類型上發生了變化，並不是說中國現代文化從此與中國古代文化沒有了關係，中國現代文化與中國古代文化的斷裂關係是機制上的，而不是具體因數上的。作為具體的因素和力量，中國傳統文化在中國現代文化中仍然佔有很大的比重，只是其作用方式和結構位置發生了變化。中國現代化是「現代」的，但更是「民族」的，是西化的，但更是中國的。中國現代文化一方面因為西化、現代化而世界化，但另一方面又因中國特殊的政治經濟背景，特別是傳統文化的強大的「歸化」力量，又保持自己的個性，具有強烈的民族性。必須承認，中國的現代化是在西方從政治到軍事到文化的全方位的衝擊下被迫發生的，中國的現代化是被動的現代化，但從內因上說，中國的現代化具有內在的慾望。中國具有發展的渴求，西方的現代化則為我們提供了參照。所以，現代化不等於西化，從內涵上把現代與傳統轉換為西方與中國是錯誤的。

在一般人的想當然中，只有自由主義和激進主義才是作為新文化的中國現代文化，而保守主義則不屬於中國現代文化的範疇。其實，保守主義不僅屬於中國現代文化，而且是中國現代文化非常重要的組成部分，作為激進主義和自由主義的反對力量，它對中國現代文化和文學品格的形成其作用巨大。

本質上，「學衡派」是現代保守主義或者說理性保守主義，它與舊知識體系的頑固派不同。頑固派以傳統為本位，以封建社會正統的綱常倫理道德以及學理方式為立論根據，是用傳統對抗現代，

與現代是錯位的，缺乏共同的時間場因而缺乏對話的基礎，二者不是平等的對立雙方。頑固派與現代文化之間可以說是「公說公的理、婆說婆的理」，互相難以「理」喻。頑固派不僅與自由主義、激進主義不共戴天，而且與保守主義也是對立的。而保守主義則不同，它本質上屬於中國現代文化的範疇，它與自由主義、激進主義是共時態的，可以說是頡頏與共生。學衡派在形態上是西方的，具有現代品格，它的中國傳統性本質上是西方現代保守主義在現代中國的相應表現形態，它是西方理論視角而不是中國本位立場，不是中國傳統文化在西方尋求理論根據。它的「保守」的觀念是從西方輸入的，是以西方現代理論為出發點反省中國傳統文化。它的部分成員的確存在知識結構沒有轉變過來的問題，但在總體上是西方影響的產物。他們以民族情感為出發點，但並不是以傳統的知識作為出發點。他們立身之本不是傳統，立論的基點也不是傳統。學衡派與激進派的對立不是傳統與西方或現代的對立，而是現代或西方的激進派與保守派之間的對立。因此，學衡派作為保守主義與自由主義、激進主義是同一層次上的，是對話的對方，都是屬於中國現代文化的範疇。

二

中國現代文學作為中國現代文化的一個組成部分，和中國現代文化的總體進程一致，也是以西方文學作為參照系而走上現代化道路的。但與政治經濟和軍事的過程不同，中國文學學習西方目的不在文學本身，而在文學之外。五四時期，文學作為文化的一個方面被認為是構成社會的深層基礎，中國要在政治經濟和軍事上強大，擺脫被欺侮的命運，必須從根本上即文化上進行變革。中國文學就

是在這種背景和邏輯理路下從傳統向現代轉型的。所以，中國現代
文學具有強烈的社會使命感和功利主義目的。文學的現代化進程和
社會的現代化進程在時間上大略一致，但並不是遵循同一邏輯根
據，中國並不是因為文學的落後才去向西方學習，而是因為傳統的
文學於社會的現代化不利而才去學習西方的功利主義文學的。單從
審美和消閒來看，中國古典文學不論是在內容上還是在藝術形式上
都沒有什麼不好的。「日本曾經稱中國為『文學國度』，『文學』歷
來是士大夫確信為中土所在，用不著向西方學習。」[49]梁啟超說：
「中國事事落他人後，惟文學似差可頡頏西域。」[50]既然中國文學
並不比西方文學落後，中國就沒有必要一定要向西方學習，特別是
在整個國家和民族都缺乏充分的自信心的歷史背景下。但他仍然積
極倡導向西方學習文學特別是學習其小說，這說明，中國向西方學
習文學，其原因並不在於文學作為藝術，而在於文學作為工具，主
要原因就是梁啟超在〈論小說與群治之關係〉中所說的「新道德」、
「新宗教」、「新政治」、「新風俗」、「新學術」、「新人心」、「新人格」、
「新一國之民」。五四時，新文學運動的倡導者們為了證明文學上
學習西方的合理性，從理論上貶損中國古典文學，全面徹底地否定
中國古典文學，其實並沒有真正把文學性和文學的功用性區別開
來。在審美和消閒的功能上，中國古典文學具有它獨特的價值，無
可非議，不應該否定也不可能否定。中國古典文學的缺陷在於它與
時代的脫節，在於它作為文化對人的現代精神的負面性效應。

　　與中國現代文化相一致，中國現代文學也具有綜合性、多元
性。中國現代文學的現代性正是在各種主義、各種流派、各種思潮

---

[49] 陳伯海主編《近四百年中國文學思潮史》，東方出版中心，1997 年版，第
344 頁。
[50] 梁啟超：《飲冰室詩話》，《飲冰室文集》之四十五上（新印《飲冰室合集》
第 5 冊），中華書局，1989 年版，第 3 頁。

的整合中以一種整體的方式表現出來的。各種主義互相衝突、互相矛盾、互相鬥爭、互相競爭、互相補充、互相修正、互相制約正是中國現代文學的最重要的特徵。正是因為這樣，西方的種種文學流派、文學思潮能夠迅速地不受阻攔地傳入中國，中國自己的文學思潮和流派也能夠迅速地崛起，此起彼伏，從而出現了中國文學的現代繁榮。與中國古代文學總體的古典式和諧與秩序不同，中國現代文學充滿了內在的緊張與衝突，變動不居，其穩定與秩序充滿張力，因而具有創造的活力和繁榮的契機。因此，中國現代文學的現代性既是一個歷史概念，又是一個發展概念，我們可以從中國現代文學迄今的歷史發展中總結出某些具體的特點諸如對民族、國家的深切關注、反傳統、人道主義、創作方法上的重現實主義和浪漫主義等，但這些都不是「現代性」固定的理論內涵。中國現代文學的現代性不是在具體內容上與西方文學的現代性同一的意義上而言的，也就是說，確定中國現代文學的現代性並不是以西方文學的現代性具體內涵作為標準。中國現代文學是因為在文學體制上與西方文學體制相同而被認為具有現代性。因此，中國現代文學的現代性是總體特徵而不是具體因素的，這種總體特徵是在與中國傳統文學的比較中確立的。現實主義、浪漫主義、現代主義等都不是中國現代文學現代性作為概念的必然延伸，它們作為中國現代文學現代性的重要內容是歷史產物而不是理論產物。

　　現代性是一個歷史概念，一方面，它是歷史事實，是客觀存在；另一方面，在認識論上，它是在與「傳統」的比較中確立的，它的定義是變化的，隨著觀念、視角的變化，它在內涵上沒有窮盡的認識。沒有一種所謂客觀的、固定不變的「現代性」定義，現代性其實也是一種視角和態度，它不是規定的，而是在與「古代性」相比較中確立的。歷史的現代性不是「現代性」理念的產物，不是先有現代性理念然後才有現代性現實，恰恰相反，是先有現代性現實然

後才有對「現代性」作為觀念的理性認識，「現代性」的概念是總結、歸納出來的，歷史事實是它的史實基礎，觀念和視角是它的理論基礎。在這一意義上，現代性既是歷史範疇，又是理論範疇。

所以，不能用「中西」二元對立的標準來判斷中國的現代性，不能說西方性就是現代性，中國性就是非現代性，那樣就把社會性的現代性概念變成倫理性的現代性概念了，那樣也違背了社會進步的必然規律，忽視了中國傳統社會變革的內在的欲求，把中國的現代性完全說成是一種外部規律。這樣一種倫理性論述，對民族自尊性也是一種極大的傷害。中國的現代性，其歷史事實是在反叛傳統性中建立起來的，其理論認識是在與「古代性」的比較中確定的。所以，對中國古代傳統的斷裂性、反叛性是確定中國現代性的一個基本原則。但也必須承認，由於中國現代化的「外發外生型」，「中」、「西」始終是我們鑒識現代性的一個重要的尺度，特別是在現代化的早期，「西化」即現代化，這是不爭的事實。中國的現代化是在本身的進程中其獨特的內涵才從「西化」中逐漸分離出來而明朗的。現在，「西化」不是現代化，這也是公論。中國的現代化具有它的特殊性，它既具有世界各國現代化特別是西方現代化的某些共同特點，同時又具有中國自己的民族性、本土性，既具有世界的共性，又具有民族的個性。

中國的現代性在外在形態上千姿百態，其內涵豐富複雜，而且還在繼續衍生，很難進行概括。但在深層上，現代漢語的現代性是構成中國現代文化和文學的深刻的基礎。中國文化和文學的現代性是在外在的政治、經濟、軍事的衝擊下逐漸生成的，這種現代性的生成過程其實也是語言的生成過程。新的觀念、新的思維方式、新的思想方式的生成，其實是新術語、新概念、新範疇、新話語方式的生成，觀念和思想思維方式不過是語言的表象，或者說最終是由語言承載的。物質文明是現代性表象，引進西方的現代化設備諸如

近代的洋務運動，這也是現代性非常重要的表現，但接受了物質文明並不表明在思想上具有了現代意識，現代性更是觀念性的。現代性作為概念就是在這種現代意識與現代化現實的雙重作用下從總體上生成的。而現代性觀念的深處則是現代性的語言和話語方式，正是現代性語言和話語方式從意識深處決定了人們觀念的現代性，現代語言作為體系的確立也就是現代性作為普遍的觀念的確立，人們以現代話語作為言說方式標誌著在意識深處接受了現代性，現代意識從深處是被現代語言控制的。所以，從深層的語言哲學的角度來說，中國的現代性不同於西方的現代性，現代性作為觀念、作為意識、作為話語體系，在從西方向中國輸入、「翻譯」的過程中也會發生變形，中國的現代性正是在「西化」和「歸化」的雙重作用下形成的，它一方面是從西方輸入進來的，另一方面，它又深受中國近代特定的語境的制約。

中國現代文學的「現代性」主要是機制性的。我們當然可以從中國現代文學的既成事實中總結出中國現代文學的某些「現代性」特徵來，但這些特徵並不是中國現代文學固有的內涵，就是說，不是先驗性的，而是在歷史的過程中生成的。中國現代文學作為歷史具有必然性也具有偶然性，它不是「現代性」理念的產物或結果，不是先有「現代性」概念然後才有現代性文學，而是恰恰相反，是先有現代性文學然後才有文學的「現代性」概念。雖然「現代性」作為觀念發源於西方，世界現代化事實上是以西方發展模式為模範，但世界上並不存在一個具有統一內容的「現代性」概念，就象不存在一個具有統一內容的「文學」概念一樣。對於世界各國來說，「現代性」既是一個哲學範疇，又是一個歷史範疇。抽象地，在原則和機制上，「現代性」是一個哲學範疇。在哲學意義上，世界各國的「現代性」具有內在統一性。在具體內涵上，「現代性」又是一個歷史範疇。各國文化背景不同、歷史條件不同、發展狀況不同，

「現代性」的具體內涵也不同。內容上的反封建、提倡「人」的文學、批判國民性的弱點，形式上學習西方的創作方法、借鑒西方的創作技巧等當然是中國現代文學現代性的基本內涵，但這並不是固有的。中國現代文學在具體形態、具體內容上還可能是另外的樣子，而且，中國當代文學作為中國現代文學的一個組成部分，還在繼續發展，如何發展，向何處發展都還是未知數，在這一意義上，中國現代文學在「現代性」的具體形態上具有多種可能性。所以，在具體內容上，中國現代文學沒有固定不變的內涵。

　　但中國現代文學是「現代性」的文學，這裏，所謂「現代性的文學」，既不是「現代主義」的文學，也不是「現代化即西化」意義上的西方式的文學，而是指具有現代品格的文學。所謂「現代品格」，主要是指現代機制、現代精神、現代原則，比如理性、多元、流派、競爭、反傳統、貼近時代等，正是在這些方面，中西以及其他國家的現代性文學具有一致性。以流派為例，中國現代文學的流派明顯不同於西方的文學流派，也不同於其他國家的文學流派，有的派別是借鑒西方而來，有的則是自生土長的，有的派別明顯受西方文學的影響，有的則不受西方文學的影響或者說受影響很小，這其實都不重要，重要的是中國有了自覺的流派，有了流派的概念和觀念，並且「流派」作為概念構成了言說中國現代文學的重要方式。在這言說的背後實際上體現了中國現代文學新的思維方式、新的話語方式從而表現出新的時代和藝術精神，這才是中國現代文學「現代性」的精髓。正是因為如此，中國現代文學的現代性是整體性的，是通過整體表現出來的，「反傳統」是其「現代性」的重要表現之一，但中國現代文學的「反傳統」並不是反傳統的因素，而是反傳統的體制，反傳統的精神。傳統因素在傳統的語境下，其功能具有古典性，但傳統因素一旦脫離了傳統的語言體系，置於現代語境之下，其功能則具有現代性，這才是「現代性轉化」的真正涵義。在

這一意義上，中國傳統文學的形式和內容是中國現代文學的重要組成部分。

具體地說，傳統文學在現代文學中的「現代性轉化」主要表現在兩個方面：在形式上，主要是以通俗、民間和古典詩詞的方式在整個現代文學中佔有重要的地位。在內容上，則是以「新古典」或「理性古典」的方式重現，所謂「新古典」或「理性古典」，主要是指現代表述，古典理性化、科學化。由於表述方式變化了，語境變化了，文化背景變化了，社會結構變化了，因而其文學的功能也發生了變化，古典被賦予了新的意義。比如「孝」，「孝」在中國封建社會是一個具有特殊內涵的概念，它是倫理概念，但更是政治概念，在維護社會政治倫理綱紀的過程中，它具有舉足輕重的作用和地位。但在現代社會中，「孝」被比較嚴格地規範在倫理的範疇內，在現代倫理學作為嚴格的科學的語境之下，「孝」被充分理性化，因而其意義和作用也嚴格地被限制在倫理道德方面，而不再具有強大的政治功能。文學上，「孝道」被作為一種善良和美德予以頌揚因而具有感化的力量，它在陶冶人的性情、風化人心、建設精神文明等方面都發揮了正面和積極的作用，在這種情況下，「孝」實際上發生了轉換，而具有現代性。五四時期，「砸碎孔家店」是時代的主潮，是進步的象徵，也是中國文學邁向現代化的一個標誌，反孔在當時被認為是「現代性」最重要的內涵之一。但反孔並不是新文學的固有本質。事實上，當中國文學作為一種現代類型確立以後，隨著文學機制的轉化，孔子不再是阻礙現代化進程的障礙，相反地，它對現代化建設具有建構性，特別是作為新保守主義它在防止自由主義、激進主義導致的中國社會文化的失範的作用上具有正面意義，而成為建構中國現代化的重要力量。

因此，中國現代文學是在中西文化劇烈的衝突這種特定歷史條件下生成的文學。面對文化衝突，文學也面臨著種種選擇，和「文

化理想」一樣，「文學理想」也不外自由主義、激進主義、保守主義三種基本傾向。各種「文學理想」以及相應的文學實踐活動互相衝突、互相矛盾、互相競爭、互相吸收並且彼此消長，從而保持一種變化、發展和繁榮的機制。這是中國現代文學現代品格的根源之一。中國現代文學就是在各種文學理想與文學實踐的矛盾與衝突中達到一種平衡和穩定並從而具有內在的緊張和外在的繁榮。

本文原載《學習與探索》2000 年第 5 期。

中國現代文學史「審美中心主義」批判

——以金庸武俠小說為例

一

　　首先要限定的是，本文所說的「審美」是狹義上的，即通常所說的「藝術性」，比如形象性、典型性、非功利性、精神性、創造性、意境、高雅、純粹等。而「中國現代文學」則是廣義的，不僅指現代文學，還包括當代文學；不僅指「新文學」，同時還包括舊體文學、通俗文學、民間文學等。所謂中國現代文學史的「審美中心主義」，即現代文學史以審美為中心標準對作家作品以及文學思潮、流派等其他文學現象進行選擇和取捨。這樣，中國現代文學史實際上便成了「專門史」，即中國現代文學美學史或者中國現代文學藝術史。在「審美中心主義」觀照下，中國現代文學中的審美因素被突顯出來，而其他因素則相對被壓抑，作為文學史，這是明顯的缺陷和弊端。本文除了抽象性地從理論上對這一問題進行論證以外，將特別以金庸的武俠小說為例來分析和說明這一問題。

　　必須承認審美在文學藝術中的主導地位，審美是文學最重要的品質，沒有審美便沒有文學，沒有藝術性的文學是值得疑問的文學。但同時也必須承認，文學還有其他的品質，就文學的歷史和現

實而言，其中實用性和娛樂性也是文學很重要的品性。實用性是很寬泛的概念，不僅包括政治的功利性，同時還包括一般性的諸如知識普及、道德宣揚等，比如散文中的遊記、中國古代文學中的諸子散文和歷史散文、小說中的歷史小說、魯迅的雜文等，實用性都是它們很重要的品性。而娛樂性則主要是指文學能給人感官上帶來快樂。過去我們總是把娛樂和審美聯結在一起，通過審美對娛樂進行限定。其實，文學的娛樂性未必總是具有審美性，文學的娛樂性既體現為一種心理的快感，又體現為一種生理的快感。文學的娛樂性也未必總是輕鬆的、休息的，恰恰相反，它大多數情況下是緊張的，甚至緊張得給人身體上以痛感。文學的娛樂性從根本上是由文學的遊戲性決定的，而作為遊戲的文學可以既是審美的，也可以是非審美的。

　　中國現代文學本位觀從根本上同時也是一種審美本位觀，即一切以審美為標準，表現為，文學作品越具有審美價值，就越具有藝術性，在文學史中就越有地位，所佔分量和比重就越大，哪怕這些作品在當時影響很小，至今仍然難為一般讀者所喜愛。這樣，本來是龐雜而混亂的現代中國文學現象存在，在「審美本位主義」的觀照之下，便一切都變得清晰明瞭、輕重分明、秩序井然。

　　但是，這樣一種文學史觀是值得懷疑的。任何一個時代和民族的文學發展史都是一個複雜的歷史過程，作家作品、文學觀點、文學思潮、文學流派、文學批評等各種文學現象具有混雜性，它們在某些特徵上具有顯赫性，在某些方面取得了突出的成就，並且在總體上構成特色從而與其他時代和民族的文學區別開來。但內在上，任何一個時代和民族的文學在特徵和發展過程上都不具有絕對的統一性和單純性，中國現代文學尤其是這樣。近代以來，中國思想文化在價值觀上表現出異常混亂的複雜情況，傳統價值觀和主要是從西方學習和借鑒而來的現代價值觀在總體上構成激烈的矛盾和

衝突,而傳統價值觀和現代價值觀內部也並不是鐵板一塊,同樣具有內在的緊張與衝突。文學也是這樣一種狀況,舊體文學、新文學,在思想和文學追求上傾向於傳統的文學、在思想和文學追求上傾向於現代的文學,交錯混雜在一起。純文學,通俗文學,民間文學;探索性的先鋒與前衛文學,大眾文學,商業文學;追求青史留名的經過精心打造的精品文學,追求時效與經濟收益的粗糙的速食文學,追求政治效益和各種轟動效應的或歌功頌德或為了唱反調而唱反調的功名文學等等,各類、各體、各種品格和品位的文學並存不悖,在相互矛盾和衝突中又互相影響互相促進,它們各有自己的價值觀、文學主張和文學實踐,各有自己的邏輯發展理路及相應的發展過程,各有自己的影響範圍、發行渠道和讀者市場。中國現代文學實際上就是在這種文學價值觀和文學現象在結構上充滿內在張力的眾聲喧譁中構成的,中國現代文學在內涵上變動不居,但又保持某種整體的穩定性。因此,中國現代文學絕不能簡單地定性為審美的文學。藝術性當然是中國現代文學的一個非常重要的特徵,但中國現代文學絕不只有藝術性。所以,用審美的標準來衡量所有的中國現代文學現象,其實是非常主觀的,是不公平的,是一種歧視性的眼光。在「審美中心主義」的中國現代文學史中,藝術性的文學得到了突顯,而其他非審美性的文學則相對受到壓抑和排斥,而這些被排斥和遺漏的文學從審美的角度來說,沒有多大價值,但從其他角度來評價,它並非沒有價值,恰恰相反,它具有很高的文學成就,只是這種成就不是藝術性的。審美與功利性是對立的價值觀,審美的文學觀所否定的恰恰是功利的文學觀所看重的,在這一意義上,用審美的標準來衡量功利性的文學,顯然是價值倒錯的。

　　文學現象具有客觀性,但它本身不能構成歷史形態。文學史作為歷史本質上是觀念的產物。所以,歷史具有社會存在和人的觀念即客觀和主觀的雙重性。過去我們只強調歷史的客觀性,而忽視觀

念在歷史形態中的結構性地位。按照狄爾泰、海德格爾、胡塞爾關於歷史的「先入之見」的觀點，觀念在某種程度上其實對歷史的寫作具有制約性，觀念在歷史書寫中既是一種有色眼鏡，更是一種知識結構，具有工具性，當缺乏某種觀念時，人對歷史現象會視而不見。把中國現代文學史寫中國現代審美文學史，實際上是把豐富而複雜的中國現代文學納入了審美的理念和框架之中，即以一種觀念的形式把歷史純粹化。在「歷史是理解的歷史」的意義上，這有它的合理性。但理解是多樣的，觀念是多樣的，所以歷史也應該是多樣的。「審美中心主義」的中國現代文學史也不失為一種文學史模式，但我們同時也應該承認並理解其他的文學史模式。比如影響的中國現代文學史，接受和效益的中國現代文學史，政治和思想的中國現代文學史，文學形式的中國現代文學史，等等，同樣也有它作為觀念形態的歷史的合理性。其實，審美也是一種觀念，並且具有歷史性。

　　從根本上，中國現代文學審美本位觀也是逐漸建構起來的，所謂「審美」或「藝術性」其實是一個很人文的概念，不論是從世界文學史來看，還是從中國文學史來看，還是從更為具體的中國現代文學史來看，審美標準都是逐漸形成的，並且處於不斷的變化和發展之中。現實主義文學和浪漫主義文學被認為是中國現代文學的主潮，相應地，真實性、典型性、理想性、客觀性、情感性、描寫的白描、誇張、想像、奇特等手法被認為是審美的主要內涵。現代主義文學最初被介紹到中國的時候，被普遍地認為是怪誕的，因而在審美上也是不能接受和難以容忍的，但是現在，現代主義的藝術性成了基本的審美標準。「九葉派」、「朦朧詩」派的藝術成就很晚才得到普遍的認可，才相應地被納入中國現代文學的本位體系。

　　中國現代文學以審美為本位，就意味著功利性的、娛樂性的、消遣性的文學在現行的中國現代文學史上沒有地位，這種沒有地位

既表現在書寫的「篇幅」上，也表現在評價上。在現行的中國現代文學史編寫慣例中，對功利性的、娛樂性的、消遣性的文學作品的介紹在文字的比例上是非常有限的，對它們的品位和相應的文學史定位也不高。50 年代由於特殊的政治原因，特殊政治功利性的文學作品以及寫作這些作品的作家曾一度在一些文學史著作中佔據高位，比如蔡儀的《中國新文學史講話》、丁易的《中國現代文學史略》、張畢來的《新文學史綱》、劉綬松的《中國新文學史初稿》等，都把政治標準提高到文學的首位，文學史不僅是一種歷史，同時又是一種工具，具有宣傳毛澤東思想的作用。「正確地闡述和估價毛澤東文藝思想的偉大貢獻，對於中國現代文學史的編寫者來說，決不只在於能否反映出文學運動的歷史真實，更是一個能否以我國革命文學運動的歷史事實為例，來宣傳毛澤東文藝思想的重大政治任務。」[51]他們根據毛澤東的《新民主主義論》來對中國現代文學進行研究和定性，把整個新文學運動看作是新民主主義革命的一個重要組成部分。他們首先從政治上對作家和文學團體進行階級性質的劃分，然後再根據這種劃分對相應的作品進行藝術性質的演繹推理，政治上進步和革命的作家以及文學團體，其藝術往往也是「好」的，政治上落後和反動的作家和文學團體，其藝術上往往也是「壞」的。胡適、周作人、梁實秋、林語堂、胡風甚至於沈從文這些政治上有問題的人物，他們在文學史的貢獻或者被批判和否定，或者乾脆被以一種不予以言說的方式進行抹殺。「現代評論派」、「新月派」、「京派」、「海派」、「七月派」等社團和流派事實上被政治性地擠出了文學史的範圍，相反地，「左聯」、「太陽社」、「蘇區文學」、蔣光慈等流派、社團、區域文學和作家卻在文學史中突

51　樊駿：《關於編寫中國現代文學史教材的幾點看法》，《文學評論》1961 年第 1 期。

顯出來，不僅得到了較多的介紹，而且還被充分地肯定。魯迅、郭沫若、茅盾這些傳統的中國現代文學經典作家也被賦予了更多的政治上進步的色彩。

如何評價這種現象以及中國現代文學史學中的這段歷史，這是一個非常複雜的問題。很明顯，這種文學史模式以及研究方法是存在著嚴重的缺陷和弊病的，把政治標準作為評價文學現象和文學作品的第一標準甚至於唯一的標準，這明顯地有違於文學的基本原則。但必須承認它是有價值和意義的，作為對傳統中國現代文學史模式的反叛，作為對審美中心主義文學史的懷疑和悖離，它有其合理性，它至少昭示我們，中國現代文學史還有另一種寫法。作為一種啟示，它應該引起我們對文學史本位觀的反思。但可惜的是，我們並沒有由此而對中國現代文學史作為一種模式進行深入的思考，而只是簡單地對這種模式予以否定，實際上是在否定模式的時候連同對模式的思考本身也一起否定了。同時又必須承認，50年代中國現代文學史政治功利模式，於文學本位觀來說，缺乏一種自覺意識，也就是說，它們反審美中心主義，把政治提升到評判文學作品價值的中心地位，並不是緣於文學史內部的本位性反省，而是外部的政治環境所迫，是由當時的情勢使然。對於編撰者來說，他們也未必是真心實意地贊同「文學的政治標準第一」的觀點，從個人來說，他們未必不是審美中心主義者，他們在首先對作家作品進行政治定性之後，緊接著就對作家作品進行藝術定性，就是明證。所以，歷史地來看，50年代流行的中國現代文學史教科書並沒有對五四以來所形成的中國現代文學史編撰模式構成衝擊。事實上，隨著「文革」的結束，隨著政治因素在文學領域內的相對淡化，這種模式很快就被摒棄了，中國現代文學史模式重新回到審美中心主義，重新回到審美的本位觀。

　　我們反對文學史的「政治中心主義」、「娛樂中心主義」以及其他「中心主義」，因為任何一種「中心主義」都會造成把複雜的文學現象簡單化，把本來性質多樣的中國現代文學性質單一化。也正是在這一意義上，我們同時又承認功利性文學和娛樂性文學作為客觀現象在文學史上的合理位置。並且，在「存在的權力」的意義上它們和審美性的文學在地位上是平等的。對於審美性的文學，我們也應該持這樣一種態度，一方面，我們承認文學的審美性，並且承認文學的審美性是文學的最重要品質，承認審美性的文學作品在文學史上的最重要的地位，但同時我們又反對把審美唯一化、絕對化、本位化。從審美中心主義的立場出發，中國現代文學史上的一些重要文學現象比如「鴛鴦蝴蝶派」文學、「海派」文學，其地位都非常有限。而事實上，不論是「鴛鴦蝴蝶派」文學還是「海派」文學，它們都是重要的中國現代文學現實，它們在當時的影響非常大，對中國現代文學的貢獻同樣巨大。中國現代文學最重要的特徵就是它的多元性和豐富性，正是在這種多元性和豐富性的意義上，中國現代文學呈現出一種繁榮的局面。所以，如果沒有「鴛鴦蝴蝶派」和「海派」這些文學價值觀、風格、作用和意義等迥異的文學現象，便沒有中國現代文學的繁榮。在這一意義上，「鴛鴦蝴蝶派」文學、「海派」文學以及其他種類的文學如俠義小說、公案小說、遊戲作品等對於中國現代文學格局的形成其貢獻是巨大的。

　　但「鴛鴦蝴蝶派」和「海派」等文學的貢獻不是魯迅意義上的貢獻，也不是沈從文意義上的貢獻，它們主要的貢獻不在審美意義上，也不在於思想的深刻性上，而有它自己的獨特性，而消遣性、娛樂性、商業性等是它們的主體和價值的關鍵所在。當今，「鴛鴦蝴蝶派」文學、「海派」文學以及武俠小說、翻譯文學等過去被排斥和忽略的文學現象越來越得到人們的重視，並且在整個中國現代

文學史上地位呈上升的趨勢，這樣一種探索性的「發現」應該予以充分的肯定。但這些「發現」仍然存在著重大的缺憾，那就是，現今中國現代文學史研究中對「鴛鴦蝴蝶派」文學、「海派」文學、武俠小說的肯定仍然是從一種審美本位立場出發的，也就是，研究者們主要是從審美的角度對這些文學現象進行重新發掘和發現，最後的肯定性結論對於這些文學現象來說並不具有根本性，因為這些現象在歷史上存在的理由、當時發生重大影響的原因以及其價值本性都不是審美性，審美性也是其中的一個方面，但並不是根本的原因。當我們以審美價值為標準來對其進行判斷時，我們實際上把它們本質性的因素壓抑或者說忽略了，非本質的東西即審美性卻得到了彰顯，這樣，即使我們非常重視這些現象並試圖給它們以肯定的評價，但它們在審美性文學面前終不免是次等的，是附屬性的。它們的成就主次被顛倒了，它們之所以流行和發生影響的因素被遮蔽掉了，它們以一種被扭曲和誤解的方式被肯定，因此，它們從根本上並沒有得到公正的評價。

二

這裏，我特別以武俠小說主要是金庸的武俠小說在中國現代文學史上的命運為例來分析中國現代文學審美本位觀。

武俠小說是中國古典小說的傳統。近代以來，隨著中國社會商業化的發展，武俠小說煥發生機，得到了巨大的發展。可能讓很多人意外的是，武俠小說在五四以來的小說中其實佔有很大的比重，「在本世紀 20 年代到 40 年代，武俠小說的創作便達到了高潮。據不完全統計，這一時期的武俠小說家近二百人，其作品僅刊印成書

的就有七百種左右，幾乎等於其他各類小說的總和。」[52]50 年代之後，隨著梁羽生、金庸、古龍的橫空出世，武俠小說取得了驚人的成就，80 年代之後，影響達到了空前絕後。特別是金庸的武俠小說，非常普及，簡直達到了老少咸宜，婦幼皆知的地步，作為小說擁有如此多的讀者，且讓那麼多讀者癡迷、狂熱，自古及今，還沒有哪一位中國作家能和金庸相比。

但武俠小說在目前的中國現代文學史上根本就沒有地位。即使像金庸這樣的幾乎是家喻戶曉的作家，通行的「中國當代文學史」上也是只字未提。對於其地位和成就，評論界則頗有爭議。在中國大陸學術界，比較早承認金庸文學地位的是紅學家馮其庸，他高度評價金庸，基本理由是金庸小說「思想之深、範圍之廣，藝術形象之感人，場面之宏大」。[53]著名古典文學專家章培恒先生對金庸也給予高度評價，其中和《李自成》比較尤其引人注意，他認為：《李自成》「真中見假」，「導致讀者的幻滅感」，而金庸的小說「假中見真」，人物性格真實，富於感染力。[54]錢理群、吳曉東《彩色插圖中國文學史》認為「金庸的武俠小說的劃時代意義與價值正在於它的『現代性』」。[55]而對金庸武俠小說持否定態度的，最有代表性的人物是王朔和袁良駿，王朔否定金庸的最主要理由是：「我不相信金庸筆下的那些人物在人類中真實存在過，我指的是這些人物身上的人性那一部分。」「這老金也是一根筋，按圖索驥，開場人物是什麼脾氣，以後永遠都那樣，小胡同趕豬直來直去，正的邪的最後一齊皈依佛門，認識上有一個提高。」[56]對於如何評價金庸，袁良

---

[52] 武潤婷：《中國近代文學演變史》，山東人民出版社，2000 年版，第 120 頁。

[53] 馮其庸：《讀金庸》，《中國》1986 年第 6 期。

[54] 章培恒：《金庸武俠小說與姚雪垠的〈李自成〉》，《書林》1988 年第 11 期。

[55] 錢理群、吳曉東：《彩色插圖中國文學史》，中國和平出版社，1995 年版，第 230 頁。

[56] 王朔：《我看金庸》，廖可斌編《金庸小說爭論集》，浙江大學出版社，2002

駿先生和嚴家炎先生曾有一次正面的爭論，袁良駿對金庸基本上是持否定態度，理由主要有：「五大派系的矛盾不是現實社會客觀存在的矛盾，而是出於作家自己的杜撰」「仍然是脫離現實生活，仍然是不食人間煙火，仍然是天馬行空，雲山霧罩。」「仍然是刀光劍影，打打殺殺，血流成河，慘不忍睹。」「將武俠置於歷史背景之上，也有以假亂真的副作用。」[57]嚴家炎則充分肯定金庸，最重要的理由是：「金庸作品超越了俗文學。他不僅吸收各種俗文學的長處，也借鑒西方近代文學和五四新文學的藝術經驗，還採用電影、戲劇的技巧，稱得上武俠小說中的全能冠軍。他的作品思想文化品位相當高。」[58]

簡單地評論這些觀點的是非是困難的，本文也無意於對這些爭論作選擇判斷。我更感興趣的是這些具體觀點之後的更為深層的文學理念。我們發現，肯定金庸和否定金庸，雖然在觀點上完全相反，但在深層的文學觀念和中國現代文學史觀念上卻是驚人地相似，那就是，以審美為標準，以流行的藝術性為標準。袁良駿對金庸的否定，其理由概括性地說其實就是因為它是武俠小說，而不是現代小說，不符合現實目的和審美目的。我們看到，袁良駿批評金庸所持的標準諸如「現實社會客觀存在」、「現實生活」、「真實」、「歷史」其實都是現實主義文學的標準。金庸的武俠小說不屬於現實主義的文學，所以自然不符合這一標準，因而遭到否定。反過來，嚴家炎對金庸的肯定對於金庸的武俠小說來說，本質上也是外在的。他一方面承認金庸武俠小說的俗文學性，但另一方面，他又從「雅」即「超越俗文學」的角度肯定金庸武俠小說，並且歸結點仍然是思想和文化的品位。馮其庸從思想和形象的角度肯定金庸武俠小說，章

年版，第 6、5 頁。
[57] 袁良駿：《再說雅俗——以金庸為例》，《中華讀書報》1999 年 10 月 11 日。
[58] 嚴家炎：《就金庸作品答大學生問》，《中華讀書報》1999 年 12 月 1 日。

培恒從歷史真實的角度肯定金庸的武俠小說,錢理群從「現代性」的角度肯定金庸的武俠小說,肯定的尺度本質上都是流行和認同的審美標準。正是在這一意義上,很長一段時間以來關於金庸的爭論,其意義非常有限,甚至可以說是一個很具體的爭論。我們只是在為金庸爭地位,並不是在為整個武俠小說爭地位。而為金庸爭地位,又可以說是在為金庸武俠小說爭藝術地位,而不是在為他的小說爭武俠地位。這樣,即使金庸得到了認可,也並不意味著武俠小說得到了認可。所以,當金庸地位飆升的時候,同樣是在武俠小說中卓有成就的古龍、梁羽生在我們的文學批評界卻仍然默默無聞。這充分說明了金庸的個別性、特別性。金庸現在被我們奉為「中國現代文學大師」,並不是因為其特殊的武俠小說,而是因為其武俠小說特殊性所隱含的一般藝術性。

　　因此,從根本上我們對金庸的肯定和否定其實是本末倒置的。金庸小說現在大陸最流行的版本是生活・讀書・新知三聯書店出版的《金庸作品集》,共三十六巨冊。我們也主要是據此認定金庸是文學大師。通讀這個版本,我們看到,金庸的武俠小說的確具有高超的藝術性即審美價值,藝術「大師」當之無愧,但即使這樣,我們也不能說我們對金庸的評論是到位的。金庸真正成名是在 50～70 年代,金庸的武俠小說以及整個武俠小說發生空前的影響也是在這個時期。70 年代以前的金庸武俠小說和現在我們見到的「三聯版」金庸武俠小說有很大的不同,金庸的武俠小說是以「報紙版」方式驚現文壇的。「報紙版」的金庸武俠小說是地道的武俠小說,重身體輕藝術或者說有身體無藝術,具體表現為:文字的粗糙、情節的前後矛盾、文化底蘊的缺乏、結構上缺乏總體構思、思想內涵的淺白和平庸,等等。而「三聯版」則是在「報紙版」的基礎上修改而成,其修改幅度和力度之大,在文學「修訂」史上可以說少見。《雪山飛狐》經過多次修改,「約略估計,原書十分之六七的句子

都已改寫過了。」[59]《書劍恩仇錄》最後的修訂本和最初在報紙上發表時相比較,「幾乎每一句句子都曾改過。」[60]「《碧血劍》曾作了兩次頗大修改,增加了五分之一左右的篇幅。」[61]《射雕英雄傳》「修訂時曾作了不少改動。刪去了一些與故事或人物並無必要聯繫的情節,如小紅鳥、蛙蛤大戰、鐵掌幫行兇等等,除去了秦南琴這個人物,將她與穆念慈合而為一。也加上了一些新的情節……」[62]《天龍八部》最初在《明報》和《南洋商報》上同時連載時還請人捉刀了四萬多字。修改後的小說不僅保持了原小說的身體性即武俠性,而且增加了藝術性即審美性。這樣,金庸的武俠小說就從從前的普遍的武俠小說而提升為現在的藝術性的武俠小說。所以,我認為,「報紙版」金庸武俠小說和「三聯版」金庸武俠小說是兩種具有質的區別的武俠小說,70 年代之前的金庸和 70 年代之後的金庸是兩個不同的金庸,前者是武俠小說作家,和梁羽生、古龍、溫瑞安沒有質的區別,後者是文學大師,和魯迅、郭沫若等具有同樣的性質。

　　在這一意義上,金庸作為文學大師是修改出來的。我們主要是從審美和藝術上對金庸進行解讀,所以金庸作為文學大師又可以說是被塑造出來的。金庸的小說首先是武俠小說,這是一個簡單但又重要的事實。金庸武俠小說的根本就在於它的武俠,就在於它的情節的緊張、打鬥的刺激。就在於它的俗,就在於它的世俗的情感性與娛樂性。金庸武俠小說以及整個武俠小說當然具有藝術性,具有

---

[59] 金庸:《雪山飛狐·後記》,生活·讀書·新知三聯書店,1999 年版,第 229 頁。

[60] 金庸:《書劍恩仇錄·後記》,生活··讀書·新知三聯書店,1999 年版,下冊,第 807 頁。

[61] 金庸:《碧血劍·後記》,生活·讀書·新知三聯書店,1999 年版,下冊,第 799 頁。

[62] 金庸:《謝雕英雄傳·後記》,生活·讀書·新知三聯書店,1999 年版,第四冊,第 1479 頁。

審美價值，但它更重要的本質則在於世俗的快樂，特別是身體的快樂。「身體快樂」這是一個長期遭受壓抑和忽略的事實。對於文學藝術來說，這是一個具有顛覆性的概念。過去，我們總是固執地信守文學的精神性，把文學創作和文學欣賞都看成是純粹的精神活動，極力維護文學創作和文學欣賞的審美性，並把審美從精神的層面上予以神聖化，認為文學一旦世俗化和功利性便是褻瀆了文學的神聖性。從這種文學理念出發，迄今為止的文學活動總是極力壓抑身體。但事實上，文學活動根本就不具有這樣一種純粹性。審美性當然是文學的重要特徵，這與文學的「人學」有很大的關係，但是，文學不只有審美性，身體性就是一個很重要的特徵，這同樣與文學的「人學」有很大的關係。因為，人的身體是人的最重要的本質，人如果沒有了身體，其實什麼也不是，什麼也不具有，人的一切活動與本質都與人的身體有關，文學也不例外。事實上，文學的審美性和文學的身體性是緊密地結合在一起的，即使是最高雅、最純粹的文學作品，其給人的欣賞感覺也不完全是精神上的，而具有身體性，精神上的愉悅總是伴隨著身體的快樂。文學欣賞活動中，只有精神上的快樂而身體上毫無反應或者精神上快樂而身體上痛苦，這都是難以想像的。

　　對於不同的作品來說，其審美性和身體性的情況各不相同。有的作品以審美性為主要特徵，也是以審美性為社會所接受，迄今為止，我們所認可的世界文學名著大多數屬於這種類型。有的作品審美性與身體性並重，英國小說家勞倫斯的某些小說，中國古典小說《金瓶梅》就是這種類型。過去，我們總是從精神上否定黃色小說，這是從社會功利的角度來看視問題，當然有它的合理性。但對於個體來說，黃色小說有它特殊的價值和作用，它不僅能夠滿足人的精神需要，同時還能滿足人的身體需要，從個體來說，它具有另一種合理性。這正是黃色小說屢禁不止、長期存在的原因。以一種倫理

道德的標準把黃色小說排斥在文學史之外，這有社會學的根據，黃色小說的根本性缺陷在於它社會價值的負性，而「負性」是社會不可避免的存在。有的小說則是以身體性為主要特徵。武俠小說就是比較典型的身體型小說，它以激烈的打鬥構成緊張的情節，通過心理的張馳影響人的身體的張馳，從而達到身體的活躍與放鬆因而愉快。對比武俠小說欣賞的愉快與身體活動的愉快，我們看到，欣賞武俠小說和人的兩性行為以及體育運動等身體活動具有驚人的相似。審美性小說通常讓人回味無窮，反覆品玩，如醇酒越品越有味道。但欣賞武俠小說恰恰相反，閱讀時神情激蕩，高度緊張，讀完之後則倍感失落，是一種釋放和輕鬆的愉快。

　　身體性是武俠小說最重要的價值，這是它得以通行並得到廣泛喜愛的根本性原因。具體對於金庸的武俠小說來說，它被社會所廣泛認可的東西，並不是我們的批評家所肯定的地方，甚至也不是金庸本人所樂道的東西。武俠小說不同於大眾文學，我們所說的大眾文學，強調階級性，即人民群眾在內容和形式上的喜聞樂見，而武俠小說所描寫的對象並不是老百姓自己，所寫的多是才子佳人、英雄、貴族甚至帝王將相，生活也不是他們所熟悉的。大眾文學更關心大多數人，寫的多是大眾身邊的人和事，而武俠小說則更關心超人，讀者一般不會把小說人物和個人的命運聯繫在一起。正統的武俠小說多寫手腳功夫，武器也很重要，但武器必須和人的心智與功夫結合在一起。這些武功，缺乏物理根據，從根本上就是一種虛幻。武俠小說也不是通俗的，金庸的小說有很深的歷史文化意蘊，其大量的典故與歷史知識，可以說與通俗相去甚遠。他的古文功底很好，小說中有大量的半文半白的話，這與通俗和大眾也是相背離的。金庸的真正意義在於，「面對地富海涵的金庸小說，讀者內心所潛藏的『雅俗之分』、『經典文本』意識以及社會予之的一系列等級劃分與歧視，都在讀者身體的個人式愉悅和『武俠迷』群體快慰

的交流中，轟然坍塌。」[63]真正的意義不是傳統的審美意義，而是身體愉悅的意義，是通俗文學特殊的價值和意義。

　　金庸無疑是文學大師，但他不是我們通常所說的大師，即純文學和審美意義上的大師。王一川編《20世紀中國文學大師文庫》小說卷把金庸列入大師，並且位居小說第四，實際上是換了一種文學標準來看視金庸，他說：「長期以來，我們僅以『現實主義』這一標準衡量文學創作，這未免失之偏頗。金庸作品的特點是，用通俗手法表現深刻內涵，情節和細節雖然荒誕，但寫出了中國古代文化的魅力。」[64]只有換一種文學標準，金庸才能有如此的地位，也只有換一種文學標準，為金庸辯護才有意義。但問題在於，對於金庸研究來說，僅僅突破現實主義的文學批評標準還是遠遠不夠的，還必須超越新文學本位性的中國現代文學觀，還必須超越審美中心主義的現代文學本位觀。錢理群認為魯迅和金庸是「雙峰並峙」，這個結論需要改變文學觀念才能成立。魯迅和金庸是中國現代文學史上兩種不同類型的大師，這種不同不僅僅只是雅俗的不同，同時還是審美與身體、思想啟蒙與消遣娛樂的不同。魯迅和金庸作為文學大師當然有共通的地方，但總體上他們有根本性的差異，我們不能用魯迅的標準來要求金庸，也不能用金庸的標準來衡量魯迅。這就需要我們調整文學觀念，重新確定我們的文學殿堂，對文學與非文學、雅文學與俗文學、主流文學與非主流文學、文學的中心與邊緣進行重新劃界甚至於取消疆界，這就要求我們對所有的文學不帶偏見地一視同仁。嚴家炎認為：「金庸的藝術實踐又使近代武俠小說第一次進入文學的宮殿。這是另一場文學革命，是一場靜悄悄地

[63] 宋偉傑：《從娛樂行為到烏托邦衝動——金庸小說再解讀》，江蘇人民出版社，1999年版，第187頁。

[64] 王一川：《20世紀中國文學大師文庫小說卷》「序言」，海南出版社，1994年版。

進行著的革命。」[65]嚴先生這句話富含深義，有很多值得深入思考和追問的地方。說金庸對於中國現代文學來說是一場「革命」，這絕不誇張。這種革命既是指金庸對於中國現代文學格局的衝擊，但更是指金庸武俠小說對我們的文學觀念的衝擊。這句話也說明，從前是有一個「文學的宮殿」的，在這個「文學的殿堂」中，不包括武俠小說。但為什麼把武俠小說排擠在「文學的殿堂」之外？這個文學的殿堂是如何形成的？其建構的根據是什麼？這些都值得反思。

對於金庸及其武俠小說的評論，據說金庸本人非常看重三件事，一是王一川先生「排文學座次」尊他為大師；二是嚴家炎先生在北大開金庸小說講座；三是海外召開金庸小說國際學術討論會。他平時也很注重引用教授學者的意見，也特別看重這些意見。據說他不願意別人叫他武俠小說家，而更願意人們稱他小說家。這些都說明了他的「大師情結」、「經典情結」，對小說反覆修改也反映了他的經典意識。其實，對於金庸來說，重要的並不是這些，而是以小說挽救《明報》這一奇蹟以及製造了一個虛幻的武俠世界。重要的是他的小說發行了上千萬冊，且有無數根本就沒法統計的盜版，這也是最令人自豪的。最重要的是有無數的金迷，並且這些人數還在不斷地增加，這並非是那些紅極一時的小說家可以相提並論的。金庸的小說會對一代代的中國人發生影響，並且是文學方面的影響，而不是其他方面的影響。還有什麼比這更好地說明了他的文學性呢？這些我們不重視，那麼，我們應該重視什麼呢？這些不是文學，那麼文學又是什麼呢？金庸武俠小說的合法性是由大眾決定的，大眾是它的命脈。但現在，我們的文學史家包括金庸本人卻轉

---

[65]　嚴家炎：《一場靜悄悄地進行著的文學革命》，《通俗文學評論》1997 年第 1 期。

而從純文學這裏尋求合法性。這從根本上是價值倒錯的。用不適當的標準，並不能真正給金庸以恰當的地位。本質上，金庸是被誤讀的金庸。

本文原載《社會科學戰線》2005 年第 3 期。《文藝報》2005 年 9 月 1 日「學術新見」摘要。

中國現代文學史「作家作品中心論」批判

一

　　必須承認，作家作品是文學史中最重要的文學現象，也是最顯著的文學現象。就目前的世界性文學評價體系來說，是否具有偉大的作家和經典性的作品，一直是衡量一個民族或國家或時代的文學成績的最重要標準。客觀公正地說，文學流派、文學思潮、文學社團、文學批評、文學教育以及文學體制、文學傳媒等，其結果最終都要不同程度地體現在作家和作品上，文學思潮、文學流派、文學社團、文學傳媒、文學教育、文學批評的發達與繁榮本身並不能直接證明文學的發達與繁榮，同樣，文學體制的合理性也不能直接作為衡量文學成就的尺度，文學成就最終要歸結為作家和作品，要以作家的作品說話。但是，文學史不是文學成就史、文學結果史，文學史同時更是文學發展史、文學過程史。把中國現代文學史寫成中國現代文學作家和作品史，雖然突出了中國現代文學的成就，並且非常有利於文學教育，但從文學的歷史過程來說，這是具有明顯的缺陷和弊端的。它強調了「文學」但卻淡化了「史」。

　　據黃修已先生研究，中國現代文學史「作家論型」模式是從1956 年的《中國文學史教學大綱》開始確立的，「《大綱》則創立了以作家為基本單位所構搭的體例，不妨稱之為『作家論型』，即

以文藝運動分割出文學階段後，將各階段作家依其地位分成大小佇列，依次排列。」⁶⁶但需要補充說明的是，「作家論」的深層根據是「作品論」，也就是說，作家的地位和成就是根據其相應的作品的價值和地位來決定的。這樣，也可以說，1956 年的《中國文學史教學大綱》確立了中國文學史「作家作品中心」的編寫模式。

但中國現代文學史以及推而廣之的中國文學史的「作家作品中心論」模式的確立和迅速地獲得廣泛的認同，其理論背景和知識基礎是非常複雜的。中國傳統的歷史觀念、西方「文學史」概念作為話語方式的權力、中國自本世紀初以來文學史的本土建構積澱等從深層上規定和影響了中國現代文學史「作家作品中心論」模式的建立。我們把當今的中國文學史和自《史記》以來的中國正統的歷史著作相比較，我們發現二者在模式上何其相似乃爾，不同在於，「二十五史」敘述的是帝王將相、王公大臣以及其他社會名流，而中國文學史敘述的則是作家作品。二者的敘述邏輯更是驚人地相似，都是按地位和功績排座次，其地位的高低與敘述的章節和篇幅成正比例關係。這裏，中國傳統的歷史觀以及表述方式對中國現代文學史的「作家作品中心」模式應該說具有深層的影響。

同時，「文學」及「文學史」話語深刻地影響中國文學史學科的建構。中國古代只有「藝文志」、詩話、詞話以及歷史層累性質的經籍「註疏」。現代意義上的「文學史」概念是從西方引進的。而「文學史」作為概念其背後是更大的、具有整體性的西方話語，諸如比較表面的哲學、歷史、倫理學、法學、心理學、教育學以及更為深層的理性、邏輯、進化、科學等概念，文學、哲學、歷史的分科本質上是西方理性主義話語的產物。所以，西方話語是一個整體或者語言學中所說的「系統」，而中國古代話語則是另一種體系。

⁶⁶ 黃修己：《中國新文學史編纂史》，北京大學出版社，1995 年版，第 181 頁。

當西方話語還沒有從整體上進入中國的時候,「文學史」概念在古代漢語語境中是不具有獨立意義的,就是說,它事實上不能脫離它的語言體系而獨立地進入古漢語中。中國古代只有西方意義上的文學現象而不存在西方式的文學表述或命名,所以,西方的「文學」概念在中國得以通行,它必須以對中國文化現象進行重新分割作為前提,也就是說,文學作為概念及其疆界是和哲學、歷史、語言學這些概念以及相應的學科疆界同時確立的。在這一意義上,20世紀初,文學史概念在中國的種種境遇實際上反映了話語之間的衝突,以及中國現代話語形成的過程。當哲學、歷史、語言學這些概念還沒有完全引進的時候,文學史的概念缺乏它自己語言體系的定位,中國文學史便出現了本世紀初的流離、遊移、邊界晃蕩的狀況。

中國古代歷史作為文化方式雖然非常發達,並且積累了豐富的知識,但中國古代並沒有文學史,「文學史」是從西方引進的概念,同時也是對文學進行重新言說的話語方式。按照索緒爾的觀點,詞語的意義是在詞語的比較中根據差異性原則確定的,就是說,詞義與語境有很大的關係。「文學」作為從西方輸入的概念其語義也是這樣,它的意義實際上是在和同樣是從西方輸入的比如「哲學」、「歷史」、「教育」、「文化」、「倫理」等概念的相互關係中確定的,正是在和它們的區別的過程中「文學」確定自己的知識邊界。在中國古代,文學是一個非常寬泛的概念,它不僅包括今天所說的文學,同時還包括文字學、經學、音韻學、歷史學、文章學等,所以,早期的中國文學史比如林傳甲的《中國文學史》、黃人的《中國文學史》雖然「文學史」理念是從西方引進的,但「文學」的概念卻是中國傳統的,文學史總體上表現出明顯的中西雜揉的痕跡。隨著「文學」概念的進一步西方化,以及更為廣泛的西方話語的引進和被接受,中國文學史越來越走向審美性和藝術性的作品模式,即「作家作品

中心論」。二十年代初期的凌獨見說：「從來編文學史的人，都是敘述某時代有某某幾個大作家？某大作家，某字某地人？做過什麼官，有什麼作品？作品怎樣好壞。」[67]也就是說，「作家作品中心論」的文學史模式在 20 年代就已經非常普及。

　　當然，我們承認「文學」和「文學史」作為話語方式是從西方引進的，它們對我們目前的「作家作品中心」的文學史模式具有深刻的影響。但同時我們也承認，「文學」和「文學史」的概念在引入中國的過程中，由於語言體系的不同以及深廣的文化的不同，它們都發生了變異，即中國化了。所以，近代以來，中國在引入過程中逐漸確立的「文學」和「文學史」話語又具有中國性。在這一意義上，目前的「作家作品中心」的文學史模式是逐步建立起來的。戴燕說：「中國文學史的編纂，恰好相當完整地展現了當新知遭遇舊識時，舊識既與新知衝突，卻又充當新知的媒介，最後並且與新知溝通、融會，你中有我、我中有你的過程。」[68]這其實是以一種話語的顯在方式，把話語本身的矛盾解釋為知識譜系之間的衝突。我同意這樣一種描述，但我更願意把晚清的文學史矛盾現象看成是話語之間的衝突。考察中國文學史編纂的發展過程，我們看到，「文學史」這個概念在中國始終處於一種雙向的運動和調整的過程中，至今仍然是這樣，中國現代的「文學史」概念既不是西方原生形態的，也不是中國傳統語境中的，而是西方概念和中國古代概念衝突融合而生成的第三種概念，即中國現代語境中的「文學史」概念，具體地說，它是在「西化」與「中國化」的雙重作用的過程中形成的。這種生成或者說建構的過程，既具有歷史必然性，但也有偶然性，就是說，它具有歷史的必然性，但不具有理論的必然性。是歷

---

[67] 凌獨見：《國語文學史綱》，商務印書館（上海），1922 年版，「自序」。

[68] 戴燕：《文學史的權力》，北京大學出版社，2002 年版，前言第 5-6 頁。

史的種種機遇造成了中國文學史目前的這個樣子，但它也可以是另外一種樣子的，它實際存在著另外發展的可能。

　　具體地，中國現代文學史「作家作品中心」模式也是一個逐漸建構的過程。而在這逐漸建構的過程中，趙家璧主編的《中國新文學大系》顯然是一個重要的「事件」。旅美學者劉禾曾對《中國新文學大系》在中國現代文學合法化、經典化的過程中所起的作用作過專門性的研究，她的觀點是：「新文學大系」在確定新文學的經典的過程中起了非常重要的作用，「自從胡適、鄭振鐸、魯迅以及《大系》的其他編者奠定了經典性的中國現代文學史觀的基礎後，這種千篇一律的敘述在中國大陸、在美國和歐洲被一遍一遍地講述著。」《大系》出版以來，後來的文學史著作擴展了其內容，並使自己跟上時代以適應 1927 年以後現代文學史的新發展。但《大系》的概念範式──分期、體裁等等──在後來中國大陸學者所寫的文學史中幾乎沒有任何改變。……王瑤的《中國新文學史稿》通過抹去《大系》所包括的一些作家來建立一種政治上正確的中國現代文學史觀。」[69]五四新文學之後，文學史對新文學在整個五四以來的文學史中的地位如何確定，很長一段時間都很混亂。五四時期，陳獨秀、胡適都希望用新文學取代舊文學，並且胡適還試圖在「中國文學史」的書寫中論證新文學的歷史必然性以及「新文學運動」的徹底勝利。但新文學並沒有在事實上取代舊文學，相反地，五四之後新文學還有一個消沉的時期，30 年代的時候劉半農還抱怨曾轟動一時的白話詩，「然而到了現在，竟有些像古董來了」。[70]《中國新文學大系》的編纂以及其他相類似的新文學敘述活動則以一種話語權力的方式重塑了新文學，「新文學大系」實際上是建立了一套

[69]　劉禾：《跨語際實踐──文學，民族文化與被譯介的現代性（中國，1900～1937）》，生活・讀書・新知三聯書店，2002 年版，第 323、327 頁。
[70]　劉半農：《半農雜文二集》，上海書店出版，1983 年版，第 352 頁。

新文學的話語，通過這套話語的確立最終使新文學合法化。並且，「新文學」話語具有專斷性，這種專斷性的話語最後成為中國現代文學批評的基本話語方式，這就使「新文學」從語言學的深層次上在中國現代文學史書寫中一直具有霸權的地位。「新文學大系」所確定「新文學」的術語、概念、範疇特別「作家作品中心」的敘述模式，後來一直為中國現代文學史所沿用。

二

中國現代文學史上，大凡有地位的作家，都有相應的經典性的作品，作家的「級別」和「等次」與作品的「級別」和「等次」是相一致的，這與現實生活中作家按照行政「級別」排序和按照道德修養與人品的倫理性等次有很大的不同。在這一意義上，中國現代文學史「作家論型」從根本上又是「作品論型」。縱觀中國現代文學史，我們可以看到，對歷史上優秀作品的介紹、分析和賞析佔了文學史很大的篇幅，這與中國現代文學史作為學科的教育性質有很大的關係。在目前，中國現代文學既是一個學術領域，但更是一個學科。在中國，文學史教育是文學教育的一個重要途徑和方式，當今中文學科的文學知識教育與文學水平教育主要是通過文學史教育的方式來實現的。所以，大學中文系專業設置中，文學史佔的比重很大，中國現代文學史的分量尤其重。與這種文學教育理念相一致，我們現行的文學史特別強調對優秀作家和作品的分析，文學史研究的重點與非重點往往以文學的成就作為標準，文學史教科書在文字篇幅上的多少與作家和作品的輕重成正比例，對於學習來說，文學評論的標準就是在這種文學史學習的過程中不經意地建構起來的。這樣，相應地，文學史就變成了文

學成就史和傑出作家史，而文學發展史包括文體史、思想史等就相對地被忽略了。

「作家作品中心論」這種模式既符合中國史傳傳統，在方式上也能夠為人們所接受，同時又便於教學和編纂，所以，這種模式得到廣泛的認可，不斷地被沿襲，以至形成一種根深蒂固的傳統，即「本位觀」。我們看到，不論是「現代文學史」還是「當代文學史」，都是這樣一種模式。魯迅、郭沫若、茅盾、巴金、老舍、曹禺、艾青、趙樹理、柳青、王蒙、賈平凹等構成了中國現代文學的代表，他們的作品構成了中國現代文學的典範，一部中國現代文學史就是一部中國現代作家作品史，因此，中國現代文學家的「本紀」、「世家」、「列傳」便構成了中國現代文學史的主體。於是，中國現代文學史的「重寫」便體現為一種作家和作品的重新排座次，便體現為作家的發現與作品的發現以及與此相對應的作家的消隱與作品的消隱。

這實際上反映了我們重主流、重成就、重名作家、重名作品這樣一種中國現代文學本位觀。必須承認，對於文學史來說，作家、作品是最重要的，優秀的作家和作品應該得到突出的介紹和書寫，「以史為鑒」應該說是文學史最重要的目的之一，而學習優秀作家的創作經驗和以經典的作品為學習的楷模，把文學知識、文學理論的學習融於經典作品的分析和欣賞之中，這可以說是文學的「以史為鑒」的最為正性的方式。但文學史不論是從發展線索來說，還是從文學現象來說，都不只是作家與作品，還有作家和作品賴以存在的前提性基礎，比如文學思潮和流派、文學的社會接受和承傳方式、文體演變的內在性規律等，這都應該是文學史的重要內容。它們和時代的文化、哲學、倫理道德等共同構成了文學作品的根基，就學習而言，同樣是重要的內容，也值得借鑒。中國現代文學史為什麼不能寫成文學接受史、文學思潮史、文學形式流變史呢？

　　現代解釋學文學理論和接受美學已經充分證明，文學作為一個
完整的過程，不僅包括作家寫出作品，同時還包括讀者接受作品。
美國文學理論家艾布拉姆斯認為：「每一件藝術品總要涉及四個要
點」，即作品、藝術家、世界和欣賞者。[71]作品、藝術家和欣賞者
構成藝術的「三極」，它們互為雙向關係，互相依賴又互相制約，
而把它們聯結起來的媒介或者說紐帶則是世界即社會生活。因此，
文學作為一個完整的過程，絕不僅僅只是作家和作品，同時，讀者
和社會生活也是其中重要的一環。根據現代解釋學的「存在」理論，
文學作品並不是一個擺在那兒的客觀的東西，文學作品存在於意義
的顯現和理解活動之中，作品的價值和意義並不是絕對客觀的，而
與讀者的閱讀和理解有很大的關係，閱讀和解釋也屬於文學的本體
內容。所以，從作品效應來說，作品所呈現出來的意義並不是作者
的意圖而是讀者所理解的作品的意義。正是在這一意義上，對於作
品的存在來說，作者的創作是重要的，讀者的理解同樣是重要的，
讀者的理解使作品的存在變成現實，文學作品之所以是文學作品同
時也取決於它的本質功能得到實現的過程。一部文學作品只有在閱
讀的理解中它才能作為文學作品而存在，否則就只是「物」，只是
「白紙黑字」。姚斯認為，文學作品就是在理解過程中作為審美對
象而存在的，文學作品的存在展示為向未來的理解無限開放的效果
史。文學作品的存在方式不僅與「作品與作品」、「作品與一般社會
歷史」相關聯，而且也與讀者的接受相關聯。文學作品從根本上就
是為讀者的閱讀而創作的。讀者實質性地參預了作品的存在，甚至
決定作品的存在。離開了讀者的閱讀，作品只是文本，還不是作品。
作品的生命是以讀者的閱讀作為存在形式的。在這一意義上，作品

---

[71] 艾布拉姆斯：《鏡與燈──浪漫主義文論及批評傳統》，北京大學出版社，
　　1989 年版，第 5 頁。

不是純客觀，作品的意義也不是絕對客觀的，而根據讀者的接受不同而不同，也就是說，作品的意義是變動不居的。所以，一部文學史就是一部文學作品的接受史。在這一意義上，中國現代文學史的「作家作品中心論」存在著理論上的缺陷，具有片面性。

　　把中國現代文學史簡單地描述成中國現代作家史和作品史，這貌似客觀，其實非常空洞。因為正如上面所述，作家和作品只是整個文學過程的一個環節，並且是比較表層的環節。社會生活和讀者在文學活動中雖然構不成獨立的意義，但它們制約著作家和作品，它們構成了作家和作品深層的基礎。具體對於中國現代文學來說，五四以來劇烈的社會變革既是新文學的原因，也是新文學的結果。中與西、傳統與現代、激進與保守等文化和文學觀念的衝突構成了中國現代文學廣闊的背景。從讀者的層次上來說，中國現代文學史上的讀者群是異常複雜的，由於接受的教育程度、教育方式、教育觀念的不同，讀者可以劃分為很多類型不同的層次，新文學、舊文學、高雅文學、通俗文學、大眾文學等各有自己的市場，這是各種文學能夠獨立存在並發生各自影響的很重要的原因。這種社會觀念和讀者的層次對於作家和作品來說，並不是無關緊要的，它們構成了文學的深層基礎，制約著作家及其創作，並且深刻地影響作品的存在。把歷史的讀者完全排斥在文學史範圍之外，這是不全面的。

　　比如魯迅。中國現代文學史上的魯迅是作家的魯迅和作品的魯迅，但本質上，魯迅作為文學現象是異常複雜的。魯迅既是五四這樣一個時代的產兒，同時他又以他卓越的貢獻成就了那個時代。歷史事實是，偉大的作家往往是以群體的方式而不是以個體的方式出現的，因為作家之間的相互影響、相互學習、相互激勵，對於任何一個時代的文學史來說，都是良好的品質，不同在於，小作家們互相學習因而一個時代都是小作家，而大師們互相激勵，便導致大師們成批地產生。任何把魯迅和他同時代的作家割裂開來，把魯迅和

他的時代脫離開來的作法，都不利於正確地理解魯迅。魯迅的成就是在與他同時代的作家們的共同努力中建樹起來的，魯迅的地位是在與他同時代的作家們的比較中確立的，這些作家對於成就魯迅具有重要的作用和意義。魯迅不可能以一種獨立的形態建構中國現代文學。同時，魯迅的地位是在和時代的對話中確立的，時代既構成了魯迅作為文學現象的背景，同時也是他作為文學現象的原因和基礎。在這一意義上，沒有五四新文學運動便不可能有魯迅，沒有現代作家群，便不可能有魯迅。所以，魯迅作為中國現代文學最重要的現象，不僅包括魯迅本人及其作品，同時還包括對魯迅的重塑和闡釋，毛澤東對魯迅的評價，一代代人對魯迅的接受、解讀和闡釋，都構成了魯迅作為文學史現象的一個重要組成部分。把魯迅看作是一種絕對的客觀，一種超然於具體讀者、具體環境的獨立存在，認為魯迅具有一種終極性價值和意義，這不過是一種神話或虛妄。

　　事實上，今天文學史上的魯迅並不是歷史上那個絕對的魯迅，這個絕對的魯迅事實上是不存在的。文學史上的魯迅實際上是我們一代代人所理解、闡釋、解讀的魯迅。魯迅在文學史上的評價形象以及內涵是不斷地變化的，這種變化不能簡單地理解為對魯迅研究的不斷進步，即並不意味著我們過去對魯迅的理解存在著片面或者說錯誤，並不意味著我們現在對魯迅的理解就達到了本真的理解，這種理解僅僅意味著理解的變化，過去的理解與現在的理解僅僅意味著理解的差異，這種差異是由時代的變化和觀念的變化造成的，過去對魯迅的評價和現在對魯迅的評價並不存在孰優孰劣、孰正確孰錯誤的區別。對於魯迅來說，理解的差異性具有本體論意義。魯迅在文學史上的存在，本質上就是這樣一種二重的存在，它既以原初的、客觀的魯迅作為前提和基礎，同時又賦予這種原初性和客觀性以我們自己和別人的理解，就是說，文學史上的魯迅，既有歷史性，同時又有當代性，既具有客觀性，同時又具有理解性，是歷史

性與當代性、客觀性與理解性的有機統一。問題僅僅在於，我們誤解了「當代性」和「理解性」，以為魯迅的當下意義是魯迅所固有的，以為我們所理解的魯迅就是客觀存在的魯迅。在這一意義上，就目前的中國現代文學史來說，我們事實上已經承認了讀者在文學史中的實際位置，事實上已經承認了理解對於文學史的合理性，事實上已經超越了作家作品論，只是沒有從本體論上意識到它罷了，即沒有有意識地把讀者接受、理解以及時代環境等因素納入中國現代文學史體系。

三

中國現代文學現象是異常複雜的，除了作家作品以外，文學期刊、文學社團流派、文學沙龍、文學理論與批評、文學批評家，等等，這些都是非常重要的事實，作為文學史，如果這些現象和因素被略而不記，顯然是很難達到深刻的。如果只是從作家作品出發來寫作中國現代文學史，勢必會輕視其他文學歷史事實。檢討目前的中國現代文學史，我們看到，歷史上的一些很重要的文學現象，比如通俗文學現象、大眾文學現象、商業文學現象、民間文學現象等都沒有得到反映和書寫，這與作家作品論的文學本位觀應該說有很大的關係。「作家作品論」本質上是一種經典意識，它對於「雅文學」或者說「純文學」來說，的確具有概括性，因為「雅文學」或者說「純文學」是以經典作家和作品作為標誌的，也是以經典作家和作品作為批評的尺度。是否有大師級作家和世界性的經典名著，這是一個國家或地域、一個時代的文學是否發達和先進的標誌。就目前世界範圍內的文學評判標準來說，有了大師級作家和世界性文學名著似乎可以彌補其他文學方面的一切缺陷和不足。但這一尺度

對於其他文學現象卻並不絕對適用，很多文學現象，比如上述通俗文學、大眾文學、商業文學、民間文學，對於一個國家或民族的文學生活來說，非常重要，但它們卻很難產生經典作家和經典作品，用經典作家和經典作品的標準來衡量它們可以說是勉為其難的，通俗文學、大眾文學、商業文學和民間文學，它們的功用、價值和追求與雅文學不同，對它們的衡量也是另外一套標準和原則，比如宣傳功用、普及原則以及教化、娛樂作用等。對於民間文學來說，它根本就不關心作者是誰，也不追求經典性，特殊的功能是它存在的唯一理由。撇開民間文學的特殊功能來評價民間文學，民間文學便什麼也不是，並且在存在的權力上都值得懷疑。因此，既然通俗文學、民間文學、商業文學、大眾文學等不以作家作品為標誌和尺度，那麼，仍然以作家作品為標準來看視它們，就有失公允，當然也不可能對它們進行正確、客觀、公正的評價和書寫。

我始終認為，文學流派史、思潮史，比作家作品史具有同等的文學史價值和意義。相比較而言，作家作品史更具有文學鑑賞的性質，而流派和思潮史更具有歷史的性質，前者重文學批評輕文學過程，後者重文學的歷史發展過程而輕對作家作品進行個案研究，應該說，兩種模式各有優長，且互為補充。但中國現代文學史的現狀卻是，作家作品史因為具有本位性因而也相應地具有合法性，思潮史、流派史因為不具有本位性因而在文學史層面上不具有合理性，它是比文學史低一個層次的系統，具有「二級性」，也就是說，它被認為是中國現代文學的「專門史」或者組成部分，而不具有獨立的文學史意義。但事實上，作家作品的文學史和思潮流派的文學史並不是一種從屬關係，而是兩種模式。

從一種論證的策略上說，我甚至認為，具體對於中國現代文學來說，思潮和流派更能反映中國現代文學的歷史發展過程和文學類型的建構過程。中國現代文學作為學科，正是以思潮和流派的方

式，在和中國古代文學作為類型的比較中確立下來的。最初的「附驥式」的中國現代文學史都可以歸結為思潮和流派史，正是在思潮和流派的意義上而不是作家作品的意義上，中國現代文學和中國古代文學具有明顯的區別，在思潮和流派的意義上，中國古代文學與中國現代文學顯示出類型的不同。比如胡適的《五十年來中國之文學》正是通過整體性的文學思潮和文學運動從而把現代文學和古代文學作為兩種不同的文學類型區別開來。所謂「五十年來中國之文學」，指的是1872～1922年的中國文學，胡適把這五十年的文學大致分為幾個階段，其中最後一個階段即「最近五六年」的文學，也就是「新文學」，新文學從根本上是「文學革命」的產物，而文學革命最重要的內容就是「白話文運動」和「人的文學」，前者重在文學形式的革命，後者重在文學內容的革命，正是這兩個方面使新文學與舊文學具有質的區別。所以，從文學運動和文學思潮的角度來研究中國現代文學，這對中國現代文學作為一種文學類型的確立以及研究上的作為一個學科的確立都有重大的價值和意義。胡適如果只是從作家和作品的角度來講這段時間的文學，「新文學」和「舊文學」絕難這樣從歷史形態上清晰地區別開來。再比如陳子展的《最近三十年中國文學史》，全書分五部分，最後一部分講「文學革命運動」，也是從文學思潮和派別的角度來講的。從思潮的角度來研究文學史，實際上是把文學現象置於一種廣闊的視野之下進行宏觀研究，具體之於中國現代文學來說，它實際上是以一種比較的視角來研究中國現代文學，把它和中國古代文學進行比較從而彰顯其特徵，並從而把握其總體發展和邏輯進程。從作家和作品的角度來研究中國現代文學，實際上是站在中國現代文學本位立場上來研究中國現代文學，是一種內視角的研究或者說內部研究，它是中國現代文學研究走向深入的表現，但同時也表現出重微觀輕宏觀、重文學輕歷史的弊端和不足。

　　「作家作品論」的文學史絕對有它的合理性，但它不是唯一合理的。文學史在模式上不具備形而上學的統一性，它是豐富多樣的。文學史背後的深層理念是文學觀念，文學觀念從根本上制約著文學史的書寫，而文學觀念各不相同，所以，文學史在模式上也應該各不相同。事實上，有多少種文學本質觀就應該相應地有多少種文學史。當我們把文學看作本質上是形式的時候，文學史相應地就是文學的形式史；當我們把文學看作本質上是一種社會現象時，相應地，文學史就是一種文學的社會史，就是整個社會發展史的一個分支；當我們把文學的發展看作是一種文學類型的變化的時候，文學史相應地就呈現為文學的范式史；當我們強調文學的讀者和理解的決定性作用的時候，文學史就相應地表現為文學接受史；當我們把文學的主體看作是作家和作品的時候，文學史就相應地表現為作家作品中心論。每一種文學觀念都有它理論上的根據和實踐上的依據，相應地，每一種文學史都有它一定程度上的合理性。問題的關鍵在於，我們應該承認文學史可以有多種模式，具體對於中國現代文學史來說，作家作品模式也不失其為一種模式，且是最重要的模式，但作家作品中心論實際上是把作家作品本位化，也即絕對化，從而具有排它性，這樣就表現出一種專斷的不合理。

　　「作家作品中心論」的文學史本位觀還有一個重要的缺陷就是重文學輕歷史。具體之於文學史，表現為：文學為中心、歷史為次要；作品為中心、過程成為次要。各種文學史中，「文學」是主體，「史」是附屬，「文學」壓倒「史」。但是，文學史不應該只是主流史、文學成就史，或者文學名人史與文學傑作史，文學史同時也是文學發展史，文學變革史與文學創造史。歷史作為人的歷史，不可能不具有主觀性，我們承認「先驗圖式」有它的缺陷和弊端，但「先驗圖式」又是不可避免的，不帶任何先入之見，沒有任何先在性的文學和文學史的觀念，純客觀地敘述文學史實，這根本就是不可能

的，也是沒有任何意義的。正如中國古代文學本位觀對於中國古代文學研究作為學科的建構意義一樣，中國現代文學本位觀對於中國現代文學研究作為學科的建構意義也是重大的。

但是，中國現代文學本位觀和中國古代文學本位觀在文學史研究和寫作中所造成的流弊也是非常明顯的。歷史上所發生的文學現象是非常豐富而複雜的，我們選擇什麼不選擇什麼，我們選擇了什麼或沒選擇什麼，其實是相當主觀的，文學觀念和文學史觀念在這裏起著關鍵性的作用。當我們以作家和作品為中心，並且以審美價值和文學成就作為標準的時候，我們實際上把文學運動和文學事件置於文學史的從屬位置，實質上把文學過程置於了次要的地位。我們只看到了唐詩作為中國詩詞的典範和繁榮，而看不到它在產生過程中的不成熟和沒落過程中的凋零；只看到了明清小說作為中國文學的高峰，而看不到明清小說走向高峰的過程；只能看到中國文學的成功史，而看不到中國文學的失敗史；只能看到中國文學的正面形象，而看不到中國文學的負面形象；只看到了中國古代文學史和中國現代文學史，而看不到中國近代文學史。因此，現行的不論是中國古代文學史還中國現代文學史，其實都是相當主觀的。問題的關鍵是我們要從理論上清楚地認識到這種主觀性，只有這樣，我們才能寬容地對待歷史上的一切文學現象，文學史也才能從封閉走向開放。

本文原載《人文雜誌》2003 年第 2 期。人大複印資料《中國現代、當代文學研究》2003 年第 5 期複印。《觀點——2003·文學》摘要，福建人民出版社，2004 年版。《學術月刊》2004 年第 10 期摘要。入選《21 世紀年度文學評論選·2003 文學評論》，人民文學出版社，2004 年版。

論王瑤《中國新文學史稿》的學術品格

　　關於王瑤先生《中國新文學史稿》在中國現代文學學科上的學術貢獻、地位以及影響等，溫儒敏先生的〈王瑤的《中國新文學史稿》與現代文學學科的建立〉一文以及《先驅者的足跡──王瑤學術思想研究論文集》（河南大學出版社，1996 年版。）中的很多文章，都有比較集中的討論。但我認為仍然有值得申論的地方。本文即以這些成果為前提基礎，把《中國新文學史稿》放置於學科發展史以及當時的時代背景和學術背景中來研究它的品格，特別是探討它何以具有超越性，它的學術精神對中國現代文學學科的影響以及當代意義。

一

　　王瑤先生《中國新文學史稿》的品格首先表現在它的「學術性」上。根據王瑤的有關自述和「史稿」本身，我們可以看到，王瑤在寫作「史稿」時，政治自覺意識是非常強的，並且是非常真誠的。「史稿」的第一段話是這樣的：「中國新文學的歷史，是從『五四』的文學革命開始的。它是中國新民主主義革命三十年來在文學領域中的鬥爭和表現，用藝術的武器來展開了反帝反封建的鬥爭，教育了廣大的人民；因此它必然是中國新民主主義革命史的一部分，是

和政治鬥爭密切結合著的。」[72]開宗明義表明政治態度。「緒論」部分共有七段「正面」引文，其中四段是毛澤東的話，全部來自於《新民主主義論》，並且是大段大段的。「緒論」分「開始」、「性質」、「領導思想」、「分期」四部分，其實根本上就是用毛澤東「新民主主義論」來解釋中國現代文學，在這種解釋中，中國現代文學史就具有了濃厚的思想傾向性。

但這只是「史稿」的部分特徵，問題一旦深入到具體的敘述和評價，毛澤東思想意識就明顯淡化了，倒不是作者有意識地淡化，而是在王瑤那裏，毛澤東思想對於中國現代文學的具體現象來說，實在過於抽象，很難具體運用。這樣，中國現代文學史在王瑤專業性的講述中又顯示出它的學術本相來。對於這一特色，溫儒敏先生有非常精到的分析，「王瑤用於指導或統領這部文學史的基本觀點是政治化的，而在實施這種政治化的文學史寫作中，王瑤有矛盾，有非學術的緊張。他的出色之處在於盡可能調和化解矛盾，並在一個非常政治化的寫作狀態中探討如何發揮文學史家的才華與史識」[73]。

其實，「史稿」的這種指導思想時代性而具體研究學術化的特點，早在「史稿」一出來就被學者注意到了。「史稿」上冊出版以後，出版總署和《人民日報》聯合召開了一次專題座談會，雖然當時的學術氣氛還相對比較寬鬆，葉聖陶作為主持人的開場白語氣也很平和，但「批評」和「批判」的基調卻似乎是定好了的，而批評或批判最多的就是「史稿」思想和學術的「脫節」。比如吳組緗說：「他的這部書顯然存在著嚴重的缺點。簡單說：第一，可以說是主

---

[72] 王瑤：《中國新文學史稿（上冊）》，《王瑤全集》第 3 卷，河北教育出版社，2000 年版，第 35 頁。

[73] 溫儒敏：《王瑤的〈中國新文學史稿〉與現代文學學科的建立》，《文學評論》2003 年第 1 期；

從混淆,判別失當。三十年來文藝統一戰線的鬥爭發展,是馬克思列寧主義居於主導地位。在本書每編每章總的敘說裏,作者對此點是有認識的,可是一到具體論列作家作品的時候,這一要點就被拋開了。」楊晦說:「講領導思想的時候,也講到無產階級思想的領導問題,但是,他對於作家和作品的批評上,幾乎看不出有什麼無產階級思想的領導來。」鍾敬文說:「本書總論性質的部分,是有社會階級的分析的(雖然不怎樣深刻),但是在對待具體的作家、作品的時候,就很少運用階級觀點,甚至完全拋棄了這種觀點。」[74]當時參加座談會的學者,大多數和王瑤的私交都比較好,有的就是同事,這些批評在當時還是比較客氣的,聯繫當時的背景,這也是可以理解的。

　　但我們現在重新讀這些「批評」,我感覺,這哪裏是批評,分明是表揚麼,外表上咄咄逼人,學術上在「批評」的層面上根本就軟弱無力。批評中所說的優點未必是優點,缺點也未必是缺點。「座談會」對「史稿」在思想上的批評主要是認為王瑤對文學史缺乏階級鬥爭和階級分析的觀念,主要表現在兩方面:一是不應該講那些按照當時的標準在政治上有問題的作家(及作品),比如胡適、周作人、林語堂、沈從文、李金髮、王獨清、張資平,甚至於聞一多、冰心,特別是不應該把他們和郭沫若、蔣光慈等人同等對待。二是對作品分析不應該把思想內容和藝術形式並重。很多人都批評王瑤對文學作品缺乏階級鬥爭性的批判,對作品的分析偏愛藝術形式。1958 年,中國人民大學現代文學教研室專門寫了一本書,題為《王瑤〈中國現代文學史稿〉批判》,全書約二萬六千字,所謂「批判」,其實就是思想批判,基本的結論也是王瑤沒有用階級鬥爭的觀念來寫中國現代文學史。

---

[74]　《〈中國新文學史稿(上冊)〉座談會記錄》,《文藝報》1952 年第 20 號。

　　事實證明，王瑤是正確的，包括在胡風問題上。80 年之後，中國現代文學史實際上一步步地回復到了王瑤的思路上，「史稿」中很多東西比如模式、方法和具體觀點等，後來都被發揚光大了，正是沿著被批判的方向，中國現代文學研究在 80 年代之後取得了長足的進步。中國現代文學學科以後還會有新的發展，思想和意識形態對於中國現代文學史的作用和意義也許會有新的闡釋，思想化的中國現代文學史也許會以新的形式出現，但至少在過去二十多年的時間裏，「史稿」的價值是現代文學界廣泛認同的。今天回顧中國現代文學學科歷程，我們看到，「史稿」中最有價值、最有建設意義、對今天仍然具有啟發性的恰恰是當時被批評的地方。王瑤《中國新文學史稿》之後，接受王瑤的「前車之鑒」，按照「正確的觀念」寫作，曾經產生了很多種《中國現代文學史》，但這些著作在今天看來，除了「歷史資料」和「經驗教訓」以外，似乎再難有什麼其他價值，在當時看是「成熟」，但在今天看卻讓人感到「幼稚可笑」。

　　在學術與思想的關係問題上，我覺得我們不應該從智慧的角度去理解王瑤，那樣實際上是輕賤了「史稿」。對於 1952 年「《中國新文學史（上冊）》座談會」的「批評」，1955 年甘惜分的「批判」和 1958 年的「撥白旗」「大批判」，王瑤實際上都是有反應的。「《中國新文學史（上冊）》座談會」之後，王瑤寫了〈讀《中國新文學史（上冊）》座談會記錄〉一文；甘惜分的文章發表之後，王瑤寫了〈從錯誤中吸取教訓〉一文；1958 年的「大批判」之時，王瑤寫了〈《中國新文學史稿》的自我批判〉一文。應該說，在當時的那種環境下，王瑤也是很「緊張」的。但從這些回應性的「檢討」文章來看，他對這些「批評」和「批判」實際上是很不以為然的。對於所有的「批評」和「批判」，王瑤一概「笑納」，對於「座談會」上關於《中國新文學史稿》上冊的批評，王瑤的意見是：「對於各

位所提的那些意見，根據我現在的認識和思考的結果，我以為都是正確的；我原意表示接受，並希望能在今後的工作中把這種結果來具體地體現出來。」[75]但實際上，他根本就沒有改正「錯誤」，1953年出版的下冊仍然充滿了這些「錯誤」。對於甘惜分的批判，王瑤也是說「完全同意」，「在我所作的《中國新文學史稿》中，對這個問題就犯了不可原諒的原則性的錯誤。」[76]對於 1958 年的「大批判」，王瑤更是對自己進行了全面的否定。但仔細讀這些檢討，我發現，這些自我否定和貶損其實都非常空洞、抽象，並沒有實質性的內涵。王瑤一再表示自己思想水平和認識水平不夠，文藝修養不夠，這實際上是「以守為攻」，是為拒絕修改找理由。王瑤實際通過上述「策略」把各種「批評」和「批判」一古老兒「解構」掉了。

這反映了王瑤對於學術的堅守，這種堅守不僅是非常重要的，也是非常難能的，表現了他的學術道德、學術精神和人格品質。在「《中國新文學史稿（上冊）》座談會」上，「客觀主義」被認為是「史稿」的重要錯誤之一，比如有學者說：「作者處處都好似站在純客觀的立場說話，把進步的與落後的、革命的與反革命的作家等量齊觀。這種純客觀的立場，事實上就是資產階級的立場。」把「客觀」定性為「資產階級的立場」，在當時具有強烈貶低的意味，但在今天看來，用「客觀主義」來評價「史稿」，恰恰是一種褒揚。恩格斯稱讚巴爾扎克的寫作「是現實主義的最偉大勝利之一」[77]，而王瑤的「史稿」寫作則可以說「客觀主義」的勝利，即學風的勝

---

[75] 王瑤：《讀〈中國新文學史稿（上冊）座談會記錄〉》，《王瑤全集》第 7 卷，河北教育出版社，2000 年版，第 276 頁。

[76] 王瑤：《從錯誤中汲取教訓》，《王瑤全集》第 7 卷，河北教育出版社，2000年版，第 280 頁。

[77] 恩格斯：《致瑪‧哈克奈斯》，《馬克思恩格斯選集》第 4 卷，人民出版社，1972 年版，第 463 頁。

利、學術精神的勝利、科學的勝利。正是嚴謹的學風以及堅守學術使「史稿」超越了時代的局限。

二

　　王瑤的《中國新文學史稿》其開創性是多方面的。它確立了一種新的中國現代文學史的模式，這種模式在 80 年代以後一直為大多數的中國現代文學史教材所沿用，錢理群、吳福輝、溫儒敏等人所著的《中國現代文學三十年》則可以說使這種模式達到了相當的完備。我認為，《中國現代文學三十年》最大的特點就是充分吸收學術界的研究成果，著者在初版的「後記」中說：「我們廣泛吸收了最新研究成果，力圖能夠顯示本學科已經達到的水平……同時充分注意科學性與準確性，以及文學史教材應有的相對穩定性與可接受性。」[78]在修訂本「後記」中作者說：「本書的修訂，主要是吸收 1987 年以後近十年的研究成果，以及我們自己研究的新的心得。」[79]《中國現代文學三十年》出版以後，影響巨大，一直被很多高校作為教材，也被很多「自編」教材模仿甚至於抄襲。唐弢曾經說：「我個人覺得，文學史可以有多種多樣的寫法：吸收已有成果，介紹基本知識，反映學術界普遍達成的水平，這是一種寫法。」[80]《中國現代文學三十年》正是這種寫法，再加上著者的素養和寫作的嚴

---

[78] 錢理群、吳福輝、溫儒敏、王超冰：《中國現代文學三十年》，上海文藝出版社，1987 年版，第 664 頁。

[79] 錢理群、溫儒敏、吳福輝：《中國現代文學三十年》，北京大學出版社，1998 年版，第 665 頁。

[80] 唐弢：《中國現代文學史簡編·編寫後記》，人民文學出版社，1984 年版，第 583 頁；

謹，所以它取得成功並獲得廣泛的認同。但實際上，充分吸收前人的研究成果，正是王瑤《中國新文學史稿》最重要的特徵之一。

吸收前人和別人的研究成果，這在當時被認為是「客觀主義」的表現之一，是沒有立場和見解。在「《中國新文學史稿》上冊座談會」上，大多數人都對這種學術方式提出了批評，林庚說：「作者依靠史料的地方較多，表現自己看法的時候較少，書中大半是引用別人的意見，因此從整個文學史上，就顯示不出一個一貫而有力的主流來。」鍾敬文說：「無原則地、大量地引用別人的批評文字或作家自己的話。著者在這本書中，隨處引用別人對於作家的批評或作家自己的敘述、評論。他或者以為這樣可以比較客觀，比較少犯錯誤。實際上，卻正相反，由於這樣的引用，不但使這部書在形體上顯得臃腫，而且在思想內容上失去了嚴明的立場和公正的判斷。」[81]當然，現在看來，王瑤在引用材料方面的確存在著一些技術上的問題，比如引用太長，有些材料完全可以用概述的方式來敘述而不必大段大段地直接抄書。但不管怎麼說，充分吸收別人的研究成果，把文學的水平建立在過去的積累的基礎上，這並沒有錯。

就大段大段地引用材料來說，李何林的《近二十年中國文藝思潮論》可以說更為突出，雖然為「論」，但全書將近一半的篇幅是引文，有的章節比如第三編第四章第三節的「B」問題，共十三頁，但引文就佔了約十二頁。[82]這雖然過於偷懶，但不失為一種學術真誠並具有史料的價值，所以並沒有遭致批評。比起李何林的《近二十年中國文藝思潮論》，王瑤的《中國新文學史稿》在引文問題上可以說處理得好多了。現在重讀「史稿」，我們並不感到王瑤在吸收別人的研究成果上有什麼問題，恰恰相反，我們感到這是非常規

---

[81]　《〈中國新文學史稿（上冊）〉座談會記錄》，《文藝報》1952 年第 20 號。

[82]　見李何林：《近二十年中國文藝思潮論（1917-1937）》，陝西人民出版社，1981年版，第 471-484 頁。

範的。今天的許多中國現代文學史恰恰在這一點上存在著嚴重的問題。中國現代文學史上作家眾多，作品浩如煙海，優秀的作品也數量龐大，一個人的精力畢竟有限，就是把這些優秀的文學作品讀完都非常困難，對每一個作家和作品都進行認真的研究，並提出自己的觀點和看法，這根本就是不可能的。而且，中國現代文學在過去的評論和研究中已經積累了豐富的成果，很多結論都是富於真知卓見的，對作家和作品的定位也非常準確到位，完全漠視這些學術成果，這是違反起碼學術規範的。充分吸收過去的學術成果，這既是對其他人學術研究的尊重，也是使自己站在一個較高的學術基點上。「史稿」之所以不僅具有開創性，而且在很長一段時間內都保持著「先進性」，在今天仍然具有較高的學術價值，這與其充分吸收前人的研究成果，建立在一個較高的基礎上有很大關係。不充分吸收別人和前人的研究成果，這在今天看來簡直是不可思議的，事實上，只有哪些學術不規範的人才這樣做。不借鑑是不可能的，而借鑑了別人的研究成果又不注明，今天已經明確地被定義為「學術不端」。

　　在體例上，「史稿」也具有開創性。按照文體來敘述文學史，這在今天已經非常通行，而這種體例的確立應該說也與「史稿」有一定的關係。當然，它不是王瑤首創的，1933 年出版的王哲甫的《中國新文學運動史》，就是按照文體來敘述中國現代文學史的。朱自清的《中國新文學研究綱要》分「總論」和「各論」兩部分，「各論」就是按文體來講述。但王瑤的「史稿」則把文體模式發揚光大，從而使其成為主流的模式。50 年代時，這種模式是有爭議的，比如楊晦說：「在文學史裏，把詩歌、小說、戲劇那樣分章地處理，很是機械，因為文學的發展並不是這樣的。」[83]甘惜分說：

---

[83]　《〈中國新文學史稿（上冊）〉座談會記錄》，《文藝報》1952 年第 20 號。

「把每一時期的各種作品，按詩歌、小說、戲劇、散文等類排列起來。如果一個作家用了各種文學體裁寫作，那麼他就被陷於五牛分屍的命運。」[84]應該說，這種批評有一定的道理。但王瑤有他自己的理由，在〈念朱自清先生〉一文中，他借講朱自清表達了他對文體線索的觀點：「長期以來這種先有總論然後按文體分類來寫的文學史的方法就為一些人所詬病；的確，事實上是有少數擅長多種文體的作家，例如郭沫若，就詩歌、小說、戲劇、散文都寫過，而用這種按文體分類評述的方法自然會把一個作家的創作分割於不同的章節，不容易使讀者得到完整的印象。但事情有利有弊，歷史現象總是錯綜複雜的，當人們用文字來敘述歷史過程時，只能選擇那種最容易表現歷史本來面目和作者觀點的體例，很難要求一點毛病也沒有。這正如舊小說中的『話分兩頭』一樣，其實兩件事是同時發生，但作者只能分開敘述。」[85]這同樣是有道理的。

其實，且只是文體劃分存在這樣的問題，幾乎每一種分類都有這樣的問題，比如時期劃分，同樣也有利和弊。不分時期當然有問題，但分時期又有另外的問題。作家的創作也有變化，可以進行時段劃分，但作家的時段劃分與整個中國現代文學的時期劃分並不一定相吻合，這樣中國現代文學史在時間就經常表現出某種錯位性。同時，作家的創作具有整體性，因為時期劃分的限制，把同一作家的創作放在不同的時期進行論述，就可能打破它的整體性。文學史至今沒有很好地解決這一問題，唐弢主編的三卷本《中國現代文學史》採取的是把重要作家分專章來講，這一做法被今天絕大多數的中國現代文學史所採用，但這也只是部分地解決了問題。文學史有

84　甘惜分：《清除胡風反動思想在文學史研究工作中的影響——評「中國新文學史稿」下冊》，《文藝報》1955 年第 19 號。

85　王瑤：《念朱自清先生》，《王瑤全集》第 5 卷，河北教育出版社，2000 年版，第 609-610 頁。

各種各樣的寫法，理論上都有其合理性，選擇哪一種方式與不選擇哪一種方式，有很大的人為的因素，關鍵在於如何選擇。而「史稿」的很多選擇都對中國現代文學學科有很大的影響。

　　一個學科的發展往往與開創時的「奠基」有很大的關係。奠基時的問題意識、問題範圍、學術精神、學術規範等都會對這一學科產生長遠而深刻的影響。中國現代文學學科之所以在短短的五十多年時間內從誕生到發展壯大到現有的規模、成就以及影響，這應該說與學科最初的基調有很大的關係。王瑤作為中國現代文學學科開創者，可以說開了一個好頭，為中國現代文學學科定下了一個很好的基調。

　　本文原載《天津社會科學》2006 年第 6 期。人大複印資料《中國現代、當代文學研究》2007 年第 3 期複印。

本體與方法

——後現代主義與中國現代文學研究

　　中國思想文化界對於後現代主義有許多誤解，一些人簡單地根據其「流行」，想當然地把它看作是服裝似的「時尚」或「時髦」，這是根本錯誤的。後現代主義既是一個歷史範疇，又是一個理論範疇。作為歷史範疇，它是一種社會思潮和文化思潮，具有廣泛的社會基礎。作為理論範疇，它一種思維方式，一種表達或言說方式，具有學術思想上的延續性。不論是在歷史的層面上還是在思維方式的層面上，後現代主義對中國現代文學研究都具有重要的意義和價值。本文主要從這兩個方面論述後現代主義對中國現代文學研究的本體意義和方法論意義。

一

　　一般認為，後現代主義在時間上產生於 20 世紀 70 年代，在性質上主要是批判現代性或反現代性。但嚴格意義上說，是後現代主義的言說方式或者話語方式而不是後現代主義作為文化現象、社會現象和生活方式產生於 20 世紀 70 年代。「作為特定歷史事件的『後現代』，可以發生在任何一個歷史時代，只要它符合後現代的基本特徵。在這個意義上說，作為歷史事件的後現代，曾經零星地，因

而是偶然地和無規則地發生於古代、中世紀、文藝復興和啟蒙運動時期及其後，也發生於現代資本主義社會形成之後的『現代』。」「『後現代』這個語詞和概念的出現和被廣泛運用過程，並不等同於『後現代性』本身的產生和發展史。」[86]後現代作為歷史事實並不是在「後現代」這個詞產生以後才出現的，恰恰相反，是先有後現代主義的現象，然後才有後現代主義話語，當然，後現代主義言說又會反過來加強後現代主義意識，突顯後現代主義特徵，催生各種後現代主義現象的產生，從而產生後現代主義社會思潮和文化思潮。

　　文學也是這樣。20 世紀西方文學中，究竟哪些是現代主義，哪些是後現代主義，在中國其實存在著很大的爭議。比如，一般認為，博爾赫斯、納博科夫、卡爾維諾是公認的後現代主義作家，羅伯·格里耶、貝克特、海勒、馬爾克斯也是比較典型的後現代主義作家[87]。但實際上，在有些西方 20 世紀文學史著作中，法國新小說、荒誕派戲劇、黑色幽默、魔幻現實主義等則是標準的「現代主義」文學[88]。這說明，後現代主義文學並不是在「後現代主義」作為話語產生之後，和作為廣泛的思想文化思潮產生之後才產生的，現代主義文學中有大量的後現代主義文學現象，並且現代主義文學與後現代主義文學之間並沒有決然的分界線，這倒不是在標誌性「時間」和「事件」上的，而是在性質上的。西方 20 世紀文學作為歷史並沒有變化，變化的是我們對它的觀念和言說以及發現，後現代主義話語和言說改變了我們對它的分類和看法。

---

[86] 高宣揚：《後現代論》，中國人民大學出版社，2005 年版，第 20、53 頁。

[87] 參見劉象愚等編《從現代主義到後現代主義》，高等教育出版社，2002年版。

[88] 比如龔翰熊《現代西方文學思潮》（四川大學出版社，1987 年版），徐曙玉、邊國恩編《20 世紀西方現代主義文學》（百花文藝出版社，2001 年版），都把法國新小說等定位為「現代主義」文學。

我非常贊同盛寧先生的看法：「不把『現代』、『後現代』僅僅理解為先後出現、一個接著另一個的歷史分期，而只需要著眼於『現代』和『後現代』這兩個概念之間的銜接關係，無非就是『後現代』這一概念的提出是在『現代』的概念之後，『後現代』這個概念是建立在『現代』這個概念基礎之上。……『後現代』中的『後』，只是表示『現代』這個概念系統構想在前，『後現代』的概念系統提出在後。」[89]20 世紀西方現代主義與後現代主義文學之間的關係尤其如此。不是先有現代主義文學，然後出現了後現代主義文學，不是後現代主義文學取代現代主義文學，而僅僅只是現代主義言說在先，後現代主義言說在後。兩種言說一方面具有矛盾性，另一方面又具有互補性。這對於我們理解 20 世紀西方文學具有重要的理論意義。

所以，後現代主義文學不僅存在於當代西方文學中，也存在於現代西方文學和古代西方文學中。王欽峰把後現代主義小說劃分為三種類型：「前現代主義時期的後現代主義」，包括莎士比亞、塞萬提斯、陀斯妥耶夫斯基等；「現代主義時期的後現代主義」，包括喬伊斯、龐德、卡夫卡等；「當代後現代主義」，包括我們上面提到博爾赫斯、馬爾克斯等。這說明，在西方，後現代主義文學不是當代特有的文學現象，它同樣是傳統文學現象。[90]

中國文學也是這樣。中國古代文學中是否有後現代主義文學，這是一個值得探討的問題。但我認為，中國現代文學中有很多後現代主義文學，有些文學具有後現代主義的因素和某些特徵，只是由於我們缺乏後現代主義的意識和話語系統，這些現象被忽視和壓抑

---

[89] 盛寧：《人文困惑——西方後現代主義思潮批判》，生活・讀書・新知三聯書店，1997 年版，第 27 頁。

[90] 王欽鋒：《後現代主義小說論略》，中國社會科學出版社，2001 年版，第 11-12 頁。

了，被曲解了，被予以了傳統方式的闡釋和解說，從而被納入了現代主義的範疇或者古典主義的範疇。

後現代主義作為一種文學現象可以說伴隨著現代文學的產生而產生。一般認為，新文學運動是從新詩開始的，而新詩是胡適開創的，如果我們承認「平面化」是後現代主義文學藝術的一個重要特點的話，那麼，胡適所「嘗試」的新詩就具有「平面化」的傾向，因而可以說胡適的新詩具有後現代的因素。在當時以古典詩詞為正宗詩歌的時代，胡適的新詩「有什麼話，說什麼話；話怎麼說，就怎麼說」[91]，不再講究用典、格律等，無異於今天的「口水詩」，並且比今天的「口水詩」更具有批判性、顛覆性，在當時的士大夫看來，這是對詩歌的褻瀆和玩世不恭。而這種褻瀆和玩世不恭在今天看來，正是後現代主義的重要特徵。因而可以說，胡適的新詩在當時就具有後現代「精神」。

同樣，一般認為，第一篇中國現代小說是魯迅的〈狂人日記〉。今天我們當然可以把它看作是現實主義的作品，把「狂人」的狂亂想法看作是對精神錯亂者的心理寫實。但天知道精神錯亂者的思維是什麼樣的。就〈狂人日記〉來說，「狂人」的非理性其實是作者的理性，不過是作者對狂人的一種想像。作家的寫作是理性的，所描寫的內容和現象卻是非理性的，這正是後現代主義文學最常用的一種寫作技法和表達策略。在這一意義上，〈狂人日記〉的寫作手法具有後現代性。實際上，如果我們把〈狂人日記〉前面的「小引」刪去，那就是一篇標準的後現代主義文本。

過去我們非常強調魯迅的現實主義，這沒有錯。後來，我們又開始強調魯迅的現代主義，這也沒有錯。但是我們忽略了，魯迅還

---

[91] 胡適：《建設的文學革命論》，《胡適文集》第 2 卷，北京大學出版社，1998年版，第 45 頁。

有後現代主義的一面，並且它在魯迅的文學創作中佔有很大的比重。我認為，就小說來說，《吶喊》和《彷徨》主要是現實主義的，但也有後現代主義的因素和表達方式；而《故事新編》則主要是現代主義和後現代主義的，其中〈鑄劍〉、〈理水〉、〈補天〉則可以說是後現代主義的文本，或者「準」後現代主義文本。在散文中，《朝花夕拾》是標準的現實主義文學，而《野草》則主要是現代主義的，也有後現代主義的，其中〈秋夜〉、〈過客〉、〈死火〉等具有濃郁的後現代主義特徵。但總的來說，《野草》的後現代主義主要是思想上的。

　　在魯迅這裏，傳統的現實主義和現代主義以及後現代主義，並不是界線分明的，它們之間的差異不是表現在文學類型上，而主要是風格、寫作手法和表達方式上的。在魯迅的創作中，傳統的現實主義和現代主義以及後現代主義是融合的，三種「主義」可能同時存在於同一部作品之中，甚至可能同時存在於同一篇作品之中。在魯迅的作品中，有些是純粹現實主義的，但有些我們很難說純粹的現代主義或純粹的後現代主義。在當代中國文學理論和批評界，「現實主義」、「現代主義」和「後現代主義」作為文學現象被嚴格地被區分開來，它們作為三種文學類型似乎水火不容。在原因上，這首先與文學史的狀況有關。在西方，「現實主義」、「現代主義」和「後現代主義」作為文學思潮是先後出現的，並且是以批判和否定的姿態出現的，於是就給我們造成一種假像，以為它們之間是對立和矛盾的關係。其次與我們的言說和話語體系有關。「現代主義」和「後現代主義」是兩種不同的話語系統，是兩種不同的言說方式，正是這種不同的話語和不同的言說造成二者之間的隔膜。但實際上，把「現實主義」、「現代主義」和「後現代主義」三者絕然區分開來，並沒有充分的理論根據，也沒有充分的實踐根據。在創作上，三者常常互相滲透。在文學史上，那些偉大的作家都是非常複雜的，他

們大多已經熟練地運用了後現代主義的表達方式，後現代主義者們不過是把大師們的這些表達方式予以強化，突顯出來，發揚光大，從而形成一種文學思潮。魯迅也是這樣，他的創作特別是《野草》和《故事新編》已經包含著非常豐富的後現代主義的思維方式、文學精神以及表達技巧，只不過由於我們缺乏後現代意識，缺乏後現代主義的表述方式，這些內容被我們忽視了，視而不見，或者說不能理解，不能有效地予以表達。

魯迅是這樣，整個現代文學都是這樣。過去我們只看到了中國現代文學中的現實主義、浪漫主義和現代主義三大文學潮流，而忽視了現代文學中的後現代主義文學現象。後現代主義在中國現代文學中並沒有形成思潮，但它作為因素，作為精神、思維方式和表達技巧，滲透在三大主潮之中，也滲透在三大主潮之外的其他文學現象比如通俗文學現象之中。李金髮的象徵主義詩歌，廢名的禪味小說，穆時英、劉吶鷗的「新感覺派」小說等都是後現代主義特徵比較濃郁的作品。以一種後現代主義的眼光來重新審視中國現代文學史，我發現，現代文學中的很多作家和作品，比如馮至、戴望舒、穆旦、葉公超、卞之琳、穆木天、金克木、梁宗岱等人的詩歌，陶晶孫、李霽野、高成鈞、韋叢蕪等人的「探索」戲劇等都或多或少具有後現代主義的因素。

後現代主義文學究竟有什麼特點？這是一個有爭論的問題。非理性、非邏輯、平面化、零散化、消解中心、拼貼性、反諷、荒誕、語言遊戲、即興寫作、結構開放、意義開放、文體界線模糊、形象不確定、情節不確定、意義不確定等，這是比較公認的後現代主義文學的特徵，而這些特點，在中國現代文學中可以說都能夠找到。不同僅僅在於，在中國現代文學中，這些特徵主要是因素性的，並不顯著。同時，中國現代文學的「後現代」是無意識的、自發的，不是出自理性的思考，而是出自文學的本性。而在當代中國以及西

方後現代主義文學中，這些特徵非常突出，構成了文本的主體。它具有明確的意圖或目的，是理性思考的結果。

　　既然中國現代文學中存在著後現代主義現象，具有後現代主義的因素和特徵，那麼，從後現代主義的角度來研究中國現代文學，這種研究就具有本體性。用後現代主義理論來研究後現代主義文學，更能切中後現代主義文學的本真。對於中國現代文學中的後現代主義文本以及後現代主義表達方式，如果我們繼續用傳統的現實主義等去言說和評價，只會曲解它並貶損它。在這一意義上，後現代主義的觀念和意識將會大大深化和拓展中國現代文學研究，將會導致很多新的發現以及對很多文學現象的新的解釋，從而大大加深我們對中國現代文學複雜性和多面性的認識。

二

　　後現代主義並不完全是一個時間概念，也不完全是一個性質概念。按照美國學者凱爾納等人的理解，後現代主義的「後」有兩層含義：一是反現代性，「『後』描述一種『不是』現代的東西，它可以被解讀為一種試圖超越現代時期及其理論的文化實踐的積極的否定。」一是超現代性，「『後』字也表明了對此前之物的一種依賴和連續關係，這種依賴和連續關係使得某些批評者認為後現代只是一種進一步強化了的現代性，是一種超現代性。」[92]後現代主義一方面批判現代主義因而與現代主義有著根本性的不同，另一方面又承繼現代主義並在某些方面強化現代主義，因而與現代主義一脈相

---

[92] 道格拉斯・凱爾納、斯蒂文・貝斯特：《後現代理論：批判性的質疑》，中央編譯出版社，2001 年版，第 37-38 頁。

承。所以，在性質上，後現代主義超越了現代性或者說包容了現代性。在這一意義上，後現代主義是在批判傳統現代主義的基礎上建立起來的，它是現代主義的合理延伸，也是整個人類思想的合理延伸。不能說後現代主義是現代主義的進步，但它至少是建立在現代主義的基礎上，從而彌補了現代主義的缺陷和問題，也發現了現代主義所忽視和遺漏的一面。

我們當然可能從社會、文化、話語策略等各方面對後現代主義進行定義，但我認為，後現代主義最重要的本質是它的思想性或者說思維性，後現代主義從根本上是一種思想方式或思維方式。也正是在思想方式和思維方式上，它對中國現代文學研究具有重要的方法論意義。

目前的現代文學研究應該如何突破？學術增長點在哪裏？怎樣才能超越前人與別人？這幾乎是所有現代文學研究者都在苦苦追尋的目標。也是每一位從事中國現代文學研究的人首先要面對的問題，且是必須嚴肅對待的問題，否則其研究及其價值就令人生疑。我認為，從大的方面來說，現代文學研究尋求突破無非在兩方面：

一是材料上的突破，主要是發現新材料，比如發現作家未公開的書信、日記以及其他傳記材料，發現作家未出版或未發表的作品手稿，另外各種考證、發掘以及材料甄別也屬於這一範圍。但這種研究空間非常小，作用和意義也非常有限。對於中國現代文學史上的經典作家，比如魯迅、郭沫若、茅盾、老舍、曹禺、沈從文等，材料上所能研究的已經越來越少，要想在材料上有什麼新的發現，已經變得非常困難。退一步說，即使有新的發現，但這種發現究竟有多大意義，也值得懷疑。比如，近年來學術界發現和發掘出了不少張愛玲的作品，包括晚年未出版的手稿，早年發表的未被人注意的或者不易找到的習作，這對張愛玲研究來說，不失為一項重要的

工作，應該充分肯定。但它又能在多大程度上改變我們對張愛玲的看法呢？又能在多大程度上改變我們對張愛玲的研究呢？

　　二是理論上的突破。我認為這是最主要的突破，也是最根本的突破。回顧中國現代文學學科五十多年的發展和演進歷史，我們看到，中國現代文學研究每一次大的突破都與理論有關。中國現代文學學術史上的重點熱點問題，比如「方法論」問題、「現代性」問題、「民族性」問題、「整體觀」問題、「重寫文學史」問題、「經典」問題、「學科邊界」問題、「民間」問題、「語言」問題、「身體」問題等，其背後都有理論和觀念作支撐。理論不同，看問題的方法、視角和觀念都會不同，對作家作品以及其他文學現象的藝術性及其意義的評價也會不同。就目前來說，後現代主義作為一種新的理論，作為一種與傳統迥異的思想方式和話語方式，它可能給中國現代文學研究帶來重大的突破，比如文學觀念的突破，文學史觀念的突破，文學史模式的突破，文學欣賞方式的突破，文學作品解讀方式的突破等。它可能導致我們對過去的作品進行新的解釋，對有些過去我們視而不見的文學現象進行重新審視。按照柯林武德的觀點，「人不僅生活在一個各種『事實』的世界裏，同時也生活在一個各種『思想』的世界裏；因此，如果為一個社會所接受的各種道德的、政治的、經濟的等等理論改變了，那麼人們所生活於其中的那個世界的性質也就因此而改變。同樣，一個的思想理論改變了，他和世界的關係也就改變了」[93]。後現代作為一種理論，正在改變世界，也改變了我們和世界的關係，包括我們和文學的關係，更具體地，改變了我們和現代文學的關係，我們不能再按照傳統的方式去看待、言說和表述現代文學。後現代視野中的現代文學，不論是

---

[93]　何兆武、陳啟能主編《當代西方史學理論》，上海社會科學院出版社，2003年版，第156頁。

對象、範圍，還是性質和特點，都與傳統現代文學形象有很大的不同。

　　什麼是後現代主義？從後現代的立場來說，這是一個空泛而空洞的問題。但歸納迄今為止關於後現代主義的言說和表述，可以說它有這樣一些基本的特徵：邊緣化、反叛、批判、非理性、本能、遊戲、解合法化、解構、去中心、非同一性、多元論、反本質、解元話語、解元敘事、不沿襲舊制度、創新、追求否定、瓦解、顛覆、永遠承認差異性和追求差異性、平面感、斷裂感、零散化、複製、不確定性、非原則化、無我性、無深度性、卑瑣性、反諷、狂歡、行動、參與等，其中每一特徵都有非常複雜的內涵。按照這樣一種精神、思維方式和策略來研究中國現代文學，中國現代文學研究就有太多的開掘空間和闡釋空間，就有太多的值得重新探討的問題，就是向未來無限開放的。

　　比如文學史問題。「歷史主義」可以說是我們過去書寫中國現代文學史的基本信念或者說基本前提，我們總是堅信，中國現代文學的發生與發展是「不以人的意志為轉移」的，是有「客觀規律」的，包括「繼承與革新」的規律、「生產力與生產關係」的規律、「經濟基礎與上層建築」的規律等，於是我們總是從社會政治、經濟、文化的角度來尋找中國現代文學發展的根源，並把中國現代文學的發展解釋得合乎這些規律，從而又反過來證明這些規律的合理性。我們總是相信，歷史是有一個終極目的的，這個終極目的又包含著無限的階段性目標或短期目標，歷史就是通過完成階段性目標和短期目標從而向終極目邁進的。中國現代文學也是這樣，似乎中國現代文學一開始就「設計」了一個目標，比如「現代化」，中國現代文學的發展就是沿著這個方向，有目的有意義地向前進行的。現代文學史上各種文學現象，包括文學運動、思潮、流派等都圍繞這個目標展開，並且有條不紊，井然有序，主次分明，功能各異。事實

上，迄今為止的各種文學史和現代文學研究，雖然風格、觀念、對象等有很大的不同，但思維模式卻是驚人地一致，或是以階級鬥爭為中心，或是以「現代性」為中心，或是以「啟蒙」為中心，或是以「人性」為中心，等等，都是邏輯嚴密，高度體系化，高度形而上化。

但後現代主義告訴我們，這一切都是值得懷疑的，都沒有充分的理論根據。也許，中國現代文學的發展在總體上沒有方向、沒有規律、沒有目的，不是進步的，不是連續的。所謂「方向」、「規律」、「目的」、「進步性」、「連續性」等，不過是我們的想像，或者說理性的建構，它僅只反映我們的理性與中國現代文學之間的主觀關係，未必是事實本身。我們當然不能否定局部性的「方向」、「規律」、「目的」、「進步性」、「連續性」等，也不能否定我們現有的對中國現代文學的描述和結論，但我們絕對不能說這些描述就是中國現代文學的全部。「形象大於思維」，中國現代文學的現象比我們想像的要複雜，要雜蕪，它所包含的意義總是大於我們思考的意義。新文學最初產生的時候的確具有承諾性，也即通過新文化運動、新文學運動來提高國民素質從而達到國家強大的目的，但並不是所有的新文學都有這種承諾，或者說所有的新文學都很好地執行了這種承諾。新文學的確有很強的政治性、啟蒙性，但並非所有的新文學都具有很強的政治性和啟蒙性。在這一意義上，高度形而上學的中國現代文學史具有合理性，無中心、無主體、無體系的中國現代文學史同樣具有合理性。過去，我們總是按照時間和性質來寫作文學史，但是，難道就沒有其他方式嗎？我們總是按照「建構」的方式來寫作文學史，但是，難道就不能按照「消解」的方式寫作文學史嗎？

從後現代主義出發，如何看視和評價中國現代文學史上遊戲、娛樂和消閒性的作品，這也是一個值得探討的問題。其實，遊戲、

娛樂和消閒一直是文學的一大重要的功能，就中國來說，不論是古代、近代還是現代、當代，都有大量的以遊戲、娛樂和消閒為目的的作品，比如迴文詩詞、璇璣圖詩、複字詩、疊字詩、寶塔詩、打油詩、藏字詩、仿擬文、同音文、笑話、幽默以及時下流行的手機文學等，但最重要的遊戲之作、娛樂之作、消閒之作還是言情小說、武俠小說、公案小說以及各種故事，就是我們現在所說的「通俗文學」。《文學研究會宣言》中有這樣一段話：「將文藝當作高興時的遊戲或失意時的消遣的時候，現在已經過去了。我們相信文學是一種工作，而且又是於人生很切要的一種工作；治文學的人也當以這事為他終身的事業，正同勞農一樣。」[94]這段話其實透露了一個很重要的事實，那就是，在 20 年代初，把「文藝當作高興時的遊戲或失意時的消遣」還是一個很普遍的觀念，很正統的觀念，相反地，顛覆這樣一種觀念倒是一種驚人之舉。

　　事實上，不僅 20 年代初是這樣一種觀念，20 年代之後一直到整個 40 年代，這種觀念一直綿延不斷，並且深入地體現在創作上。「將文藝當作高興時的遊戲或失意時的消遣的時候，現在已經過去了」，這不過「文學研究會」的一個理想，也是一種自我約束。對於「文學研究會」以及其他新文學流派來說，「遊戲」和「消遣」的時代的確結束了，但「文學研究會」以及其他新文學流派並不代表整個中國現代文學。《小說月報》雖然改革了，但《禮拜六》卻在《小說月報》改革的這一年復刊了。除了《禮拜六》以外，還有《小說新報》、《小說世界》、《紅玫瑰》等，據范伯群等先生統計，1921～1937 年期間，中國通俗文學期刊雜誌竟有六十多種[95]。就作品數量和讀者的數量來說，那種沉重的、崇高的，富於歷史使命感

---

[94]　《文學研究會宣言》，《小說月報》第 12 卷第 1 號（1921 年 10 月）。
[95]　范伯群主編《中國近現代通俗文學史》（下卷），江蘇教育出版社，2000 年版，607-610 頁。

的新文學，在當時的勢力和影響還是比較弱的，當時最流行的文學還是通俗文學，讀者最喜歡讀的作品還是通俗小說，比如鴛鴦蝴蝶派小說等，以至 30 年代末期趙家璧編《中國新文學大系》時，新文學作家們還抱怨當時的新文學「許多代表作品已不見流傳」，「竟有些像起古董來」。[96]

　　由於根深蒂固的新文學本位觀，我們今天絕大多數的《中國現代文學史》都是從魯迅、郭沫若、茅盾、巴金、老舍、曹禺、沈從文、張愛玲等一路敘述下來，中國現代文學研究也主要以這些作家作品作為對象，好像中國現代文學史上就只有這些作家和作品，好像當時最通行、最有影響、讀者最多的也是這些作家和作品。特別是年輕的學者，由於他們的文學史知識主要是接受教科書而來，他們從教科書上只看到了這些作家作品，便以為中國現代文學就只有這些作家和作品，至少只有這些經典作家和作品。沒有看到似乎就等於「無」。其實根本就不是這樣。中國現代文學史上還大量的文學現象未「載入史冊」，比如通俗文學作品。中國現代文學學科建立時，由於受政治語境的制約、受時尚觀念（比如對「資產階級腐朽思想」和「小資產階級情調」的否定和批判）的影響，把遊戲性和消遣性的作品從文學史上摒棄，這是可以理解的。但現在我們仍然堅持這樣一種觀念，就不是科學的態度，就會妨礙我們對歷史本真的認識。

　　從社會功利來說，特別是從政治功利來說，遊戲和消遣性的通俗文學的確不能和使命感很強、具有崇高和英雄主義風格的主流文學相提並論，在藝術的探索、創新以及思想的力度上，通俗文學和純文學也有一定距離。但沒有社會功利作用和政治功利作用並不意

---

[96] 劉禾：《跨語際實踐——文學、民族文化與被譯介的現代性（中國，1900-1937）》，生活・讀書・新知三聯書店，2002 年版，第 310、313 頁。

味著通俗文學就沒有意義和價值；藝術的探索、創新以及思想的力度並不是「文學性」的全部。中國現代文學史上的遊戲和消遣性的作品，在形式上輕鬆活潑，讀起來也很輕鬆，但作家的寫作卻是非常嚴肅甚而神聖的，也充滿了創造，只是這種創造不符合我們對「創造」的理解和期待因而不被認可。

通俗文學有它特殊的文學性，有它特殊的作用和意義。比如，在娛樂、消閒方面，在滿足人們日常精神的多重需要方面，純文學根本就沒法和它比。《禮拜六》創刊號開首是王鈍根寫的「贅言」，相當於「宣言」。在這篇文章中，作者的基本意思是：《禮拜六》就是為了滿足人們的「休暇」和「安閒」而創辦的，所以特別強調作品的「輕便有趣」、「省儉而安樂」。[97]「小資產階級情調」也好，「低級趣味」也好，我看不出這有什麼不好的。既然「往戲園顧曲，往酒樓覓醉，往平康買笑」是一種生活，為什麼閒暇時讀消遣性的文學作品就不是一種生活呢？而且這是一種比「顧曲」、「覓醉」、「買笑」更無害、更富於質量、更有思想內涵的生活。我們有什麼理由排斥它甚而否定它呢？文學最終是為人服務的，政治功利當然是一種服務，但消遣娛樂同樣也是一種服務，而且這兩種服務之間並沒有高下之分。重要的是，我們應該確立遊戲和消遣的文學觀，不能用政治的標準取代消遣娛樂的標準，不能用純文學的標準來要求和評價俗文學。這樣，我們的中國現代文學史就是完全另外一種樣子的。

此外，在解讀作品方面，在論證策略方面，在言說的話語方式方面，後現代主義觀念都能給我們的思路和思維方式提供重要的借鑒。我相信，在後現代主義衝擊下，中國現代文學研究將會更合理，更完善，將會出現一個大的發展。

本文原載《西北師大學報》2007 年第 4 期。

---

[97] 鈍根：《〈禮拜六〉贅言》，《禮拜六》第 1 期（1914 年 6 月）。

「新現代性」

——「新世紀文學」的理論探究

　　究竟是誰最初提出「新世紀文學」這一名稱或術語，現在已經無法可考。一般認為，「新世紀」從 2000 年開始（另有人認為 2000 年是「世紀末」，「新世紀」應該從 2001 年開始。）但 1999 年，中國社會科學院文學研究所就召開過一個有關「新世紀文學」的研討會，不過，這裏的「新世紀文學」主要是一個預設，即對即將到來的新世紀的文學的展望或者說期望。那個時候，「新世紀」還是「將來時」，相應地，「新世紀文學」就是一個純粹時間性的文學階段想像。

　　真正在「過去時」的意義上即在歷史的層面上討論「新世紀文學」是 2005 年，這一年，《文藝爭鳴》發表了楊揚等人關於「新世紀文學」的討論文章，瀋陽師範大學和《文藝爭鳴》雜誌聯合召開了題為「新世紀五年與文學新世紀」專題研討會，這標誌著「新世紀文學」作為文學現象或者說研究對象的正式「命名」，標誌著作為文學史概念被確認。雖然不論是當時還是之後，「新世紀文學」其性質、對象範圍以及時間區間等都存在著爭論，但這並不從根本上影響我們對它的研究和言說。2005 年之後，「新世紀文學」這一命名得到普遍的尊重，研究也得以廣泛地開展。

　　但反思近年來的「新世紀文學」研究，我的判斷是，我們基本上是對時間性的新世紀的文學現象進行歸納和描述，對現象進行具體的研究，但「新世紀文學」整體性理論並沒有得到有效的研究，

包括新世紀文學的時間、性質以及時間與性質的關係。實際上，時間的劃分是極人為的，2000 年不過是一個人為的「自然」時間，僅僅因為在數位上的「整數」和「轉折」就把它作為一個文學歷史階段的分期標誌，這缺乏充分的「事件」根據，憑什麼我們把當代文學的自然發展從這裏截斷？再比如，「新世紀」不應該僅僅只是一個時間概念，如果這樣，「新世紀文學」就只能是一個非常淺薄的命名，「新世紀文學」作為文學時段的命名得以成立，還應該與它的性質有關係，但對於「新世紀文學」的性質，我們卻缺乏理論上的深入追問。當然，我這樣說並不是否定「新世紀文學」這一概念，我們感到，新世紀的文學承續 90 年代文學而來，它與新時期文學的確有很大的不同，但究竟有什麼不同？不同的深層原因是什麼？它與 90 年代文學以及新時期文學究竟是一種什麼關係？我們的探討明顯不夠。最近讀到張未民先生的長文〈中國「新現代性」與新世紀文學的興起〉，我感覺這是「新世紀文學」研究的一個新收穫，它對「新世紀文學」的時間範圍和性質都進行了新的論述，提出了「新現代性」這一概念，試圖從哲學上解決「新世紀文學」的理論基礎問題，這是「新世紀文學」研究的新動向。

張未民先生是「新世紀文學」討論的發起者之一，也是「新世紀文學」具體觀念最重要的表述者之一，其文章〈開展「新世紀文學」研究〉已經成為研究「新世紀文學」的重要參考文獻。「新現代性」則是「新世紀文學」的理論溯源，它主要是對「新世紀文學」內在品質的一種理論歸納或者說探討，所以它既可以看作是「新世紀文學」研究的延伸和深入，也可以看作是一個新的話題、新的理論問題。

我認為，「現代性」從根本上是一種話語，所謂「話語」並不是說它不具有社會性、不具有實踐性，而是說它從根本上是我們對社會性和實踐性的一種總結、歸納、概括和命名，是一種言說。當

某種歸納在內涵和範圍上與過去的歸納差異太大，也即無法涵蓋過去命名的品性時，就要有新的總結、歸納、概括和命名。「現代性」是我們對 19 世紀以來社會和文化的最重要的言說，「現代性」被認為是現代社會最重要的品性，但是在 20 世紀 70 年代，西方社會的發展出現了比較大的變化，與「現代性」異質的精神和現象越來越多，比重也越來越大，「現代性」作為一種言說越來越捉襟見肘、名不副實，所以就有了「後現代性」的歸納和命名。我認為，「後現代性」的命名非常好，既表明了「後現代性」與「現代性」的差異，又表明了二者之間的聯繫，「後現代性」的確與「現代性」具有異質性，但同時它又是在「現代性」的基礎上發展起來的，二者之間存在著千絲萬縷的聯繫，很難絕然分隔。張未民先生提出的「新現代性」也是這樣一種邏輯，不同在於，它更具有中國化的特點，是對中國現代性發展的歸納和命名。80 年代以來，「現代性」話語成為言說中國現代社會和文化的主流話語，或者說，中國自五四以來的社會和文化的最重要品性被概括為「現代性」，但是，90 年代之後，中國社會和文化越來越偏離五四傳統，其精神和現象越來越難納入「現代性」的範疇，越來越難以用「現代性」進行表述和言說，但它和西方的「後現代性」又不一樣，所以我認為用「新現代性」來命名是非常合適的。在西方，「後現代性」具有「反」現代性的意味，而中國 90 年代之後發展起來的現代性主要是新現實與新精神，它雖然與傳統的現代性具有根本性的不同，但「反」的意味並不強烈，所以很難用「後」來概括，同時，中國 90 年代新的社會與文化品性又是在傳統的現代性基礎上發展起來的，它既有對傳統現代性的揚棄，又有承繼，仍然不脫離現代性，所以是「新現代性」。

　　就文學來說，中國現代性文學主要是「現代性」的文學。中國現代文學的「現代性」深受西方現代性的影響，表現為普世主義的

「宏大敘事」和以科學、民主、自由、權力、個人主義為工具的具有反封建、反專制的「啟蒙主義」性質。我們可以說它們是舶來品，缺乏本土性，我們可以批評普世主義的「宏大敘事」，可以對啟蒙主義的缺失進行反思，我們也承認啟蒙主義對於中國現代文學的局限性，但我們又必須承認現代性「宏大敘事」和啟蒙主義的合理性，這既是由中國當時的現實語境決定的，也由歷史事實得到了證明。在當時的情況下，中國不可能從內部走向現代社會，中國社會要完成現代轉型，必須借助西方，必須借助於西方的工具理性和價值理性。西方在物質上的強大成了我們無法反駁的學習理由，而西方物質的強大則是以它的文化方式作為基礎的，其物質文明與精神文明具有一體性。從鴉片戰爭到五四，中國在思想上經歷了從「器物」到「制度」到「文化」的反思過程，也經歷了從「器物」學習到「制度」學習到「文化」學習的社會實踐過程，五四新文化運動就是一次規模宏大的、激進的向西方文化學習的社會改良運動，被陳獨秀稱為「最後之覺悟」。這種敘事表現在中國現代文學上，就是救亡、建立現代社會制度、形成全民共識、富國強兵以及強化科學意識、民族意識、國家意識等，這是典型的宏大敘事。這種宏大敘事對於中國現代社會的價值和意義是毋庸置疑的。同樣，五四時期，從現實語境出發，提倡啟蒙話語，這是正確的選擇。幾千年的封建專制社會，對中國人構成了巨大的束縛，要把人從封建桎梏中解放出來，西方的「自由」、「個人主義」、「理性」、「人權」等都是非常有效的武器，事實上，正是在「人的文學」的意義上，現代文學與古代文學深刻地區別開來，「人的文學」也成為現代文學「現代性」的一個重要標誌。

　　但到了90年代，中國文學的現實語境發生了深刻的變化，相應地中國文學的現代品格也發生了深刻的變化。我贊同當代文學界對1976年之後中國文學走向的基本表述，70年代末基本上是回復

到「十七年」的狀態，80 年代進一步回溯到「現代」狀態，而 90 年代之後則是在「現代」的基礎上前行，完成五四未完成的現代性。所以，我們通常所說的「新時期文學」基本上屬於「文藝復興」，而 90 年代之後的文學則是「文藝復興」之後的「文藝革新」。它不是簡單的回復五四，重現五四的輝煌，而是發展五四的輝煌，延續五四的輝煌。我們看到，80 年代的文學在思想上很多都是「照著」五四說，而 90 年代之後很多思想則是「接著」[98]五四說。

在性質上，如果說 80 年代的文學還具有啟蒙主義特點的話，或者說傳統的「現代性」話語還能夠概括和言說當時的文學的話，那麼，對於 90 年代的文學，「現代性」言說就變得相當困難和牽強。自由、個性、解放等啟蒙話語雖然仍然是 90 年代文學的主題之一，政治、制度、國家和民族的前途等「宏大敘事」雖然仍然在 90 年代文學有所表現，但它們已經有了很大的變化，更重要的是，它們已經遠遠不能涵蓋 90 年代文學的品性。1949 年以後，民族問題和國家問題基本上解決了，就是毛澤東所說的「中國人民已經站起來了」，「亡國亡種」作為一種意識已經成了非常遙遠的記憶，文學中雖然有時也表現「愛國」、「民族自尊心」，比如拒絕出國享受，而願意留在艱苦的環境中工作以報效祖國等，也可以說是一種「國家訴求」，但很勉強，很虛，和聞一多〈七子之歌〉所表現出來的「國家訴求」具有根本的不同，甚至可以忽略不計。90 年代以後，經濟建設成了中國社會的中心任務，很長一段時間，溫飽、下崗、就業、投資、股票、房產等成了我們日常生活的基本話題，追求富裕生活、滿足物質上的不斷增長的需求成了我們這個時代最大的訴求。這也同樣反映在我們的文學上，時代變化了，生活方式變化了，人們的

---

[98] 「照著」與「接著」，是借用馮友蘭的概念，見馮友蘭《新理學》「緒論」，《三松堂全集》第 4 卷，河南人民出版社，2001 年版，第 4 頁。原概念「接著」為「接著」；「照著」為「照著」。

基本需求得到滿足以後精神狀態是什麼樣的？我們又應該如何過一種現代的精神生活？這是 90 年代文學的基本主題，我們可以說這是「啟蒙」的範疇，但顯然無法用傳統的啟蒙話語來進行言說。

中國社會從五四時期到當下，中心任務各不相同，因而「現代性」也表現出不同的側重。我不贊同作者把現代性嚴格地區分為「啟蒙的現代性」、「民族國家的現代性」和「生活現代性」「三型」，不論是在歷史上的層面上還是在理論上的層面上，它都有不周詳的地方。事實上，三種現代性任何時候都是交錯的、並行的，並且具有一體性，五四時期由於反封建的根本任務，所以那時候最顯著的時代特性可以概括為「啟蒙現代性」，但人的解放、知識、理性等不過是工具，終極目的仍然是社會的解放、民族國家的強大，包括民生的改善，就是說，「啟蒙」從根本上是為了「救國」。30～40 年代，民族矛盾上升為社會的主要矛盾，國家生存與危亡成了中國社會最為迫切的任務，所以「民族國家的現代性」是當時社會現代性的顯著內容，但啟蒙現代和生活現代性並沒有被拒斥，比如 30 年代，張申府、陳伯達所倡導的「新啟蒙運動」就是試圖把「思想的自由與自發」與「民族的自覺與自信」[99]二者結合起來，可見啟蒙並沒有因為救亡而被廢棄。同樣，90 年代以後，中國社會轉移到以經濟建設為中心，「國計民生」成了現代化的中心內容，但「人的現代性」與「國家的現代性」仍然是現代性的基本內涵，人的精神、個性、國家前途等仍然是人們關心的問題，只不過它們更多地與經濟生活聯繫在一起，具有了當代生活的特點。「新現代性」也是「現代性」，它與「現代性」有著密切的聯繫，是「現代性」在當代社會的合理發展。

---

[99]　張申府：《什麼是新啟蒙運動？》，《張申府文集》第 1 卷，河北人民出版社，2005 年版，第 190 頁。

　　在這一意義上，我認為「新現代性」是以「生活現代性」為主體的現代性，它包容傳統的「啟蒙現代性」和「民族國家現代性」。與傳統的「現代性」相比，「新現代性」突顯了「生活現代性」或「物質現代性」這一維度，正是這種維度突顯使它在內涵上發生了質的變化，發生了範式的轉變，這種「範式」的轉變，既是指現代性內涵上的，更是指現代性作為理論話語言說上的。比較 90 年代的文學和五四時期的文學，就「現代性」這一點來說，二者具有明顯的不同。啟蒙主義可以是五四時期文學的「主旋律」，這與五四新文學運動的現代轉型以及反封建性有很大的關係，科學、民主、自由、人權、個性、理性等，它們首先是以知識的形態進入中國的，它們是現代社會的精神主體，是現代社會制度的根基，技術社會本質上是它的衍生物，也是中國社會所缺乏的，它進入中國首要意義是填補中國傳統知識體系的缺陷，它首先是一種需要，滿足中國社會對現代知識的渴求。新文化運動倡導者們把啟蒙主義引入中國實際上是希望通過知識的方式把中國社會引導到現代社會，從而走出傳統。在五四文學中，啟蒙主義同時還是一種宣傳的工具，或者說革命的工具，它以一種「先進」或「進步」的形象出現在文學中，從而使其反封建具有合法性。但是在 90 年代，科學、民主、自由、人權等啟蒙思想雖然仍然是文學所表現的內容，但它已經不再像五四那樣顯赫炫目，也不再具有反抗的工具性，不再具有新的知識性，不過是傳統的承繼和張揚，並且變得具有中國性。一句話，啟蒙現代性在 90 年代的文學中雖然仍然存在，但已經式微，至少不再是主流。

　　90 年代以後，中國文學發生了深刻的變化，與社會生活息息相關的現象則突顯出來，「生活現代性」成了 90 年代文學的主流。我們當然可以把以「生活現代性」為主的多元化的現代性稱之為「現代性」，但它與傳統的約定俗成的以「人的現代性」和「國家現代

性」為主要內涵的「現代性」這一概念顯然有很大的差異，繼續用「現代性」來言說顯然會造成很大的混亂。

　　「現代性」是一種話語方式，「新現代性」也是一種話語，它從根本上是對 90 年代以來中國文學品格的一種總結，作為總結，它一方面說明了 90 年代文學對於過去文學的延續性，另一方面又說明了 90 年代文學新的發展性，其最大的意義就是開始有意識地把 90 年代文學和「新時期文學」以及更前溯的現代文學區別開來，開始尋求 90 年代文學新的內涵和精神品質，開始尋求新的話語方式對它進行新的言說，或者說是尋求更合適的話語以便使言說更切近 90 年代的文學現象。與「現代性」話語相比，「新現代性」話語更強調 90 年代中國文學的本土性、時代性、民族性以及與 90 年代中國社會生活的密切關係，更強調現代性的複雜性與包容性。作為話語它主要不是來自於傳統話語的承襲，而是來自於對新的文學現象的總結，特別是對 90 年代文學現象中異質的關注與敏感。正是在這一意義上，我認為「新現代性」理論是「新世紀文學」研究的一種深化，如果說「新世紀文學」研究主要關注的是新文學現象的話，那麼，「新現代性」理論就主要是為「新世紀文學」研究尋求哲學基礎，它不僅僅只解釋「新世紀文學」實踐來源與演變過程，呈現「新世紀文學」的內在邏輯，更重要的是解決深層次上的理論問題。

　　當然，究竟什麼是「新現代性」？「新現代性」應該如何定義？「新現代」與西方「現代性」特別是「後現代性」是什麼關係？在文學的層面上，「新世紀文學」的「新現代性」與現代文學的「現代性」和新時期文學的「現代性」是什麼關係，這都是一個非常複雜的問題，需要繼續討論。張未民先生強調「新現代性」的生活性，強調它的經濟建設和物質建設的基礎，強調它的中國特色或者說「中國因素」與「本土經驗」，強調它與現代科技以及現代傳媒之

間的關係，這既與「現代性」相區別，又與「後現代性」相區別，顯示了作為概念的有效性與合理性，最根本的是，它解決了「新世紀文學」作為一個相對獨立階段文學的時間和性質的理論問題，從這裏我們看到，「新世紀文學」並不是從「新世紀」開始的。如果說現代文學主要是「現代性」文學的話，那麼，新世紀文學就主要是「新現代性」文學，「新現代性」是「新世紀文學」作為當代文學一個時段的最根本原因。

　　回顧歷史，我們看到，新時期文學一直是在回溯性的期待中生長起來的，回歸「十七年」，回歸五四，既是我們對新時期文學的期望，也是我們對它的預設，還是我們能夠想像和接受的限度。的確，新時期文學具有回歸性，比如現實主義的回歸、人道主義的回歸、多元化的回歸、批判精神的回歸、個性主義的回歸等，但新時期文學如果僅僅只是這種回歸或者說復辟，那它的價值就是非常可疑的，雖然我們承認即使只是在回歸的意義上，它對於「文革」文學來說也是一種進步。事實上，新時期文學從一開始就既有「復辟」又有「革新」，既回歸五四也超越五四，這種超越在 90 年代之後逐漸成為文學的主流，只是我們沒有及時地總結，對於異質的東西缺乏敏銳。特別是 90 年代後期一直持續到新世紀的「80 後文學」、「青春文學」、「網路文學」、「女性寫作」（這些概念有交叉）等，它們不論是在文學觀念上還是在寫作技巧上，都迥異於傳統，不僅不同於現代文學傳統的經典化寫作，也不同於 90 年代初期的先鋒寫作，啟蒙主義的言說，國家民族主義的言說對於它們來說顯然是無效的。

　　文學已經走出了五四，但我們的批評話語和文學史話語卻還停留在五四，「現代性」的「前見」嚴重地束縛了我們對 90 年代文學的評價和書寫。新時期文學是在一種啟蒙現代性的言說中前行的，但前行的過程中它越來越脫離啟蒙現代性而進入「新現代性」，但

我們的言說並沒有進入到這一層面。文學已經開始了「平面化寫實」、「個人化」寫作、身體寫作、「敘事圈套」、「反體裁」、「民間化」、「口語化」、「私人化」、「反崇高」、「語言遊戲」、「物欲化」等，但我們的言說話語和評價標準卻還是「典型」、「內容與形式」、「思想意義」、「反映生活」、「共鳴」、「真實」等，用傳統的話語來言說新的文學，實際上說是用傳統的標準評價新的文學，必然會造成言說錯位、評價錯位，先在性地壓抑和遮避新質，誤會和曲解就自然難免，這是 90 年代文學創作與文學批評矛盾與尷尬的一個很重要的原因。

　　事實上，回顧 90 年代的文學批評，我們看到，雖然「後現代性」話語非常熱鬧，成為新潮，但「現代性」仍然是主流的批評話語，啟蒙、理性、主體性原則、精神價值、使命感、認識與教育功能等仍然是批評的「關鍵字」或者說核心內容，這樣，「現代性」的文學和文學因素就被高度關注並被放大，而「現代性」程度不高的文學以及「非現代性」和「反現代性」的文學就不同程度地被曲解、塑造、附會、淡化、壓抑、批判、否定、排斥甚或乾脆視而不見，當它就沒有發生和不存在。「新現代性」理論的提出，我認為它不僅僅只是一種新的文學理論和新的話語方式，更意味著「新世紀文學」研究試圖進行範式轉換，試圖和傳統觀念告別，開始確立自己的價值標準和建構自己的理論體系。

　　「新現代性」當然是一個可以討論的概念，並且是一個開放的概念，隨著新世紀文學的發展，它的內涵將會更加豐富和充實。但無論如何，作為一種區別於「現代性」的新的概念，它追求的是更加有效地解釋 90 年代以來新的文學和文學中的新質，為我們研究「新世紀文學」提供了廣闊的空間。

本文原載《文藝爭鳴》2008 年第 6 期。

放寬文學評價尺度，擴大文學研究範圍

　　現當代文學學科發展到目前，有什麼經驗和教訓？作為學科它如何向前發展？在哪裏以及如何突破？這是我們應該反思的。我認為，在現當代文學研究諸多「得」與「失」中，評價尺度和研究範圍是一個非常重要的問題。總體來說，我們的範圍視野過於局狹，評價尺度過於偏執。我們的文學評價標準大致可以概括為「新文學本位觀」，即以五四時形成的「新文學」為最純正的文學，以「新文學」的審美價值為價值標準，以「新文學」現象作為研究的核心範疇。這樣，在我們的學科中，「新文學」就是最好的文學，最有價值的文學，偏離「新文學」的審美價值就是偏離文學的價值，現當代文學研究實際上就是「新文學」研究。

　　這種研究上的「新文學本位觀」使現當代文學學科存在著嚴重的缺陷，主要表現為：我們實際上是以「新文學」的標準為標準，實際上是按文類來給文學劃分等次，實際上是一種狹隘的「審美中心主義」。以這種標準來評價現當代文學現象，魯迅、茅盾等現代文學史上所書寫的作家就是最純粹的作家，他們的文學就是最好的文學，張恨水的「情趣小說」、程小青的「偵探小說」等不純粹的「新文學」則次之，王度廬、還珠樓主、周瘦鵑等人的武俠小說、言情小說等具有舊派文學特徵的文學再次之，而比較純粹的舊文學比如舊體詩詞、文言小說以及對聯、碑文等則可以說沒有什麼價值。所以，在通行的中國現代文學史書寫中，「新文學」作家得到了濃墨重彩的書寫，魯迅、郭沫若這樣的作家就不要說了，一些寫

作數量非常有限，成就也非常有限的「新文學」作家也得到了很重要的書寫，一部現代文學史基本上就是一部「新文學」史。

介於「新文學」與「舊文學」之間的文學也得到一定程度的書寫，但究竟在多大程度上被書寫，則取決於它們與「新文學」之間的密切關係，當它們符合「新文學」的審美標準或者有效地支援「新文學」時，它們就能得到重要的書寫，相反就會被無情地拋棄。比如張恨水，我們通常把他定性為「由鴛鴦蝴蝶派逐漸走向新文學的通俗作家」，他在現代文學史中被介紹顯然是因為他的「走向新文學」而不是他的「鴛鴦蝴蝶派」，事實上，我們也正是從「新文學」這一側面來書寫他的，我們評價《金粉世家》，更看重的是它開啟了中國現代文學「封建大家庭」這一題材。再比如，早期的林語堂的屬於「語絲派」，屬於新文學陣營，所以被書寫，而後期的林語堂越來越走向「性靈」，學習《紅樓夢》，學習「三袁」，被認為是「偏於復古」，所以不再被提及，即使像《京華煙雲》這樣優秀的作品在文學史上也沒有一席之地。

「當代文學」研究也這樣。比如對於「文革」十年，我們一般的描述是，這是一個「文學荒蕪」的時期，除了「八個樣板戲」和《金光大道》、《李自成》以外，就沒有什麼文學作品。其實，在數量上，「文革」文學絲毫不在現代文學任何一個「十年」之下，只是這些文學偏離了現代文學傳統，以現代文學的評價標準來看，它們不是「好的文學」甚至算不算文學都是問題，比如「三史」、革命故事，民歌等。就文學的熱情來說，就文學的普及程度來說，就文學在人們日常生活中的地位和作用來說，「文革」文學可以說是空前的，否則我們就無法理解新時期文學對 70 末期中國思想文化以及社會心理的巨大影響。在文學的社會基礎和作用層面上，我們完全可以仿擬一句流行的話這樣說：「沒有文革文學，哪來新時期文學？」如何評價「文革」文學？這是一個非常複雜的問題，但有

一點是肯定的,「文革」文學有它自己的價值標準,有它自己的讀者基礎,以當時的價值標準來看,它是富於「文學性」的,是被認同的。相反地,在當時,胡適、徐志摩等標準的現代文學則被認為是資產階級和小資產階級文學,是被批判和否定的。實際上,我們現在正在犯「文革」時期把西方經典文學定性為資產階級文學從而予以否定的同樣錯誤,「文革」是偏執的,我們現在同樣是偏執的,只不過偏執的方式不同了。

提到「新時期」初期的文學,我們幾乎是就把它和「傷痕文學」、「反思文學」與「改革文學」等同,其實,我們到圖書館稍稍翻檢就會看到,直到 80 年代初期,充斥出版市場和期刊的還是具有「文革」遺風的文學,它們仍然是文學的主流和「正統」,而「傷痕文學」、「反思文學」在當時還可以說是「先鋒」文學,是少數派(正如五四時期「新文學」屬於少數派一樣),它們對 80 年代的文學影響巨大,具有歷史價值,在開風氣上具有重要的地位,且符合五四新文學傳統,這是另外一個問題。但作為研究,作為文學史書寫,我們不能忽略當時屬於「常態」的、帶有「文革」特徵的、可以說是普遍性的文學,我們不能否定它作為歷史的存在,不能籠統地否定它的文學價值。

80 年代之後,中國文學開始「多元化」,但「多元化」主要是文學形態、風格上的,而文學評價的標準並沒有多元化,仍然是「審美中心主義」的,文學史上,賈平凹、王蒙、余華、莫言、韓少功、王安憶等這些符合傳統文學審美標準的所謂「精英」文學仍然是我們敘述的中心,現實文學生活中有大量的文學現象並沒有進入我們的研究視野,更不要說進入文學史了。網路文學、影視文學、通俗文學、翻譯文學,它們在文學生活中所佔的地位,它們對現實生活的影響,可以說絕不在「精英」文學之下,張未民先生在一次會議上講,《讀者》發行有千萬份,《故事會》發行有三百多萬份。其實,

這樣的文學期刊還有，比如武漢的《今古傳奇》，僅「武俠版」每月銷量就在四十萬份左右。我們憑什麼把它們排斥在文學範圍之外？有誰曾經對這個問題進行過充分的研究和論證？另外還有大量的「泛文學」，比如《家庭》、《知音》以及大量的「晚報」、「早報」，它們的虛構性遠遠超出了一般人的想像，不論是在寫作的層面上還是在閱讀的層面上，它們都具有文學性，所以有人說當代最好的小說在《南方周末》，這雖然是在社會生活的深刻性與豐富性的意義上講的，但《南方周末》上的很多故事都富於文學色彩，可以當作文學作品來讀，這卻是事實。

　　以「新文學」為本位，用「新文學」的評價標準來評價「另類」文學，這是不公平的，它對於「非我族類」文學的否定具有「先在性」，它否定性的結論實際上已經暗含在前提之中了。我們的文學理論一直在尋求高度形而上的終極性的「文學」定義，但至今也沒有找到。其實，不同類型的文學在價值和品格等各方面存在著巨大的差異，這種差異有時是各有側重，有時則是相互矛盾和對立，有時，一種文學所倚重的恰恰是另一種文學所輕賤的，一種價值在某種文學中被肯定，構成了靈魂，而在另外一種文學類型中它則是邊緣化的，附屬性的，甚至是被否定的。比如武俠小說作為通俗文學，它的價值追求就與純文學不同，武俠小說更看重娛樂性、遊戲性、想像性，更看重讀者也更迎合讀者，它不以淺俗為恥，相反地，它追求的正是淺俗。故事和武打在武俠小說中處於中心地位，也是它作為一種文類能夠存活下來並且繼續存在下去的根本原因，正是曲折的故事和驚險的武打情節深深地吸引了讀者，從而使它成為一種受歡迎的文類。武俠小說也反映現實，具有現實意義，並且武俠小說常常具有巨大的社會效應，但對社會發生作用從而改造現實這並不是武俠小說的目標，在閱讀的緊張中得到身心的愉悅和快樂這才是它真正的目的。比較武俠小說和嚴肅小說，我們看到，它們可以

說具有相反的價值追求，所以，武俠小說的價值只有在武俠小說的價值標準中才能得到充分的認同，用純文學的標準來要求它，實際上是在用相反的標準要求它，其得不到正確的認識，不能被肯定就具有必然性。用純文學的標準來和評價武俠小說，實際上是對武俠小說作為文體的否定，是對它核心價值的否定。

但現實卻是，我們一直用純文學的評價標準評價武俠小說。由於種種機緣，金庸現在基本上得到了學術界的認同，並尊崇為「文學大師」，受到了研究者的廣泛重視，金庸研究已經升為「金學」。但反省金庸研究，我認為學術界對金庸充滿了誤讀，其中一個重要的誤讀就是我們實際上是把金庸小說當作純文學來研究的，我們所推崇的、所嘖嘖稱讚的，比如金庸小說的結構、人物形象、歷史內涵、生活的廣度和深度等，這些其實都是純文學的審美價值，它們並不是金庸小說最為本質的內涵，我們承認金庸的武俠小說在純文學的層面上也達到了相當的高度，我們甚至可以在純文學的意義上把金庸稱作大師，但金庸對文學的貢獻主要是俗文學層面上的，最重要的是武俠以及由此衍生出來的情節等，正是在武俠上具有獨特的貢獻，金庸是名副其實的文學大師。所以我認為，由於價值標準的偏執，目前的金庸研究是相當片面的，或者說金庸並沒有得到真正的研究，他作為武俠小說大師的那一面並沒有得到充分的尊重和評價。我們對金庸「文學大師」的定位是相當可疑的，具有闡釋的意味。這樣，金庸小說流行是一個原因，文學史地位則是另一個原因，或者說，讀者喜歡的是它的故事、武打等，而批評家則是從思想、形象、結構等方面來評價它，讀者感受到的「好」批評家並不認為「好」，相反地，批評家認為的「好」讀者並沒有感到「好」，這明顯是一種錯位。在這一意義上，金庸具有很高的地位並不意味著武俠小說家有很高的地位，金庸的武俠小說得到了承認並不意味著武俠小說文體得到了承認。

　　文學評價標準是逐漸建構起來的，「新文學」的審美價值標準也是逐漸建構起來的，並且是晚近即五四之後才建構起來的，這充分說明了文學評價標準的相對性。這還可以從大量的歷史事實中得到說明，比如《三國演義》、《水滸傳》當時也是屬於通俗文學，是不入流的，但現在，它們則是最正統的中國古代文學。《三國演義》、《水滸傳》本身並沒有變，變化的是我們的評價標準。

　　我並不否定「新文學」的審美價值，但我認為我們不能把「新文學」的審美價值絕對化。每一種文學價值都有它的合法性，我們應該放寬文學視野，關注所有的文學現象，並對它們進行歷史的研究和公正的評價，我總認為，我們應該充分相信讀者，應該尊重讀者對文學的感受和喜好，應該充分承認各種閱讀的合理性。我們也應該從效用上來研究文學，比如什麼人在讀什麼文學？讀了有什麼效果？每一種文學，只要有一定的讀者，它就具有一定的合理性，它就屬於正常的文學。每一種文學，只要它對社會和人生發生了正面的意義，它就具有合理性，就應該得到尊重。當代文學正在發生深刻的變化，這種變化不僅僅只是形式上的，更是觀念上的，對於這種變化，我們不僅要正視，更要適應。

　　當今，一些研究者正在試圖擴展當代文學的研究範圍，也有一些新的發現，取得了一定的成績，一些過去不被重視的文學現象比如通俗文學、民間文學、舊體詩詞、期刊、報紙、手稿等得到了重新研究，我認為這是好的。但我認為這種研究不能停留在形式上，最根本的是要轉變文學觀念，修正文學批評尺度，不能用舊眼光去看視它們，不能用傳統的或者說正統的價值標準去衡量它們，否則這種所謂「發現」是沒有什麼意義的，最後還是會走老路，仍然會回到舊的結論上去，其結果不過是把它們拿出來重新審視一番然後再重新打入冷宮。

　　目前的現當代文學研究，一方面是很多文學現象被重複研究，被反覆述說，大量的「研究成果」不過是低水平的重複，但另一方面卻是大量的文學現象在研究上無人問津，現代文學上的很多作家和作品甚至根本就不為人知曉。現當代文學研究雖然人數眾多，但研究的對象和問題卻非常少，主要集中在極少數作家、作品和文學現象上，主要集中在作家生平、文本的思想內容和藝術內涵等方面，很多對社會生活發生了重大影響的文學現象、很多與社會生活有著密切聯繫的問題，我們都缺乏充分的研究。固守傳統的價值標準、囿於傳統的文學對象使我們的現當代文學研究越來越脫離文學實際而書齋化，越來越變得對我們的生活「無用」，這已經嚴重地制約了現當代文學研究整體向前推進，使現當代文學學科上存在著嚴重的缺陷。在這一意義，我主張現當代文學應該放寬文學視野，我們應該以一種更寬容和同情的文學觀念來評價各種文學現象，應該充分尊重每一種文學價值，從而促進文學價值多元化發展，進而實現當代文學的真正繁榮。

　　　　　　　　　　本文原載《文藝爭鳴》2008 年第 3 期。

論「啟蒙」作為「主義」
與現代文學的缺失

　　啟蒙主義對現代文學的作用和意義，這是現代文學史中的一個重要問題。90 年代以來，隨著啟蒙主義被思想界重新重視，現代文學研究在這方面取得了很大的成績，有效地疏理了啟蒙主義與現代文學的史實關係，加深了我們對現代文學的認識和理解。但是，這些研究也存在著問題，其中最大的問題就是我們對「啟蒙」作為「主義」對現代文學的負面性認識不夠，缺乏從啟蒙主義角度對現代文學進行反思。本文即探討這一問題。

一

　　在當下語境中，和「現代性」一樣，「啟蒙」也是一個內涵和外延充滿不確定性的概念。在西方，啟蒙作為人類的思想行為和思想方式，早在「啟蒙運動」之前就開始了，但「啟蒙」作為概念卻是 18 世紀才開始流行。根據哲學家的研究，西方哲學史上的「啟蒙是一個泛文化概念，它象徵著人類精神空間的拓展、延伸、變化」[100]，除了理性、人權、自由、財富、社會體制等我們經常所說的內涵以

---

[100] 尚傑：《西方哲學史》第五卷，(《啟蒙時代的法國哲學》)，鳳凰出版社，2005年版，第 1 頁。

外，「情趣與快樂」也是它的合理內涵。當然，這是在綜合意義上
而言的，實際上，在西方，不同時期，不同的人對啟蒙的理解不同，
也是在不同的意義上使用的，有的人是在理性的意義上使用它，有
的人是在進步的意義上使用它，有的人是在知識的意義上使用它，
有的人強調它的道理理想，有的人強調它的自然人性等。康德關於
「啟蒙」的概念經常被人引用，「啟蒙運動就是人類脫離自己所加
之於自己的不成熟狀態。不成熟狀態就是不經別人的引導，就對運
用自己的理智無能為力」。[101]這裏，康德顯然是在進步的意義上使
用啟蒙概念的，同時，於康德來說，啟蒙也是一種心態。

　　中國的啟蒙概念又不同於西方的啟蒙概念，「中國近現代啟蒙
主義與外國啟蒙主義在其發生發展中各有自身獨特的邏輯機制與
演變規律，後者不能代替前者，它們即便有『驚人相似』之處，也
屬異質同構。」[102]而在中國內部，啟蒙的概念也各不相同，五四新
文化運動的啟蒙不同於 30 年代「新啟蒙運動」的啟蒙，不同於 80
年代「新啟蒙運動」的啟蒙。五四時期的啟蒙主要是「科學」、「民
主」、「人的解放」，「個性主義」，「輸入學理」，反傳統、反封建專
制等。而 30 年代張申府、陳伯達所倡導的「新啟蒙運動」除了承
繼五四傳統以外，還增加了新的時代內涵，張申府說：「凡是啟蒙
運動都必有三個特性。一是理性的主宰；二是思想的解放；三是新
知識新思想的普及。」而對於 30 年代的中國來說，啟蒙則主要是
兩大任務：「思想的自由與自發」；「民族的自覺與自信」[103]。這裏，
「民族的自覺與自信」顯然就是時代的政治任務在「啟蒙」上的「賦

---

[101] 康德：《答覆這個問題：「什麼是啟蒙運動？」》，《歷史理性批判文集》，商
　　務印書館，1990 年版，第 22 頁。
[102] 張光芒：《啟蒙論》，上海三聯書店，2002 年版，第 20 頁。
[103] 張申府：《什麼是新啟蒙運動？》，《張申府文集》第 1 卷，河北人民出版社，
　　2005 年版，第 189、190 頁。

予」。張申府認為，不同國家的啟蒙運動是不同的，「至於中國今日的新啟蒙運動，內容當然更有所不同。中國新啟蒙運動的發生，除了歷史的原因外，至少可說是由於七種必要：一是民族自覺的必要，二是思想解放的必要，三是中西文化結合的必要，四是新知識新思想（新哲學新科學等）普及的必要，五是剷除殘餘的封建惡流的必要，六是推進民主政治的必要，七是救亡運動轉向及擴大的必要。」[104]與五四啟蒙運動相比，民族主義、民主政治、知識普及等都是新的內容。

　　但總體上，在中國，啟蒙的意義主要來自於三個方面：一是字面上的望文生義，很多人都是在發蒙、脫離蒙昧等詞源學意義上來理解啟蒙的；二是西方思想來源，主要是源於介紹與翻譯；三是在中國文化傳統和現實語境中的重新生成，也可以說是啟蒙在中國特定現實語境中的意義衍生。具體在中國現代，啟蒙主要是反封建主義和蒙昧主義，其目標一方面是建立現代社會體制，另一方面是開啟現代文明，所以，五四時期陳獨秀提出的兩大口號——「科學」和「民主」基本上可以概括中國現代啟蒙主義的基本內涵。「科學」主要是知識上的武裝，與理性有關；「民主」主要是思想上的開啟，既與政治有關，也與精神價值有關。「現代性」某種意義上說就是五四啟蒙運動的表徵和結果。

　　在西方，啟蒙的根本目標是建立現代文明社會，事實上也是這樣，正是長期的啟蒙運動，西方社會從教會專制體制逐漸走上了現代資本主義文明。中國也是這樣，稍有不同的是，中國的啟蒙運動從根本上是為了救亡、為了富國強兵。美國學者施瓦支最早探討現代中國啟蒙與救亡的關係問題，他的觀點是：「每當他們試圖批判

---

[104] 張申府：《啟蒙運動的過去與現在》，《張申府文集》第 1 卷，河北人民出版社，2005 年版，第 292 頁。

封建禮教的時候，救亡的緊迫和他們試圖兼及政治革命的慾望，往往使他們中斷自己的努力。」[105]這一問題後來被李澤厚加以詳細的討論，他認為，五四時期啟蒙與救亡「相互促進」，但「五四時期啟蒙與救亡並行不悖相得益彰的局面並沒有延續多久，時代的危亡局勢和劇烈的現實鬥爭，迫使政治救亡的主題又一次全面壓倒了思想啟蒙的主題」。[106]李澤厚所理解的「啟蒙」顯然是很狹義的，主要是指「自由平等民主民權」以及「個體尊嚴」、「個體權利」等，在這一意義上，並且限定於社會實踐的領域，五四之後的確是救亡壓倒了啟蒙。但實際上，啟蒙的內涵是很寬泛的，在思想的層面上，救亡也是啟蒙的合理內涵。西方的啟蒙主義也不僅只是爭人權，它同樣具有爭取社會文化進步、增長財富的意思，啟蒙也不是終極目的，社會進步才是終極目標。所以，啟蒙與救亡的合流具有理論的內在性，而不完全是中國歷史的特殊生成。只不過在中國，啟蒙尤其具有工具性，它任何時候都沒有脫離救國以及富國強兵這一主題。所以，救亡在思想的層面上其實也屬於啟蒙的合理內涵，我們不能籠統地把「救亡」和「啟蒙」相對立，在社會實踐的層面上，有時救亡壓倒啟蒙，比如戰爭時期人們更關心戰爭的勝負，而思想問題相對地受到冷落，並且思想為戰爭的勝負服務，但一般意義上，救亡的理想以及其他社會理想都屬於啟蒙的範疇。

對於西方社會，啟蒙運動具有重要的作用，它解決了精神和制度上的自由問題，開啟了現代社會的科學之路，從而使西方社會走上了現代文明。啟蒙對於中國社會也是這樣，以啟蒙主義為核心的五四新文化運動，最終完成了中國社會的現代轉型，中國社會從語言體系到價值體系到社會結構都發生了革命性的變化。但是，啟蒙

---

[105] 施瓦支：《中國的啟蒙運動──知識份子與五四遺產》，山西人民出版社，1989 年版，第 378 頁。

[106] 李澤厚：《中國現代思想史論》，安徽文藝出版社，1994 年版，第 36 頁。

在給人類以及中國帶來現代化文明的同時，絕對化即發展成為一種
「主義」的時候，也給我們帶來了從物質到精神的負面效應，比如：
「導致越來越失去控制的個人中心主義，使得家庭、社群的價值越
來越邊緣化」；「極其成功地發展了『凡俗化』的世界」，而「凡俗
化越來越像是庸俗化了」；「由於啟蒙過分地自負於人的理性能力，
人越來越盲目地妄自尊大，無所不在、無所顧忌地突出人的存在、
人的力量、人的重要性、人作為宇宙的主宰，肆意地征服和掠奪
自然，相應地，人也越來越多地遭到自然的報復，人在自然中的
處境事實上已經舉步維艱」；「人日益成為財富的奴隸」。[107]可以
說，當今世界重要的社會問題，比如生態問題，環保問題，重要
的思想問題，比如精神空虛，信仰迷茫等都不同程度地與啟蒙主
義有關。

　　霍克海默和阿多爾諾是比較早地對啟蒙問題進行反思的學
者，他們兩人合著的《啟蒙辯證法》開首第一句話就是：「從進步
思想最廣泛的意義來看，歷來啟蒙的目的都是使人們擺脫恐懼，成
為主人。但是完全受到啟蒙的世界卻充滿著巨大的不幸。過去啟
蒙的綱領曾經是使世界清醒。啟蒙想消除神話，用知識來代替想
像。」[108]這段話真是太精闢了，尤其對文學問題一針見血。首先作
者對啟蒙精神的概括非常準確，所謂「擺脫恐懼，成為主人」，也
即人的解放和進步。其次，作者並不否定啟蒙的作用，承認啟蒙曾
經「使世界清醒」，即啟蒙讓人類對社會有了更清楚的認識，但作
者也認識到，世界完全啟蒙化，即過度啟蒙或者把啟蒙絕對化，又
給世界帶來了災難。第三，啟蒙對文學的傷害或者在文學上所表現

---

[107] 《啟蒙的反思·編者手記》，《啟蒙的反思》，江蘇教育出版社，2005 年版，
　　第 2 頁。
[108] 霍克海默、阿多爾諾：《啟蒙辯證法（哲學片斷）》，重慶出版社，1990 年
　　版，第 1 頁。

出來的不幸主要是用知識代替想像從而導致文學性被壓抑,這裏的「神話」不過是「文學」的代名詞。

　　啟蒙對於中國現代文學的傷害和壓抑尤其是這樣。以啟蒙為核心內容的五四新文學運動使中國文學發生了根本性的變革,與中國古代文學相比,中國現代文學具有全新的內容與全新的形式,是一種新的文學類型。但是,現代文學在取得巨大成績的同時,也存在著某種缺憾,造成這種缺憾的原因當然是多方面的,而啟蒙主義就是其中的原因之一。在五四時期,啟蒙是絕對必要的,事實上,正式啟蒙運動導致了西方思想的輸入,導致中國封建思想體系的解體,但啟蒙被強調到極致,變成為一種「主義」的時候,就會物極必反,從而造成了現代文學的缺陷。這裏所謂「主義」,筆者是在漢語語境中的「社會主義」、「資本主義」、「馬克思主義」的「主義」上而言的,不僅是指一整套的理論和主張,更是指一種思想方式和品格,啟蒙發展成一種「主義」之後就具有了獨斷、專制、排它性,就體現為陳獨秀所說的「必不容反對者有討論之餘地,必以吾輩所主張者為絕對之是,而不容他人之匡正也」[109]。對於文學來說,啟蒙一旦變成「主義」,就會出現一元化趨向,文學的各種因素就會失衡,非「啟蒙」的因素就會被壓制、排斥甚至於被否定和破壞,從而大大降低時代文學的豐富性、複雜性和多種可能性。

　　歸納起來,啟蒙主義對中國現代文學的缺失主要表現在兩方面:一是重思想輕文學,思想壓倒文學;二是重文學的社會功利目的,重視文學的教育作用、認識作用而輕視文學的審美娛樂作用,壓抑文學的審美性、娛樂性和消閒性。

---

[109] 陳獨秀:《再答胡適之(文學革命)》,《陳獨秀著作選》第一卷,上海人民出版社,1993 年版,第 302 頁。

二

　　五四新文學運動從根本上是思想運動，而不是「文學」運動，它實際上依附於五四新文化運動，其目標是「思想」而不是「文學」。關於五四新文學運動的歷史和邏輯，通常是這樣敘述和解釋的：19世紀中期，伴隨著西方殖民主義的擴張，中西方發生軍事衝突，衝突的結果是中國失敗。這種失敗迫使中國人反思自己，反思當然是各種各樣的，但主流的結論卻是：中國之所以失敗，主要是我們的器物不如人，比如我們沒有洋槍洋炮。於是就有了洋務運動。洋務運動僅就器物來說是非常成功的，比如我們的海軍在當時就非常強大，達到了世界先進水平，但甲午海戰，我們卻在最強大的地方慘敗，這逼著我們進一步反思，反思的結果是：我們之所以失敗，不在於武器不如人，而在於政治制度存在著缺陷。所以就發生了旨在改革社會制度的戊戌變法運動。但戊戌變法運動僅百天就失敗了，這時知識份子就開始登上歷史舞臺，以陳獨秀、胡適、魯迅為代表的一批接受了西方思想熏陶和洗禮的知識份子，他們開始對中國社會和文化進行整體和深層的反思，他們認為，中國之所以一再失敗，飽受侵略和屈辱，甚至有亡國亡種的危險，從根本上是因為中國落後，而要改變落後，器物、政治制度都是表面的，文化才是深層的，才是最根本的，所以中國文化需要從根本上進行變革，於是就有了五四新文化運動。所以新文化運動從根本上是一種思想革命，即陳獨秀所說的「吾人最後覺悟之最後覺悟」[110]。

---

[110] 陳獨秀：《吾人最後之覺悟》，《陳獨秀著作選》第一卷，上海人民出版社，1993年版，第171頁。

　　而如何進行思想革命以及向哪個方向革命，五四新文化運動的開創者們開出的方案是：一方面向西方學習，輸入科學、民主、自由、人權等思想，另一方面是反傳統，反封建專制思想，破壞傳統思想體系。所以，在思想和倫理的意義上，五四新文化運動從根本上是啟蒙運動，它在當時和以後都被稱為中國的文藝復興運動，即是在啟蒙意義上而言的。對於五四新文化運動的性質，究竟是「啟蒙運動」還是「文藝復興」，學術界存在著爭論。美國學者格裏德說：「啟蒙與再生，……這正是中國文藝復興的精神。」[111]我認為這個概括是非常準確的，五四新文化運動既是啟蒙運動，又是文藝復興運動，在五四時期，啟蒙與復興在邏輯上是一體的。

　　五四新文學運動是整個五四新文化運動的一個有機組成部分。如果說五四新文化運動是一種啟蒙運動，那麼，五四新文學運動總體上也可以說是啟蒙主義文學。科學、民主、自由、個人權利、改造國民性，開啟民智，反封建，富國強兵等，這既是新文化運動的目標和任務，也是新文學運動的目標和任務。所謂「人的文學」，這不過是新文化運動「立人」主題在文學上的一種演繹，終極目的都是為了「立國」。我非常贊同這樣一種觀點：「五四文學革命是回應五四啟蒙運動的呼喚、作為思想啟蒙的一種重要手段而發生和發展的，它所追求的現代性，從根本上說是啟蒙現代性，而不是審美現代性；顯示五四新文學最初實績的魯迅白話小說，就是啟蒙主義的『遵命文學』，它確立了五四新文學的範式；而五四新文化人建構的文學理論，也是以文學工具論為核心的啟蒙文學理論。」[112]

---

[111] 格裏德：《胡適與中國的文藝復興──中國革命中的自由主義（1917～1950）》，江蘇人民出版社，1989年版，第332頁。

[112] 洪峻峰：《啟蒙現代性與五四文學的歷史規定性》，《東南學術》2006年第3期。

　　正是因為如此，所以五四新文學運動主要是探討社會、國家、民族、個人等重大問題，主要是解決思想問題，這些問題與其說是文學的問題，還不如說是哲學的問題，還有倫理學的問題，社會學的問題，教育學的問題等。而涉及到文學本質的「文學性」、「審美性」在當時並沒有從根本上提到日程上來。文學理論和文學批評界也非常熱鬧，討論了很多問題，比如人的解放、個性解放、國民性、「問題與主義」、「民眾文學」等，但這些問題其實都不是純粹的文學問題，最多可以說是「新批評」所說的「外部問題」，即與文學有關，但並不是文學的本質問題。而對於文學的根本問題即「內部問題」，比如「文學作品的存在方式」、「文體」、「文類」、「敘述方式」、「意象」、「隱喻」等，現代文學理論與批評卻缺乏深入的討論，即使有些探討，影響也非常有限，從來都構不成現代文學的重大現象。只要是寫小說就會涉及到敘事問題，但奇怪的是，當時很少有人對這一問題進行探討，似乎對於小說來說，這是一個無足輕重的問題。縱觀近三十年的中國現代文學理論批評史，我們看到，除了以聞一多為代表的「新月派」所討論的新詩格律以及「三美」問題算得上是純粹的審美問題以外，其他重大的文學理論和批評問題都可以說是思想問題，或者說深層上是思想問題。

　　有些問題，比如文學語言、創作方法，本來是文學的技術問題，但現代文學卻主要是從思想的角度來探討的，如果不是因為深刻地涉及到思想問題，也許它們並不會引起現代文學的興趣。文學是語言的藝術，文學的文學性就表現在語言的表達之中，所以，詞語、語音、節奏、格律、意象、隱喻、象徵、各種修辭等構成了「文學性」最重要的內涵，但反觀五四新文學運動對語言的探討，我們看到，胡適、陳獨秀等人並不是在「文學作為語言藝術」的層面上來提倡白話文的，不是在文學的「工具」性、而是在思想的「工具」性上來探討語言問題的。胡適在〈文學改良芻議〉首倡白話文，其

中最重要的要求就是「言之有物」，所謂「物」，一是指情感，二是指思想，「思想之在文學，猶腦筋之在人身。人不能思想，則雖面目姣好，雖能笑啼感覺，亦何足取哉。文學亦猶是耳」[113]。胡亂之所以提倡語言變革，根本原因還是在思想：「時代變得太快了，新的事物太多了，新的知識太複雜了，新的思想太廣博了，那種簡單的古文體，無論怎樣變化，終不能應付這個新時代的要求。」[114]在另外一篇重要的文章中，他說：「一切語言文字的作用在於達意表情；達意達得妙，表情表得好，便是文學。那些用死文言的人，有了意思，卻須把這意思翻成幾千年前的典故；有了感情，卻須把這感情譯為幾千年前的文言。」[115]胡適認為五四新文學運動有兩個中心理論，一是建立「活的文學」，二是建立「人的文學」，「前一個理論是文字工具的革新，後一種是文學內容的革新」。[116]可以看出，胡適的文學觀基本上是內容與形式的二元結構觀，在這種文學觀中，文學的內容顯然是更重要的，是核心，而語言只不過是表達內容的工具。正是因為時代的思想發生了巨大的變化，所以為了適應這種變化語言也應該變化。這樣，胡適提倡白話文，並不是出於文學的藝術或者審美上的原因，而是思想的原因，語言並不是文學的本體，不過是表達思想的工具，是為思想革命服務的。所以，五四新文學的語言變革從根本上也是思想革命。

---

[113] 胡適：《文學改良芻議》，《胡適文集》第 2 卷，北京大學出版社，1998 年版，第 7 頁。

[114] 胡適：《中國新文學運動小史——〈中國新文學大系〉第一集的〈導言〉》，《胡適文集》第 1 卷，北京大學出版社，1998 年版，第 108 頁。

[115] 胡適：《建設的文學革命論》，《胡適文集》第 2 卷，北京大學出版社，1998 年版，第 46 頁。

[116] 胡適：《中國新文學運動小史——〈中國新文學大系〉第一集的〈導言〉》，《胡適文集》第 1 卷，北京大學出版社，1998 年版，第 124 頁。

　　創作方法也是這樣。所謂創作方法，是指作家認識生活、表現生活、塑造文學形象所遵循的基本原則以及與之相適應的藝術地表現生活的一系列手法的總和。創作方法可以劃分為三個層次：處理文學與生活審美關係的基本原則；塑造藝術形象的基本方式；與前面兩個特徵密切相聯繫的具體表現手法。由此可見，創作方法是一個比較純粹的文學問題。但我們看到，在現代文學史上，現實主義也好，浪漫主義也好，都主要是在生活態度、人生觀以及文學對社會生活的作用和意義上而言的，具有很強的「政治」色彩。楊春時說：「五四文學思潮不是浪漫主義，也不是現實主義，而是啟蒙主義。」[117]我非常贊同這一觀點。現實主義、浪漫主義之所以在現代文學史上成為主流，這實際上與中國的現實主義和浪漫主義的基本原則與啟蒙主義相契合有關係，現實主義以強烈的現實使命契合了啟蒙主義，浪漫主義則以激情契合了啟蒙主義。相反地，現代主義注重藝術形式的探索，不論是在思維方式上還是在文學精神上都與五四啟蒙主義相隔膜，所以在當時影響有限，也備受爭議，始終不能和現實主義和浪漫主義相頡頏。

　　縱觀現代文學，我們看到，理論批評上也好，創作上也好，都是圍繞著啟蒙主義的主題展開的。文學研究會提倡「為人生的藝術」，所謂「為人生」，一方面是指文學要反映社會現實，另一方面是指文學具有指導人生、改造社會的功利目的。在現代文學史上，有影響的流派和社團，無不重思想，無不具有強烈的啟蒙色彩。重要的作家也是這樣，魯、郭、茅、巴、老、曹，郁達夫、丁玲、胡風等，其文學無不具有啟蒙主義的特點，茅盾說：「新文學要拿新思潮做泉源，新思潮要借新文學做宣傳。」[118]這其實也正是茅盾創

[117] 楊春時：《現實主義、浪漫主義還是啟蒙主義——現代性視野中的五四文學》，《廈門大學學報》2003年第5期。
[118] 茅盾：《為新文學研究者進一解》，《茅盾全集》第18卷，人民文學出版社，

作的特點。張光芒評論胡風的創作:「如果說西方思想家更側重於在理性、現代性的視野內探討主體的本體論價值,那麼胡風則從個體解放與民族解放相統一的角度,將主體性置於文藝與社會、作家與對象、思想與生活等多維坐標系中綜合求索。」[119]其實,現代文學中重要的作家其思想和創作都具有這樣一種特點。

　　讀現代文學,我們感到,似乎所有的文學都是「問題文學」、社會問題、人生問題、經濟問題、教育問題、政治問題,文學創作就是為「問題」尋求解決的辦法,每個作家都在為「問題」開處方,文學中充斥著「問題」的藥方。作家始終具有很強的社會使命感、歷史使命感,他們對國家、民族以及個人充滿了憂慮,對現實社會強烈地不滿,並進行了尖銳的批判。現代作家幾乎每一個人都是思想家,都是改革社會的「設計師」,他們都在進行著嚴肅而沉重的思考,現代文學似乎承擔著現代社會的幾乎是一切精神與道德上的義務與責任。作家一副「人類靈魂工程師」的面孔,始終高高在上,嚴肅地教育人,訓導人,對於國民,一方面是同情、憐憫他們,另一方面是「怒其不爭」,滿腔熱血與憤懣地希望拯救他們於水火之中。文學批評也是這樣,現代文學批評絕大多數都是圍繞著思想問題展開的,「社會」、「現實」、「真實」、「反映」等構成了文學批評的關鍵字,文學作品的內容是文學批評的中心內容,文學作品的好壞也主要是由作品的內容決定的。批評家主要是思想家,哲學家,他們的任務似乎是從作家所描寫的內容中分析出「深刻性」,這種分析越有哲學意味,越具有抽象性,似乎批評家就越有水平。不懂文學創作,對作品缺乏感悟,仍然可以進行文學批評,仍然可以成為文學批評家,並且可以成為「優秀」的文學批評家。這種情況至

　　1989 年版,第 38 頁。
[119] 張光芒:《胡風啟蒙文學觀新論》,《人文雜誌》2003 年第 3 期。

今仍然還在延續。這也是作家對文學批評不以為然的一個很重要的原因。

　　1942 年，毛澤東在《在延安文藝座談會上的講話》明確主張「文藝為政治服務」，「政治標準放在第一位」、「藝術標準放在第二位」，明確提出「無產階級的文學藝術是無產階級整個革命事業的一部分」[120]。80 年代之後，我們對這種觀點進行了反思，提出了一些不同的意見。其實，整個現代文學都是這樣一種標準，只不過具體要求稍微寬泛一些而已，是思想標準第一，文學標準第二，是文學為思想服務，新文學運動是整個新文化運動的一部分，就是格里德所說的「文學革命從其發端就是更廣闊範圍的思想改革運動的工具，也是一股用它的諾言波及甚廣以至很快就以『新文化運動』聞名的變革思潮的工具」。[121]當然，我這樣說，並不是否定現代文學的思想性、社會和歷史使命感，並不是否定現代文學的社會功利性和批判性，按照法蘭克福的「批判理論」，對社會進行批判，這是文學的職責。但文學在履行它的社會職責時，也不能丟掉它的審美職責，不能把文學置於思想的從屬地位，不能把審美置於啟蒙的從屬地位，不能啟蒙壓倒文學。

三

　　正是因為思想高於文學，啟蒙性壓倒文學性，所以，現代文學總體上表現出思想性壓抑審美性、純文學壓抑俗文學、教育性認識

---

[120] 毛澤東：《在延安文藝座談會上的講話》，《毛澤東選集》第 3 卷，人民出版社，1991 年版，第 865-866 頁。

[121] 格裏德：《胡適與中國的文藝復興——中國革命中的自由主義（1917～1950）》，江蘇人民出版社，1989 年版，第 92-93 頁。

性壓抑娛樂性消遣性、新文學壓抑舊文學的趨向，從而給現代文學帶來類型上的缺陷。

縱觀現代作家創作談以及文學批評，我們發現，現代作家一般不談審美問題，或者不從「審美」的角度來談創作。也有一些審美談論，但這些談論很多最終都可以歸結為啟蒙話語。沈從文就是一例。在現代文學中，沈從文是一個藝術風格獨異的作家，尤其以「造希臘小廟」、「抽象的抒情」著名，他明確主張文學的審美性，並多次強調，但實際上，他的審美不過是工具，其終極目仍然是改造社會和「拯救人心」，仍然是「立人」與「立國」，不過是蔡元培的「美育代宗教」說的翻版，即「用美來改造國民」，所以沈從文仍然是一個啟蒙主義者。過去有人認為創造社的文學觀實際上是「為藝術而藝術」，的確，創造社深受唯美主義的影響，也的確強調文學的表現、天才、「無目的論」等，但另一方面，他們也思考文學「對於時代的使命」，「文學是時代的良心，文學家便應當是良心的戰士。在我們這種良心病了的社會，文學家尤其是任重而道遠」。[122]又認為：「一切藝術，雖然貌似無用，然而有大用存在。它是喚醒社會的警鐘，它是招返迷羊的聖籙，它是澄清河濁的阿膠，它是鼓舞革命的醍醐。」[123]在創作上，郭沫若所表現出來的革命性，郁達夫所表現出來的愛國主義精神，甚至比文學研究會還更具有啟蒙色彩。

正是因為啟蒙主義，所以現代文學具有強烈的理性精神。理性對於中國現代文學的獨特貢獻以及進步意義，這是毫無疑問的，周作人說：「古代的文學純以感情為主，現代卻加上了多少理性的調

---

[122] 成仿吾：《新文學之使命》，《成仿吾文集》，山東大學出版社，1985 年版，第 91 頁。

[123] 郭沫若：《論國內評壇及我對於創作上的態度》，《郭沫若全集（文學編）》第 15 卷，人民文學出版社，1990 年版，第 229 頁。

劑。」[124]理性的加入，大大提升了感性的品格，豐富了感性的內涵，張光芒認為，理性對情感的積極作用主要有：「第一，理性的覺醒起著肯定情感、發現情感、昇華情感、鍛鑄意志、培養信仰等作用。」「第二，理性的覺醒既擴大了情感的幅度，又改變了人們情感的強度和方向。」[125]所以，理性的情感是更高級的情感，這是非常有道理的。理性不僅僅只是使感性更加合理，加大了感性的理性維度，更重要的是提高文學的思想力度，使文學更加有深度，更能夠深刻地認識和反映生活，從而干預生活，推動社會和人的進步。但另一方面，在中國現代，由於科學至上，理性被絕對化、萬能化，發展成「理性主義」，從而具有專制性、排他性，這樣就使現代文學在精神上過於偏狹和單調，理性膨脹，非理性萎縮、壓抑。這可以從茅盾的文學觀念中得到證明，茅盾說：「近代的時代精神是科學的。科學的精神重在求真，故文藝亦以求真為唯一目的。」[126]以求「真」為目的，「善」與「美」被冷落、壓抑，這正是現代文學的基本特點。但問題是，「善」和「美」同樣是文藝的本質，並且是比「真」更為重要的本質，缺少「美」與「善」，文學雖然仍然是文學，但卻是不健全、不完整的文學。文學不能失「真」，但更不能沒有情感和美感，失去了感染力和藝術性的文學，很難想像它能吸引人。文學如果沒有人讀，其認識作用以及教育作用也就無從談起。

　　啟蒙主義在文學上不僅壓抑審美，對消遣和娛樂也是排斥的，其根本原因就在於消遣娛樂和啟蒙二者在精神品格上是背道而馳的。啟蒙重思想，重社會功利目的，具有憂患意識和精英意識，所

---

[124] 周作人：《新文學的要求——1920 年 1 月 6 日在北平少年學會演講》，《藝術與生活》，河北教育出版社，2002 年版，第 22 頁。
[125] 張光芒：《論中國現代文學的啟蒙敘事》，《北方論叢》2001 年第 4 期。
[126] 茅盾：《文學與人生》，《茅盾全集》第 18 卷，人民文學出版社，1989 年版，第 271 頁。

以啟蒙主義文學多是重大的主題，沉重而嚴肅。啟蒙作家滿懷教育人民、提高國民素質的情懷。而通俗文學則重商業利益，重消遣、娛樂和遊戲。通俗文學作家對於普通讀者，不是居高臨下的教誨，而是迎合，迎合他們的愛好、興趣，滿足他們的消閒需求。所以，通俗文學在消遣娛樂的意義上從根本上是妨礙啟蒙的。正是因為如此，所以現代啟蒙主義文學明確反對消閒文學。《文學研究會宣言》宣稱：「將文藝當作高興時的遊戲或失意時的消遣的時候，現在已經過去了。我們相信文學是一種工作，而且又是於人生很切要的一種工作；治文學的人也當以這事為他終身的事業，正同勞農一樣。」[127]魯迅也是這樣，在〈我怎麼做起小說來〉一文他說：「說到『為什麼』做小說罷，我仍然抱著十多年前的『啟蒙主義』，以為必須『為人生』，而且要改良這人生。我深惡先前的稱小說為『閒書』，而且將『為藝術而藝術』，看作不過是『消閒』的新式的別號。所以我的取材，多採自病態社會的不幸的人們中，意思是在揭出病苦，引起療救的注意。」[128]文學研究會也好，魯迅也好，都強調文學與人生的關係，但這裏的「人生」顯然是狹隘化的，僅指工作上的人生、事業上的人生、社會價值上的人生，而把生活的人生、享樂的人生排斥在外，這顯然是啟蒙主義在作用。魯迅是比較早地在文學上使用「啟蒙主義」這一概念的，從啟蒙文學與通俗文學的對立中，我們也可以看到啟蒙主義的特點。

　　啟蒙主義文學不僅反對消閒性的通俗文學，還在文學批評、文學組織的層面上打壓它們，所以，通俗文學在現代文學中是沒有地位的。

---

[127] 《文學研究會宣言》，《小說月報》第 12 卷第 1 號（1921 年 10 月）。
[128] 魯迅：《我怎麼做起小說來》，《魯迅全集》第 4 卷，人民文學出版社，1981 年版，第 512 頁。

　　壓抑通俗文學，把文學的消閑功能排斥在外，這是現代文學的一大缺失。啟蒙主義對現代文學最大的遺憾就是把思想、觀念無限地上升，提高到絕對的地位，思想與藝術本末倒置，從而遮蔽、降低了文學的文學性，壓抑了那些遊戲的、娛樂的、休閑的文學，「異化」了文學，悖離了文學，使文學誤入了思想的歧途。重科學、重知識、重實用，壓抑娛樂、消遣和審美，因而現代文學可以說背負沉重的政治、思想以及救亡的壓力，相反地，它的文學性本身並沒有得到有效的張揚。

　　人不僅需要物質生活，同時也需要精神生活。人的精神生活是多方面的，相應地，人的精神需求也是多方面的。林語堂說：「人生永遠有兩方面：工作與消遣，事業與遊戲，應酬與燕居，守禮與陶情，拘泥與放逸，謹慎與瀟灑。其原因在於人之心靈總是一張一弛，若海之有潮汐，音之有節奏，天之有晴雨，時之有寒暑，月之有晦明。」[129]工作是一種人生，消閑也是一種人生，而文學欣賞就是滿足人的消遣、遊戲、陶情與放逸的最重要方式。作為精神方式，文學不同於哲學、歷史，或者說，哲學、歷史之所以不能代替文學，就在於文學具有它獨特的作用於人的方式，具有它特殊的功能。就思想的深刻性以及廣度來說，文學沒法和歷史與哲學相比，但人們仍然願意去讀文學，就在於文學有思想以外的東西，這思想以外的東西就是娛樂與消閑，所以林語堂說：「藝術是創造，也是消遣。這兩個概念中，我以為以藝術為消遣，或以藝術為人類精神的一種遊戲，是更為重要的。」[130]創造是在作家的層面上而言的，而消遣則是在閱讀和文學對人的作用和意義上而言的。不能籠統地說文學

---

[129] 林語堂：《說瀟灑》，《林語堂名著全集》第 18 卷，東北師範大學出版社，1994 年版，第 375 頁。

[130] 林語堂：《生活的藝術》，《林語堂名著全集》第 21 卷，東北師範大學出版社，1994 年版，第 339 頁。

的消遣比創造更重要，而且文學的作用也是多方面的，但消遣絕對是文學重要的功用之一。

國家危亡，民族災難，這都不是否定文學消遣性的理由。文學的消閒性並不是「歌舞升平」、「粉飾太平」，而是文學的本性。文學的消遣與娛樂不同於遊戲、打麻將和體育運動的消遣與娛樂，它不是感官刺激和宣泄，而是一種富於創造性的高級的精神活動。人在任何時候都需要這種高級的精神活動，而且越是人生苦悶，越是處於沉重的社會困苦之中，越是需要文學來進行調節與撫慰。在社會結構中，文學是奢侈品，它的主要作用是精神享受，其社會作用是非常有限的，梁啟超所說的小說「新道德」、「新宗教」、「新政治」、「新風俗」、「新學術」、「新人心」、「新人格」[131]的作用雖然不能否定，但也不能過於誇大，社會問題主要還是要通過社會的方式來解決，文學沒有這麼大的能耐，也不應該超越自己的職責去完成不可能完成的任務。現代文學最大的失誤和最大的成功都在這裏。由於重視思想以及社會作用，現代文學在社會生活中、在廟堂裏佔據著很重要的位置，作家的地位空前地高，以至到了 90 年代文學恢復正常的時候，作家們感到特別的失落，這是它的成功。由於過分誇大文學的思想性，文學的審美作用、文學的消遣娛樂作用被壓抑，文學被不恰當地定位，這是它的失敗。

文學上，美國作家斯托夫人《湯姆叔叔的小屋》在反奴隸制中扮演了特殊的角色，曾是南北戰爭的導火線之一，對美國歷史以及世界文明進程都有巨大的影響，但這是一個特例。況且，《湯姆叔叔的小屋》只是一個契機，它引發了歷史但不是製造了歷史，假如沒有奴隸問題，沒有普遍的人權要求和廢奴要求，這本小說是不可

---

[131] 梁啟超：《論小說與群治之關係》，《飲冰室文集》之十（新印《飲冰室合集》第 2 冊），中華書局，1989 年版，第 6 頁。

能發揮那麼大的社會效應的。馬克思恩格斯都高度評價巴爾扎克，認為從他那裏所學到比在歷史學家、經濟學家那裏學習到的還要多，但這是就現實主義的真實性而言的，馬克思、恩格斯終不能用巴爾扎克的小說來研究歷史和經濟。對於茅盾小說《子夜》在關於「民族資產階級的出路」問題上的貢獻，我始終表示懷疑。我認為，小說不過宣傳了一種思想，重要的不是思想本身，而是它以文學的方式進行了思想宣傳，文學仍然是最重要的。如果想從思想的角度來說明它的偉大，我認這是搞錯了方向。

　　因為啟蒙主義，現代文學也強烈地壓抑傳統文學。

　　從理論上來說，啟蒙與傳統並不必然性地構成矛盾，但在中國現代，啟蒙主要體現為學習西方，主要體現為輸入西方的思想和精神。由於價值上的差異，再加民族主義、保守主義等情感因素，中國傳統文化成了西方文化輸入的最大障礙，中西兩種文化激烈地衝突，因而啟蒙與中國傳統就構成了尖銳的衝突。五四新文化運動為了有效地輸入西方的科學、民主、自由、人權、個人主義等思想，採取了激進的反傳統的方式。對於五四新文化運動激進反傳統的功過，學術界有很大的爭論。我認為，反傳統特別是傳統文化中的糟粕，比如封建思想，封建倫理道德等對於中國現代社會和現代文化的進步，這是毋庸置疑的，可以說，沒有五四新文化運動，沒有反封建專制主義，就沒有現代社會。但傳統也是有區別的，專制體制，封建社會對人性的戕害等，這是必須全盤否定的。而文學則不一樣，它不像社會體制那樣具有純粹的政治性，我們承認傳統文學在思想上具有落後的一面，需要批判，我們也承認傳統文學在形式上具有僵化的一面，需要改良，但文學又具有超越時代和階級的一面，人情、人性、友誼、愛情、親情等這些是不會隨著時代的改變而過時的，敘述技巧、寫作手法、結構佈局、創作方法、語言這些文學形式也是不會隨著時代的變化而過時的。五四新文學運動反傳

統，進行文學變革，這絕對是合理的，但五四新文學徹底的反傳統，歷史虛無主義的方式把中國傳統文學的一切都否定、都拋棄，完全割斷與傳統文學的關係，這卻是值得商榷的。傳統文學在新文學的格局中一下子消失得全無蹤跡，這在全世界都是非常奇怪的文化現象。

正是這種激進的反傳統態度以及相應的文學運動，中國現代文學從根本上不同於中國古典文學，它們是兩種不同的文學類型，現代文學是現代漢語的文學，具有現代性，古代文學是古代漢語的文學，具有古代性，它們在內容與形式上都不同。這可以從中國現代文學的四大文體看得非常清楚。新詩不同於舊體詩詞，新詩是白話文，自由體，而舊詩是文言文，格律體；現代戲劇主要是話劇，從根本上不同於中國古代的戲曲；現代小說不同於中國古代的章回小說，志怪小說和傳奇；現代散文主要是美文和雜文，雖然也深受中國古代小品文的影響，但從根本上是從西方學習而來。我們承認由於向西方學習，借鑒西方的文學，中國文學發生轉型這是一種進步，現代文學也的確取得了巨大的成就，產生了一大批優秀的作家與作品。但是，我們又不免假設，如果現代文學能夠很好地處理與傳統的關係，也許成就會更大，從理論上來說，這完全有可能。

比如新詩，發展到現在已經有九十年的歷史了，其成就顯然沒法和古代詩詞相提並論，就民眾喜愛的程度和普及的程度來說，就公認度來說，舊體詩遠遠要超過新詩，在中國，從老到少，少有人不能背誦幾首古詩的，但卻少有人能背誦幾首新詩的。我們也許可以用新詩畢竟只有幾十年來為新詩的尷尬狀態開脫和辯護，但再過幾百年新詩也未必能產生李白〈靜夜思〉這樣的經典之作，也未必能做到家喻戶曉、婦孺皆知。這涉及到理論的問題，白話與文言倒不是根本問題，關鍵是新詩的自由體從根本上破壞了漢字在詩歌上的格律、音韻與節奏，從而韻律不再，這種缺失至今沒有找到辦法

予以彌補。在意境上，在韻味上，在思想的深刻上，新詩都可以達到舊詩的高度甚至超越，但在形式上，新詩永遠無法替代舊詩，除非它不再是新詩。我們不禁要問：為什麼新詩不能建立對傳統詩歌繼承的基礎上呢？為什麼新詩一定要以打倒舊詩作為前提呢？為什麼新詩不能以一種更寬容的態度來進行呢？歸結起來，根本原因就在於啟蒙主義的偏執。

　　啟蒙主義的這種激進的反傳統姿態同樣給小說、散文和戲劇文學帶來了傷害。

　　因此，我們不僅應該看到啟蒙對中國現代文學的貢獻和意義，同時也應該看到啟蒙主義給中國現代文學帶來的局限和缺失。今天，我們也應該總結其中的經驗教訓，從而採取多元和寬容的態度對待當今文學，推動當代文學的發展。

本文原載《人文雜誌》2008 年第 5 期。《新華文摘》2009 年第 3 期「論點摘編」。人大複印資料《中國現代、當代文學研究》2009 年第 2 期複印。

當代文學及其「時間段」劃分

　　現當代文學的分期問題一直是一個熱門話題。當代文學以何時為開端？當代文學有哪些階段性特徵？本文試圖對這一問題進行探討。

一

　　一般以 1949 年即中華人民共和國成立作為當代文學的起始時間，這有一定的合理性。1949 年之後，隨著社會政治的變化，文學也發生了深刻的變化，不論是在形式上還是在內容上還是在文學精神上 1949 年之後的文學都明顯迥異於現代文學，事實上，新文學明顯以 1949 年為界分為兩個時代。但是，「現代」和「當代」，都是以「當下」為座標而確立的，而「當下」是變化的，因此，「現代文學」與「當代文學」在時間範圍上也不是一成不變的。

　　1949 年以前，「現代文學」一般被稱為「新文學」，建國初這種稱謂仍然被沿用，比如王瑤《中國新文學史稿》（1951 年初版）、劉綬松的《中國新文學史初稿》（1956 年初版）、張畢來的《新文學史綱》（1955 年初版）等都是以「新文學」冠名。第一個在現在意義上使用「現代文學」的是丁易，其著作就是 1955 年出版的《中國現代文學史略》，對於為什麼用「現代文學」而不用「新文學」，丁易在書中並沒有解釋，但從大量運用毛澤東「新民主主義」理論

來看，它應該是借用了當時歷史學領域關於社會階段劃分的成果，即稱 1848～1918 年為「近代」，稱 1919～1949 年為「現代」，自然，1919～1949 年的文學就應該是現代文學。

「現代」一詞雖是不經意使用，但意義卻很大，它不僅是一個詞語，同時也是一種話語。「新文學」主要是一個性質概念，它相對於「舊文學」而言，所以「新文學」從根本上不是文學史概念，不標示時間範圍。而「現代」一詞則具有廣泛的社會歷史性質以及階段劃分的思想文化背景，它的詞意是在和「古代」、「近代」等詞語的相互關係中確定的，並預設了「當代」的基本涵義以及獨立價值和意義，「現代文學」一旦確立，當代文學從「新文學」中分離出來並且和現代文學具有平等的地位就勢在必然，雖然當時的當代文學才剛剛開始，並且在成就上遠不能和現代文學相提並論。

筆者查閱到的最早的「當代文學史」是山東大學中文系編著的《中國當代文學史（1949～1959）》（1960 年由山東人民出版社出版），大約與此同時，北京大學則編寫了《中國現代文學史當代部分綱要》（內部出版），隨後，華中師範學院中文系編著的《中國當代文學史稿》（1962 年由中國科學出版社出版）和中國社會科學院文學研究所編著的《十年來新中國文學》（1963 年由人民文學出版社出版）先後出版，這些著作最重要的貢獻就是確立了當代文學的基本框架，使當代文學學科具有了雛形。

現在看來，60 年代初期的當代文學學科還很不成熟，這除了時間很短，文學現象非常有限以外，更重要的是當代文學作為明顯異於現代文學的階段性文學，其文學成就非常有限，新時代作家不論是在文化素質上還是在創造能力上還是在文學成就上都沒法和魯迅、郭沫若、茅盾、巴金、老舍、曹禺那幾代人相比，也沒有《吶喊》、《彷徨》、《子夜》、《雷雨》這樣的偉大作品，當代文學在當時在內涵上可以說非常空洞和貧乏，這樣從研究對象上就使它的學科

價值打上了折扣，所以很長一段時間，人們都認為當代文學不能和現代文學相提並論，因而其學術性也被質疑。當代文學學科真正走向成熟，真正可以和現代文學學科相頡頏則是在 80 年代之後，這既與現實的社會政治、教育體制的發展變化有關（比如當代文學在 80 年代之後普遍被設置為一門獨立的課程，在時間上承接現代文學，更與當代文學的發展有關，「新時期」文學在當時被認為成就巨大，這使當代文學學科感到底氣十足。其中 1980 年出版的張鍾、洪子誠等五人編的《當代文學概觀》（北京大學出版社）和郭志剛、董健等人編寫的《中國當代文學史初稿》（人民文學出版社）可以說是比較完備的中國當代文學史著作。

　　現在來看，60 年代以 1949 年為當代文學的開端，這是合理的。80 年代依舊沿襲這一約定仍然是合理的。在時間和文學現象上，二者是大致相當的，也可以說是平衡的，非常符合學術分工的原則。但今天來看，這種分期不論從時間上來說還是從內容上來說都明顯不合理。現代文學在時間上可以說固定的，就是三十年，而當代文學因為沒有下限所以在時間上是持續增長的，至今已經六十年，是現代文學的一倍，且還在增長，這明顯不均衡。在內容上，現代文學三十年雖然有魯、郭、茅、巴、老、曹這樣內涵豐富的作家及其作品，還有很多複雜的文學現象，但總體上，由於傳媒和技術等條件的限制，其現象是非常有限的，所以，在今天，現代文學研究在內容上越來越窘困，在選題上不重複幾乎已經不可能，以致一些小作家、一些不重要的文學現象都被反覆「發掘」了。而當代文學則可以說「闊綽」且「鋪張」，作家多、作品多、文學現象也非常複雜，據有人統計，當下每年約有一千多部長篇小說出版，中短篇小說就更多。除此之外，還有大量的詩歌、戲劇、散文作品；除了出版社出版的作品和文學期刊上發表的作品以外，還有大量的網路文學；除了正統的傳統意義上的文學以外，還有大量的准文學

或者說新式文學；除了純文學以外，還有大量的通俗文學比如武俠小說、玄幻小說等。當下一年的文學作品在數量上就遠遠超過現代文學三十年，我們可以批評有些作家和作品甚至輕賤他們，但我們不能把他們排斥在研究之外。目前的現代文學與當代文學在研究上形成強烈的對比和反差：一方面是現代文學「吃不飽」，博士生找不到論文選題，資源越來越枯竭，研究無限地重複，一些很不重要的現象都被拿來大做文章；另一方面則是當代文學「撐得慌」，大量的作家、作品以及文學現象在研究上無人問津，文學現象太多已經讓當代文學不堪重負。

因此，我主張把「十七年文學」和「文革文學」切割出去，納入現代文學研究範疇。這除了均衡和學術分工等原因以外，更重要的則是緣於現代文學與當代文學的性質。現代文學與當代文學在性質上有很多不同，但其中一個很重要的不同就是，現代文學具有「歷史化」傾向，而當代文學則更具有批評性[132]，這倒不是說當代文學研究只有批評，而是說當代文學研究和當代文學始終具有一體性，當代文學研究深刻地影響或者說參與了當代文學的發展進程，其本身在未來也會成為當代文學史的一個組成部分。而現代文學研究和現代文學發展是脫離的，現代文學對於現代文學研究來說純粹是歷史事實，現代文學研究主要是陳述事實，解釋事實，屬於學術的範疇。什麼是當代文學？張未民的理解是：「當代文學是今人的文學，是活著的文學生活、文學參與者創造的不斷發展前行的文學。在具體理解上，我們要把當代文學作為一種生命時間現象，體現著生命倫理和生命歷史的意味。」[133]當代文學是活動的文學，而現代文學

---

[132] 關於當代文學批評性，可參見郜元寶的論文《尚未完成的「現代」——也談中國現當代文學的分期》，《復旦學報》2001 年第 3 期

[133] 張未民：《解放「當代文學」》，《文藝爭鳴》2008 年第 4 期。

是靜止的文學，相應地，現代文學研究屬於文學史範疇，而當代文學研究則具有批評性。

程光煒認為：「始終沒有將自身和研究對象『歷史化』是困擾當代文學學科建設的重要問題之一。」[134]所以他主張當代文學應該「歷史化」，從而增加學科的學術分量。這其實反映了當代文學學者對於當代文學越來越「非當下」性的一種焦慮。如何解除這種焦慮，我認為，最好的辦法不是把當代文學「歷史化」，走現代文學的學問之路，而是摒棄當代文學中需要歷史化的內容，保持並純潔當代文學的批評性特色。現代文學注重史實固然是有學問，當代文學注重批評、理論和現實價值同樣也非常有學問，我們不能過於狹義地理解「學術」和「學問」。

60 年代時，50 年代的文學是標準的當代文學，80 年代時，50年代的文學仍然是當代文學，但新世紀已經快十年，上世紀 50 年代的文學還被稱作「當代文學」就很不恰當了，我非常贊同陳思和的說法：「半個世紀前的文壇舊事，還是被稱作『當代』，顯然是荒謬和不符邏輯的。」[135]回顧近六十年的文學，我們看到，以 1976年為界，前後存在著巨大的反差，程光煒稱之為「兩個當代史」，即改革開放之前的「當代史」和改革開放之後的「當代史」，「兩個『當代史』之間的政治目標、歷史內涵、文化體制和個人存在方式，也即當代文學『生成』的總體環境，都已有了根本性的差別」。進而認為：「如果在文學史意義上重新認識『當代文學』，那麼繼續再用它統領『十七年』(包括『文革』)和『新時期』並描述所有不同的文學現象，就會成為一個很大的充滿爭議的問題。」[136]這是深刻

---

[134] 程光煒：《當代文學學科的認同與分歧反思》，《文藝研究》2007 年第 5 期。

[135] 陳思和：《新世紀文學的學科含義》，《文藝爭鳴》2007 年第 12 期。

[136] 程光煒：《二十世紀八十年代的「現代派文學」》，《文藝研究》2006 年第7 期。

而敏銳的見解。我們當然可以把「十七年文學」和「文革文學」放在「當代文學」之中，但這種當代文學已經不具有統一性。兩種當代文學的研究方式顯然應該不同，對於 1949～1976 年的文學，評論或者批評顯然已經沒有太大的意義。這裏，前一個「當代」實際上具有「現代」的品格。如何解決這種爭議和難題，把前一個「當代」歷史化，後一個「當代」繼續「批評模式」，當然不失為一種辦法。但我認為，把 1949～1976 年的文學納入現代文學的範疇是最為簡潔明瞭的辦法，也就是說，與其劃分兩個「當代」，分裂「當代」，還不如把「現代性」的「當代」分割出去，歸入「現代」，回歸本位。

二

「新時期文學三十年」是目前流行的一種提法，作為時間概括我認為它沒有什麼問題，在政治學上這種說法也非常有意義。但我更願意把「三十年」的起始時間定在 1976 年而不是 1978 年，我認為，1976 年以來的中國文學具有整體性，是真正意義上的當代文學，所以更準確的提法應該是「當代文學三十年」。三十年雖然時間不長，但文學現象卻非常複雜，無論是從研究的角度、學科的角度還是從教學來說，都需要進行「階段性」劃分，也即需要進一步的學術分工與協作。

我認為，「當代文學三十年」大致可以劃分為四個「時間段」：新時期文學，80 年代文學，90 年代文學和新世紀文學，其中「新世紀文學」是未完成時，還在進一步發展。我覺得這四個時段大致顯示了當代文學的階段性特徵和演進邏輯，這種邏輯演進總體上可以概括為：新時期文學向「十七年文學」回歸；80 年代文學進一

步向現代文學回歸；90 年代文學則是在現代文學回歸的基礎上前行；新世紀文學則是自主發展，沒有目標，具有相當的獨立性。

　　新時期文學開始的時間究竟是 1976 年還是 1978 年，存在著爭議。我贊成 1976 年的約定，實際上，新時期文學具有過渡性，在時間上非常短，大約六年的時間。最早在政治學和文學意義上使用「新時期」這個詞是 1978 年[137]，從具體使用來看，「新時期文學」其實是一個權宜命名，屬於區別性描述，不是一個嚴格的學術概念，沒有具體內涵規定，也沒有時間下限。張炯等人當時的提法是「新時期文學六年」[138]，即 1976～1982 年。1986 年，社科院文學所還曾召開一個「新時期十年文學討論會」，仍然把 1976 年作為「新時期文學」的開始。為什麼要把「新時期」起始時間定在 1978 年，一般的解釋是，以十一屆三中全會為標誌，中國歷史進入了一個新的歷史階段，所以稱為「新時期」。但我覺得這個解釋太政治功利化，強調 1978 年的重要性是可以的，但 1976 年是一個更重要的歷史「界碑」，它標誌著一個時代的結束，也是一個新時代的開始，十一屆三中全會其實是新時期的一個重要事件，它的影響當然是巨大的，但它從屬於「新時期」，具有「次生」性，是「新時期」的產物。

　　在性質上，「新時期」帶有強烈的「復興」意味，當時叫做「撥亂反正」，所謂「亂」就是指「十年動亂」即「文革」，所以「新時期」明顯是相對「文革」作為「舊」的歷史時期而言，「新」針對的是「文革」，「新時期」可以解釋為「文革」的結束。「新」含有「否定」的意味，但它的否定僅限於「文革」。而所謂「正」則是

---

[137] 參見丁帆、朱麗麗：《新時期文學》，洪子誠、孟繁華主編《當代文學關鍵字》，廣西師範大學出版社，2002 年版，第 150-151 頁。

[138] 中國社會科學院文學研究所當代文學室編：《新時期文學六年》，中國社會科學出版社，1985 年版。

「十七年」，在文學上，所謂「撥亂反正」就是否定「文革」文學，恢復「十七年文學」傳統。最能夠代表「新時期文學」成就和特點的是「傷痕文學」、「反思文學」和「歸來者」文學。所謂「傷痕」主要是指「文革」苦難給社會和人的心靈帶來的傷痕，所謂「反思」主要是反思「文革」，所謂「歸來者」主要是指在「文革」中被打倒和遭受迫害而在新時期又開始活躍的一批作家和詩人。

現在來看，「傷痕文學」、「反思文學」、「歸來者」詩歌包括稍後的「改革文學」，在藝術精神上和「十七年文學」非常接近，並且事實上存在著千絲萬縷的聯繫，董之林認為八十年前後的小說具有「亦新亦舊」的特點，「1980年前後的新時期小說與『文革』前十七年文學在思想意緒、藝術想像和表現手法方面，有著千絲萬縷的聯繫。」[139]李揚曾提出：「沒有『十七年文學』與『文革文學』，何來『新時期文學』？」[140]這都說明了新時期文學與「十七年文學」之間的承繼關係，更重要的從另一方面說明了新時期文學的特點。「文革文學」是承續「十七年文學」而來，所以以「十七年文學」為準則和目標的新時期文學雖然反抗和批判「文革文學」，但仍然不可避免地帶有「文革文學」的痕迹，特別是藝術方式上並沒有完全擺脫其影響。

在內容上，新時期文學總體上可以說非常「革命化」、「進步」，符合主流意識形態，愛國、忠誠、信仰、集體主義等是新時期文學重要的主題，文學批評話語和討論的問題很多都是「十七年」延續下來的，比如文學為誰服務的問題，文學與政治的關係問題，歌頌與暴露的問題，人性、人道主義的問題，真假馬克思主義的問題，

---

[139] 董之林：《亦新亦舊的時代——關於1980年前後的小說》，《南京大學學報》2005年第1期。
[140] 李揚：《沒有「十七年文學」與「文革文學」，何來「新時期文學」？》《文學評論》2001年第2期。

干預生活、寫真實的問題。在創作方法上則主要是傳統的現實主義以及浪漫主義，所以反映現實生活，追求典型形象仍然是新時期文學的主流。比如傷痕文學，有人總結其特點：「其一，傷痕文學與政治緊密聯繫，具有強烈的意識形態性；其二，傷痕文學的作家具有強烈的責任感。」[141]這種特點和「十七年文學」的特點具有驚人的一致性，所以程光煒認為：「『傷痕文學』是直接從『十七年文學』中派生出來的。它的核心概念、思維方式甚至表現形式，與前者都有這樣那樣的內在聯繫。」「在『十七年』，『主題』、『題材』、『內容』和『思想立場』曾經是當時文學的核心概念。」[142]事實上，在新時期，「主題」、「思想」、「教育意義」等仍然是文學批評的核心概念。

「歸來者」是新時期文學的重要現象，不僅有「歸來者」詩歌，還有「歸來者」散文，「歸來者」小說，其中好多人都是在「十七年」嶄露頭角。事實上，「歸來」也是新時期文學的主題之一，據有關研究表明，新時期小說中普遍存在著一種「歸來者」的敘事：「這些作品都隱藏著繼承權的母題，都有著兒子或者類似於兒子的講述角度，都有『被父親拋棄、剝奪繼承權找到母親、獲得繼承權』的敘述結構，都有一套『忠孝相通』、『家國同構』的思維模式，都引申出愛國主義、英雄主義、理想主義的主題。」[143]一句話，「文革」是苦難的，而「17 年」則是幸福的時光。

新時期文學為什麼要以「十七年文學」為標準和目標，這首先與「撥亂反正」的大方向和文學「政局」有關。1976 年，隨著政治的變化，文學領域也發生了巨大的變化，「當政者」多是「十七文學」的名人，對於文學活動，他們具有決策權和「話語權」，他

[141] 鄧利：《再論傷痕文學的歷史價值和現實意義》，《當代文壇》2008 年第 5 期。
[142] 程光煒：《「傷痕文學」的歷史局限性》、《文藝研究》2005 年第 1 期。
[143] 陳建新：《「新時期」文學中的繼承權話語分析》，《當代文壇》2008 年第 4 期。

們同時運用行政手段和批評手段引導文學向「十七年文學」回歸。新時期文學中很多作家都是從「十七年文學」中過來，他們不僅經歷了「十七年」，而且積極參與了「十七年文學」的建設，取得了很大的成績，並在文學史上佔有重要的地位，「十七年」是他們人生的上升階段，也是他們人生的輝煌時期。在當時的政治和文化環境中，按照當時所能達到的文學高度，並且有「文革文學」作為參照，在他們看來，「十七年文學」成就巨大，是一個黃金時期。在這一意義上，「歸來」不只是新時期重要的文學現象，更是新時期文學精神的重要品格。

所以，新時期文學向「十七年」學習，以「十七年」為榜樣，具有歷史必然性，但也正是這種歷史性決定了新時期文學在成就上的局限性。我認為，新時期文學具有「轟動效應」，但不具有經典效應，其文學史價值遠遠高於文學價值，這尤其表現在「改革文學」上，《喬廠長上任記》、《燕趙悲歌》、《拜年》、《陣痛》、《沉重的翅膀》、《圍牆》等在當時都是「風行一時」的作品，在各種文學獎中大多是「拔頭籌」，也有著廣泛的社會效果，但在今天，如果不是出於研究，很少有人願意去讀這些作品，或者保持耐心把它們讀完。

新時期文學從「傷痕文學」到「反思文學」再到「改革文學」，這是一種邏輯遞進關係，「傷痕文學」主要是揭露和批判「文革」，「反思文學」建立在揭露和批判的基礎之上，「反思文學」的結果就是「改革文學」。但中國社會和思想文化包括文學一旦走上改革之路，就開始脫離「新時期」的軌道，開始回溯五四且把目光投向西方，開始了新思想和新思維，在文學上表現為：政治特徵越來越淡化、理想主義的色彩越來越淡化、思想越來越複雜，從蘇聯那裏承繼過來的文學觀越來越受到質疑，文學的主題、題材、創作方法、藝術手法等都開始發生變化，開始脫離「十七年文學」模式，這樣，當代文學就進入了 80 年代。

　　「新時期」當時明顯是臨時性的稱謂，後來無限稱謂下去，我
覺得有違當時命名的初衷。我非常贊同雷達的觀點：「『新時期文學』
的概念已叫了快三十年，這個時間長度幾近現代文學，且當下的中
國文學與『新時期文學』最初命名時的情形已經大不相同，若是一
直延用這個概念是不恰當的。」[144]80年代的先鋒小說、90年代「新
生代」文學、新世紀的青春文學和「傷痕文學」、「反思文學」在文
學精神和文學理念上都有著天壤之別，放在一起統稱為「新時期文
學」，實在太籠統。

<h1 style="text-align:center">三</h1>

　　80年代文學一方面承接新時期文學，表現為：新時期文學的
精神繼續延傳，「傷痕」和「反思」以及「改革」主題的文學仍然
可以稱得上是主流文學，但已經不再顯赫，不再具有轟動效應。另
一方面則是產生了一批新銳作家，這些作家大多在「十七年」出生，
有的在「文革」中飽受苦難，和新時期作家一樣，他們對於「文革」
持批判態度，但他們的世界觀和文學觀以及對未來的文學理想完全
不同於新時期作家，他們認為「十七年文學」也並非理想的文學，
他們更認同現代文學，認同現代文學的向西方學習，所以他們選擇
了走現代文學的道路，重視學習西方文學。

　　但是在當時的政治思想和文化語境下，學習西方在思想上不可
能走得很遠，所以80年代文學的突破主要是藝術上的，或者說是形
式上的。80年代文學當然也有一些思想上的探索，比如關於自由、

---

[144] 雷達：《論「新世紀文學」——我為什麼主張「新世紀文學」的提法》，《文
　　藝爭鳴》2007年第2期。

人性、異化等問題的表達，但這些文學剛有些端倪就被制止，所以並沒有形成氣候。王蒙曾經描述 80 年代初期的文學狀況：「一九八〇年到一九八二年，文學表現出一種開拓的精神。題材上、手法上、文體上都進行了廣泛的探索。一九八三年以來，又出現了新的選擇的可能性。大量的新觀念、新名詞、新體系湧了出來或是發掘出來。許多作家也提出一些新的主張，打出些新的旗號。」[145]由此可見 80 年代文學對於藝術形式的關注。藝術形式上的探索之所以被提倡，與當時的文藝政策有很大的關係，這集中表現在鄧小平的〈在中國文學藝術工作者第四次代表大會上的祝辭〉上，在這篇講話中，鄧小平非常具體地指出：「在文藝創作、文藝批評領域的行政命令必須廢止。……寫什麼和怎麼寫，只能由文藝家在藝術實踐中去探索和逐步求得解決。」[146]這種政策對 80 年代文學具有深遠的影響，它使 80 年代文學在藝術形式的探索上取得了很大的成就。

　　這首先表現在「朦朧詩」上。朦朧詩最早興起於「文革」時期的「地下文學」，正是「改革開放」的文藝政策使它「浮出歷史地表」。實際上，在思想內容上，它是「反思文學」和「傷痕文學」的延續，表現為對「文革」的批評和反思，但在藝術形式上，它明顯不同於「新時期文學」，也不同於「十七年文學」，而更接近於現代文學中的象徵主義和其他「現代派」詩歌，更注重藝術形式和表達，它對於當時文學的衝擊也主要是藝術形式上的而不是思想觀念上的，所以被概括為「新的審美原則」。以王蒙為代表的「意識流」小說也是這樣，它顯然是學習西方，但西方思想層面上的「意識流」到了王蒙等人筆下主要變成了一種敘事，一種新的時間表達方式，

---

[145] 王蒙：《小說家言》，《王蒙文存》第 19 卷，人民文學出版社，2003 年版，第 231 頁。
[146] 鄧小平：《在中國文學藝術工作者第四次代表大會上的祝辭》，《鄧小平文選（1975～1982）》，人民出版社，1983 年版，第 185 頁。

不再指涉思想和觀念，且變得理性，和西方「意識流」小說的反理性以及對人的潛意識、無意識等深層心理揭示從而表現人的複雜性的「意識流」具有本質區別。

　　80年代中期興起的先鋒文學是非常典型的80年代文學，在中國，也是一種比較典型的具有形式意味的小說。對此，馬原的解釋很有代表性，他在一次演講中說：「僅僅是有一小撮像馬原、余華、孫甘露、殘雪這樣的對寫小說有熱情的年輕人，他們當時心裏覺得有什麼不對：那些小說不都是說事的嘛，那些事有什麼好說的？他們家誰誰誰被誣陷了，他們家誰誰誰被冤枉了，他們家怎麼怎麼樣，這種事情說來有什麼意思？就是有那麼一撥當時和現在在座的你們年齡差不多的、可能比你們還年輕的年輕人，他們就覺得如果看小說只是光讓我看這些事，我並不一定非看文學吶，我可以看《故事會》、看各種各樣的法制小報，那裏面都是案例和離奇古怪的事情，你們說的事情沒有多大意思。所以我說，在文學洪流平平穩穩向前移動的時候，有一些人慢慢覺得出了問題：那時沒人關心小說怎麼寫，大夥關心小說寫了什麼。」[147]這深刻地說明了80年代先鋒小說的文學史邏輯，也深刻地說明了它的性質和特徵。新時期小說主要是用傳統的方式講故事，重內容輕形式，即重「故事」，輕「講述」，80年代先鋒小說則更注重「講述」，它們仍然是講「誰被誣陷了」、「誰被冤枉了」這些故事，仍然是「傷痕」和「反思」的內容，但內容本身已經相當淡，退居其次，不僅僅只是講故事，更重要的是如何講故事。

　　「尋根文學」也是80年代非常重要的文學。對於「尋根文學」，過去我們多強調它的民族文化意識，這固然是正確的，但在深層上，它不過是中國文學向西方文學學習的一種獨特方式，它本身深

147 馬原：《我與先鋒文學——在第二屆上海大學文學周的演講》，《上海文學》2007年第9期。

受美國「尋根文學」的影響。韓少功〈文學的根〉其實反映了 80
年代新一代作家回歸五四傳統時如何面對西方文學的焦慮:「十七
年文學」不是理想的文學,於是目標更一步前溯追索到五四,但五
四新文學又來源於西方,那麼,我們文學的「根」在西方嗎?我們
固然要向西方學習,但學習西方是我們的終極目的嗎?在這種邏輯
上,「尋根文學」不過是中國文學重新向西方學習的一種反應。

80 年代文學和五四文學一樣,具有或隱或顯的西方色彩,「尋
根文學」是這樣,80 年代末期產生的「新寫實」小說也是這樣,「新
寫實」雖然「以寫實為主要特徵」,「從總體的文學精神來看新寫實
小說仍可劃歸為現實主義的大範疇」,但它也非常「善於吸收、借
鑒現代主義各種流派在藝術上的長處。」[148]雖然「寫實」性使它和
傳統的現實主義文學非常相似,並且因為「寫實」而具有很強的可
讀性,似乎很有民族性,但實際上,在思想方式上,它比「先鋒小
說」更具有西方性,它深受西方後現代主義思潮的影響,它在寫作
上的反英雄、反崇高、反文化、反典型,客觀化、零碎化、敘述化、
平面化、無中心、生活流,比先鋒小說的「敘事策略」、「遊戲性」
等更具有「前衛」性。

對比 80 年代湧現的作家和「新時期」風頭作家,我們看到,
兩代作家在知識結構和文學觀念上都存在著很大的差距,「新時期」
作家很多在「文革」中就開始創作甚至小有名氣,他們在思想上和
文學觀念上都深受「文革文學」和「十七年文學」的束縛,在思想
比較「正統」,在藝術方式上比較「傳統」。而 80 年代開始活躍的
這批作家雖然也經歷了「文革」,對「文革」有很深的理解和體會,
但他們更是在改革開放的時代環境中成長起來的,思想方式不僅超
越了「文革」,也超越了「十七年」,更貼近五四傳統,因而他們在

---

[148] 《鍾山》編輯部:〈「新寫實小說大聯展」卷首語〉,載《鍾山》1989 年第 3 期。

回歸五四的基礎上對西方文學表現出深切的理解與寬容。如果說
「新時期文學」是在批判和否定「文革文學」的基礎上建立起來的
話，那麼 80 年代的文學就是在超越「十七年文學」和「新時期文
學」的基礎上建立起來的，「文革文學」始終是「新時期文學」的
參照系，而「新時期文學」則是 80 年代文學的基礎和起點。

　　整體上，80 年代文學在思想觀念、思維方式上並沒有超越五
四，而是重複五四，陳思和描述 80 年代的思想方式：「80 年代是
一個充滿了二元對立觀念的時代，它以共名的主題『改革開放』為
主導，體現為一系列互相對立的範疇：思想領域劃分為『解放／保
守』的對立，政治領域劃分為『改革了僵化』的對立，學術上劃分
為創新／傳統的對立，對外政策上則以開放／自閉的對立，經濟領
域更是以市場經濟／計劃經濟的對立，生活形態以自由活潑／守舊
刻板的對立。」[149]而「二元對立」正是現代性「宏大敘事」基本方
式，也是現代文學最基本的思想方式。事實上，80 年代很多話題
比如啟蒙主義、人道主義等不過都是「接著」五四說的，所以被描
述為完成五四「未完成的現代性」。

　　80 年初，徐遲、馮驥才等人重新提倡「現代派」，非常策略地
把它和「現代化」聯繫在一起，但現在看來，當時的「現代派」其
實是中國現代文學層次上的「現代派」，這從馮驥的表述中看得非
常清楚，他說：「所謂『現代派』，是指地道的中國的現代派，而不
是全盤西化、毫無自己創見的現代派。淺顯解釋，這個現代派是廣
義的，即具有革新精神的中國現代文學。」[150]在思想方式上，這種
對於「現代性」的言說甚至還沒有達到五四的維度與視野，所以有

---

[149] 陳思和：《試論 90 年代文學的無名特徵及其當代性》、《復旦學報》2001 年
　　第 1 期。
[150] 馮驥才：《中國文學需要「現代派」——馮驥才給李陀的信》，《上海文學》
　　1982 年第 8 期。

些學者稱之為「偽現代派」。我的理解，所謂「偽現代派」主要是指 80 年中國文學向西方學習的「有形無質」。

　　「現代派」問題可以說是 80 年代文學回歸五四的必然話題，程光煒說：「『現代派』之所以在 80 年代引起人們如此激烈的反應，最大原因莫過於它對以《白毛女》為代表的當代『文學經典』的輕看、遺忘和規避。」[151]程光煒所說的「當代經典」主要是解放區文學中的優秀作品，但也包括「十七年文學」中的典範作品。也就是說，正是因為不滿足於「十七年文學」，所以 80 年代才回溯五四。1986 年「新時期文學十年討論會」上，劉曉波提出的「新時期文學危機論」實際上可以說是 80 年代學術對「新時期文學」的一種理論反思，反映了 80 年代文學超越「新時期文學」和「十七年文學」整體企求。1985 年，錢理群等三人「20 世紀中國文學」談，提出「20 世紀文學」的概念，實際上是把當代文學與現代文學一體化，可以看作是對當代文學回歸五四的一種期待。隨後的「重寫文學史」也是這樣，它啟示我們重新思考現代文學，也思考當代文學，思考新文學的整體性，也是對 80 年代文學的一種期望，具有話語策略性。80 年代的文學在精神上最契合 30 年代，和生活比較貼近，具有很強的現實性、社會功利性和啟蒙性等。

四

　　80 年代文學主要是在藝術形式進行探索，朦朧詩、「意識流」小說、先鋒小說，包括「新寫實」小說，主要是在藝術形式上有所

---

[151] 程光煒：《二十世紀八十年代的「現代派文學」》，《文藝研究》2006 年第 7 期。

突破，總體上並沒有脫離「如何寫」的範疇。而 90 年代文學一方面承續 80 年代文學的藝術形式探索，另一方面則在「寫什麼」上有所突破，更深入到文化和思想的深層。「新時期文學」可以說非常單純，80 年代文學也相對單純，而 90 年代文學則開始變得複雜，更加多元化，不僅形式上多元，價值也多元，文學的多種可能性變成了一種機制。90 年代文學繼續向西方學習，但明顯突破了 80 年代學習藝術形式的局限性，開始真正理解西方，也以一種更為開放的姿態學習西方。

　　90 年代文學之所以發生了巨大的變化，這與中國社會的轉型有很大的關係。改革開放之後，中國社會一直在發生緩慢的轉型，但 1992 年鄧小平南巡講話之後，轉型可以「提速」了，整個文化形態可以說由政治意識形態制約向政治意識形態、市場經濟和媒介意識形態共同制約轉變，相應地，文學的體制和機構、文學的傳播、文學的接受等都發生了很大的變化。對於 90 年代文學，學術界有各種概括，比如陳思和認為 90 年代的文學處於「無名」狀態之下，不是沒有主題，而是多種主題並存，即價值多元，共生共存。[152]張光芒把 80 年代的文學稱為「啟蒙辯證法的文化／審美邏輯」，把 90 年代的文學稱為「慾望辯證法的文化／審美邏輯」。[153]吳義勤認為：「90 年代的中國文學正在變得曖昧、猶疑、矛盾重重，它已經喪失了 80 年代中國文學那種堅定的自信心和方向感。」[154]還有人認為：「消費性是 20 世紀 90 年代中國文學的基本特徵，它在五個方面明顯地表現出來：文學活動全面市場化；文學期刊策劃頻繁；

---

[152] 陳思和：《試論 90 年代文學的無名特徵及其當代性》、《復旦學報》2001 年第 1 期。

[153] 張光芒：《從「啟蒙辯證法」到「欲望辯證法」——20 世紀 90 年代以來中國文學與文化轉型的哲學脈絡》，《江海學刊》2005 年第 2 期。

[154] 吳義勤：《誘惑與困境——20 世紀 90 年代中國文學的內在矛盾》，《理論學刊》2004 年第 4 期。

審美理想保守媚俗；長篇小說獨領風騷；文藝政策適應市場經濟的調整。」[155]作家馮驥才甚至用「一個時代結束了」這樣的言詞[156]。凡此種種都說明，90年代文學與80年代文學存在著巨大的差距。

差距究竟有多大？有人說是「轉型」，有人說是「斷裂」[157]。必須承認，90年代文學仍然是承襲80年代文學而來，所以「轉型」和「斷裂」顯然過於誇張，我們可以說新生代作家和60年代作家以及更前的作家群體之間具有斷裂性，但說整個90年代文學和80年代文學是斷裂的關係則不符合客觀事實。但90年代文學在總體上迥異於80年代文學，這也是客觀事實。

我認為，90年代文學主要有以下三個方面的突出特徵：

第一，在機制上可以是雙軌制，即行政化體制和市場化體制並行。90年代，中國在經濟上的計劃體制已經式微，但文學上計劃經濟時代的體制卻完好地延傳下來，作家協會模式仍然是主流的組織方式，正常運轉並對文學發展構成了很大的影響，但它的權威性已經大不如前，體現為越來越非文學化、機構化，比如黨組書記掌握著實權，主席和副主席並不是按照文學成就來任命的，組織者在作家協會中扮演著比作家更為重要的角色。作家協會已經完全行政化了，上行下效，其來源可以追溯到每四年一次的最高會議，選舉、任命、待遇都是官場化的。

---

[155] 丁鵬、段雲華：《論20世紀90年代中國文學的消費性》，《武漢理工大學學報》2003年第3期。
[156] 馮驥才：《一個時代結束了》，《文學自由談》1993年第3期。
[157] 1989年，作家朱文曾對主要的新生代作家做過一次問卷調查，包括「你認為中國當代作家中有誰對你產生過或正在產生著不可忽略的影響？」、「對於茅盾文學獎、魯迅文學獎，你是否承認它們的權威性？」等十二個問題，結果，回答大多數是否定的，其結論就是所謂「斷裂」，即新生代作家與前代作家存在著根本差異。參見汪繼芳：《斷裂：世紀末的文學事故——自由作家訪談錄》，江蘇文藝出版社，2000年版。

　　但這只是 90 年代文學體制的一種方式，還有另外一種方式，那就是市場化的模式，其文學我們稱之為「市場化的文學」，或者「體制外」的文學。我們可以輕蔑地說它是作坊式的，小商品式的，小商販式的，但它們在整個 90 年代的文學份額中卻佔有相當大的比例。作家協會模式可以說是精英模式，它以文學期刊為中心，以專業作家為主導，依賴於國家行政體制，而市場化模式則是繞開作家協會的領域，另外開闢領地，開發網路和出版資源，走通俗化的路子，爭取新的讀者。楊揚描述 90 年代文學的格局：「1990 年代以來的中國『當代文學』中，快速增長的是市場經濟、職業寫作、稿費制度、互聯網、傳媒、書商、慾望、日常生活、解構、反宏大敘述、成長經驗、都市、懷舊、性別、全球化、炒作、文化研究等概念。在原來的『當代文學』生存空間中，國家與寫作者個人之間，似乎出現了第三個空間，即社會空間。儘管原有支撐『當代文學』的國家價值體系，還在運轉，但新增長的『文學』觀念在更為寬廣的社會空間中爭奇鬥豔，自由綻放。」[158]「第三空間」正是體制變化的產物。

　　市場化文學並不對文壇構成威脅，它們不過是在文壇之外另外開闢一塊天地，因為在「體制外」，所以它們不受作家協會的約束，也不受傳統的文學規則甚至於文學道德約束，對於體制內的文學批評，他們表現出相當的不敬。90 年代市場化的文學雖然還不成熟，還缺乏經典性的作家和作品，但它大大拓展了文學的空間，因而具有重要的地位。

　　第二，與這種機制變化相一致，90 年代文學具有多元化的特徵。有人把 80 年代末概括為「多元鼎立的話語時代」[159]，但我覺

[158] 楊揚：《什麼是中國「當代文學」——對一個文學史問題的回答》，《揚子江評論》2008 年第 4 期。
[159] 唐凡茹、劉永志：《多元鼎立的話語時代——「後新時期文學」思潮的話語

得，80 年代的「多元化」具有表象性，90 年代才是真正的「多元化」時代。90 年代文學一方面是向西方學習，產生了一批真正在精神上具有現代性現代派文學，比如新生代小說、新生代詩歌、小劇場戲劇等。另一方面傳統文學也得到了充分的發展，比如文化小說，通俗文學，純情文學、「民間寫作」等都有新的突破，現實主義小說仍然有影響和市場，但 90 年代的現實主義文學已經和傳統的現實主義有了巨大的差異，其中一個很重要的方面就是它具有現代主義的參照，比如余華的《活著》、《許三觀賣血記》等，我們也可以說它是現實主義的回歸，但它不是簡單的回歸，在現實主義表象的背後它有著深層的先鋒意識。

90 年代文學政治和意識形態仍然存在，並且仍然是強勢，特別是在某些方面比如評獎中仍然具有主導地位，但它已經不能完全制約文學的發展，不能阻止文學越來越脫離政治和意識形態。主流媒體有時也採取經濟鼓勵的方式邀請「體制外」作家寫一些主旋律的作品，並且也能獲得某種效果，但這是特殊情況，不具有代表性。意識形態批評話語已經衰弱，有時一些行政化的措施也影響有限，效果不佳，甚至起反作用。

多元化意味著個人化，或者說，真正的個人化必然會多元化，個人化就是多元化的具體表徵。90 年代文學重要的特點就是個人化寫作，集中表現在女性寫作、晚生代詩歌寫作和晚生代小說寫作上。個人化寫作不是風格上的，而是思想觀念和文學內容上的，它使過去一直迴避的個人慾望、隱私、身體等得到充分的展示，大大加深了我們對「個體的人」也包括「社會的人」的認識。有人對個人化寫作的成就進行總結：「『個人化寫作』從多個方面推動了當代文學的創作進程，具體表現在：從寫作傳統上而言，它大大脫去了政治、經濟、文

類型解讀》，《天府新論》2006 年第 3 期。

化等各種現實因素對文學的干擾，對以前的普遍主義寫作即意識形態寫作和符號寫作進行定向反撥；從寫作方式上而言，作為無名時代背景中自覺的個人立場的選擇，『個人化寫作』既以邊緣姿態，指涉個人的經驗領域，加深對個體的內在生命體驗的表現深度，又在繼承新文學的現實戰鬥精神之時，也絕不放棄對現實的關心與思考，並誘導文學由傳統向現代轉型；從寫作形態上而言，『個人化寫作』注重以技藝性和差異性為基本特徵，自由、民主而又注重依據個人意識對世界進行獨特的理解與表達，建構一種與宏大敘事美學理念相反相成的小敘事。」[160]這也充分說明了個人化寫作的成就。

　　第三，文學的通俗性和大眾化得到充分的張揚。金庸 60 年代在香港就大紅大紫，後來風靡華人世界，但直到 90 年代，我們的學術界才開始認同他，1994 年，北京大學聘請他為名譽教授，這可以說具有象徵意味。通俗文學是 90 年代文學多元格局中特別重要的一「元」，它的顯著地位以及佔有廣泛的市場對 90 年代文學格局造成了很大的衝擊。武俠小說非常風行，並且有新的突破，比如派生出玄幻小說等。偵探小說、言情小說、神怪小說等都得到了不同程度的復興，又興起了商業小說、官場小說、「情慾小說」、公安小說、帝王小說等[161]，特別是網路文學，主要以通俗為主，再加上便捷、成本低等原因，所以吸引了大批讀者，並且擴大了文學讀者。在市場和讀者的層面上，通俗文學事實上佔領了半壁江山，並且有在影響上和純文學分庭抗爭的意味。

　　通俗文學對 90 年代文學格局的衝擊不僅僅只是通俗文學的興盛，更重要的是在文學精神上它對精英文學造成的影響。我們看到，傳統的精英文學在寫作上主要追求藝術價值，重才華的表現，具有

---

[160] 穆乃堂：《90 年代以來「個人化寫作」研究》，《文藝爭鳴》2007 年第 8 期。
[161] 參見湯哲聲：《中國當代通俗小說史論》，北京大學出版社，2007 年版。

很強的歷史意識，而相對把讀者的閱讀放在比較次要的地位，所以
巴爾扎克的小說敢在小說的開頭用幾個頁碼的篇幅來描寫巴黎的大
街。因為市場、賣點以及稿費制度等，90 年代文學在寫作上特別迎
合讀者，為了牢牢吸引讀者，多數小說家都廣泛吸收通俗文學的寫
作技法和表述方式，所以巴爾扎克、屠格涅夫那種冗長的風物描寫
再難看到。事實上，90 年代的純文學已經不純，比如池莉、方方、
蘇童、王朔、鬼子、東西的小說，他們都充分吸收了俗文學的經驗，
具有很強的趣味性和可讀性。張志忠認為，90 年代文學的啟蒙主義
和教化開始衰退，而消遣性、休閒性、娛樂性凸顯出來。[162]消遣、
休閒和娛樂正是通俗文學的主體特徵。也因此，90 年代的文學具有
很強的世俗性，張衛中甚至認為 90 年代的文學個性就是世俗化，表
現在創作中就是寫日常生活，私語化、表現人的各種感性慾望。[163]世
俗化寫作在理論上就表現為對「日常生活審美化」的重視。

五

　　「新世紀」本來是一個自然時間概念，但更多地是由於話語的
力量，即人們借助「新世紀」的時間轉折來積極推動文學的轉折，
所以中國文學在新世紀的確發生了很大的變化，其中最大的特點就
是中國文學進入了高度的「自由」（康德的概念）與「自為」的狀
態。新時期文學主要是學習「十七年文學」，以「十七年文學」為
目標；80 年代文學學習五四進而學習西方，以現代文學為目標；
90 年代文學沿著五四的方向前行，借鑒西方，以西方文學為目標；
而到了新世紀，人們發現西方文學也不是我們的目標，我們沒有目

---

[162] 張志忠：《90 年代，市場化時代的文學》，《青年思想家》2000 年第 5 期。
[163] 張衛中：《90 年代文學的文化個性及其淵源》，《文藝評論》2003 年第 1 期。

標了，批評家也好作家也好，都認為我們應該走自己的路，不排斥西方但也不媚從西方。我認為新世紀文學就進入了這種狀態。

　　新世紀文學完全擺脫了西方的束縛，對於西方文學我們不再是仰視而是平等地對待，不再是模仿，而是借鑒或吸取，中國文學開始走自己的獨立之路，開始在世界文壇上發出自己獨特的聲音，並建構自己的形象。正如張未民所說：「新世紀文學正試圖走出一種文化『依附』式的心態和形態，上世紀 80 年代文學的那種普世主義的世界文學理想也已風光不再，在新的全球化的背景下，新世紀文學正越來越明顯地體現出中國自主性，漢語文學的自主性。」[164]他後來用「新現代性」[165]來概括新世界文學的品質，我認為非常準確，所謂「新現代性」，就是那種既不排外，又充分承繼傳統，更重要的是反映中國現實，從中國實際出發，具有世界性、本土性、時代性、民族性的文學品性。

　　90 年代，文學的機制和格局已經有了很大的變化，主要是市場化模式與行政化模式並行不悖，而到了新世紀，這種發展更加充分，文壇明顯二分。尤其是市場經濟對文學的發展具有深層的影響，雷達、任東華把這種影響總結為三個方面：「其一，市場經濟改變了文學原有的生產運作模式。」「其二、市場經濟改變了文學創作的主要對象。」「其三，市場經濟深刻地影響到文學的功能轉變。」[166]白燁認為新世紀文壇發生了結構性變化，「以文學期刊為主導的傳統文壇，已逐漸分泌和分離出以商業出版為依託的大眾文學，以網路媒介為平臺的網路寫作。」[167]文壇的改變不僅僅只是文

---

[164] 張未民：《開展「新世紀文學」研究》，《文藝爭鳴》2006 年第 1 期。

[165] 張未民：《中國「新現代性」與新世紀文學的興起》，《文藝爭鳴》2008 年第 2 期。

[166] 雷達、任東華：《新世紀文學初論——新世紀以來中國文學的走向》，《文藝爭鳴》2005 年第 3 期。

[167] 白燁：《新世紀文學的新格局與新課題》，《文藝爭鳴》2006 年第 4 期。

學格局的改變，作家身分、寫作方式以及閱讀、批評等都發生了深刻的改變。

　　新世紀文學在現象上非常複雜，王幹把它概括為「文學的介面延伸」，表現在三個方面：文學的載體在延伸；文學的類型在延伸，軟文學悄然問世；作家和作家隊伍的延伸。[168]「延伸」一詞用得特別準確，新世紀文學與新時期文學迥然不同的是，新時期文學是在破壞「文革」文學的基礎上建立起來的，而新世紀文學並不否定90年代文學乃至新時期文學，它主要是增加新的文學或者文學的新質，大眾文學和網路文學的崛起並不意味傳統精英文學必然衰退，僅只意味精英文學不再獨佔文壇。在新世紀，新時期文學、80年代文學等延續並得到新的發展，傳統的現實主義文學仍然具有獨立的發展空間，而網路、出版的發展，則大大拓展了文學的空間，使文學出現了新的體裁和新的特點。現代文化的豐富性使文學不再獨領風騷，但也並不意味著文學的邊緣化，毋寧說文學越來越恢復了它的本來面目，即還原了。「十七年」，幾乎隨便一部作品都可以發行幾十萬冊，都能夠得到高度的評價，都能夠感動無數的人；新時期，文學具有轟動性，並且非常容易；80年代，文學仍然具有轟動效應，但難度加大了，有時要借助一些「違規」才行。而90年代以及新世紀，文學幾乎沒有轟動效應了，從而那種人人爭看一部作品的洛陽紙貴的盛況事實上已經沒有了。新世紀，文學種類、文學數量、文學讀者都大大增加了，文學仍然關注現實、關注人生，仍然感動人，但文學作用於人和社會的方式都明顯不同了。

　　新世紀，文學創作也發生了很大的變化。張未民把新世紀文學稱為「寫作的時代」，這裏的「寫作」是相對「創作」而言。如果

---

[168] 王幹：《文學的介面在延伸──論新世紀文學兼駁文學邊緣論》、《文藝爭鳴》2007年第8期。

說 80～90 年代的文學在體制和形態上屬於「創作」化、「專業化」和「精英化」的話，那麼，新世紀文學則是「由一個主流文學寫作及若干新興的邊緣文學寫作所構成的大文學格局，是一個包容著以『創作觀』為軸心而以『寫作觀』為基礎的一個廣闊的文學空間」。張未民把邊緣寫作稱為「新性情寫作」，「是一種表現『真性情』的寫作，直抒胸臆，率性率真，秉具童心，傾筆言情」[169]。創作在過去嚴肅而神聖，充滿了思想的沉重，而在新世紀，精英文學創作仍然是主流的，但平面化的、隨意性的、遊戲性的、世俗化的、娛情娛性或者說自我消遣性的文學也變得非常普遍，程光煒描述：「『新世紀文學』在對文學鬆綁的過程中，它樂意回到『尋常百姓家』，寫一些家常裏短，『閒聊』些鄉村女界秘聞，或將大『秦腔』分散為一些無足輕重和瑣碎的個人記憶，並稱之為『邊緣性寫作』。」[170]文學寫作不再是高不可攀的，不再是遙不可及的，不再是神秘而艱深的，寫作充滿了輕鬆、隨意、自由、享受和快樂，只要願意誰都可以寫作。「博客」是當今最為廣泛的一種方式，任何人都可以寫博客，任何不觸犯禁忌的內容都可以寫進博客，新世紀文學正越來越「博客化」。

　　與這種寫作方式相關，「作家」身分也變得模糊和可疑，程光煒說：「與二三十年代的『現代文學』的某些場景多少有些相像，『新世紀文學』的『作家身分』表現出令人難忘的混雜性、多重性，表現出回到市場和文學圈子之中的歷史的特點。……一定程度上，『新世紀文學』是否可以稱其為是一種回到『文人圈子』的文學？」[171]張炯描述新世紀文學的作者狀況：「專業作家比重在下降，非專業

---

[169] 張未民：《關於「新性情寫作」——有關「80 後」等文學寫作傾向的試解讀》，《文藝爭鳴》2006 年第 3 期。

[170] 程光煒：《「新世紀文學」與當代文學史》，《文藝爭鳴》2005 年第 6 期。

[171] 程光煒：《「新世紀文學」與當代文學史》，《文藝爭鳴》2005 年第 6 期。

作家比重不斷上升。各種行業的人都參與文學寫作，自由撰稿人成
為舉足輕重的創作力量，大、中學生也更多熱衷文學及其寫作，來
自農村的廣大『打工族』不僅成為文學的重要閱讀群體，而且從中
湧現大批寫作者。官員、學者演員、電視節目主持人、企業經理和
白領等中產階級也紛紛加入散文、詩歌甚至小說的寫作領域。」[172]
文學越來越變成了一種日常生活的「雅」方式，或者說文化人思想、
情感的表達與交流方式，變成了文化人生活的一部分，文學越來越
泛化。

　　過去，一個寫作者是否是「作家」，文學批評起很大的鑒定作
用，文學機構的認定具有象徵性，但現在，代表意識形態的文學機
構對文學的控制越來越無力，文學批評對作家和作品的定位越來越
失去意義。過去，批評就像法庭，表揚和批評對作家的成長至關重
要，比如某作家的抄襲現象一旦被揭露，他就會受到讀者和文學界
的廣泛譴責，會從此沒有立身之地，會從此背上沉重的精神負擔，
但現在，文學倫理似乎在變化，「抄襲」也不從根本上毀壞作家的
聲譽。新一代「寫手」越來越脫離作家協會，脫離文聯，脫離批評，
越來越走市場化路線，他們更看重讀者和市場，不加入作家協會，
如果能夠得到「作家」的地位，能夠獲得官方的獎，他們當然也會
很高興，但如果沒有，也不影響他們的寫作。作家過去被稱為「人
類靈魂的工程師」，但現在的「寫手」不過是一種生存方式，一種
職業，有時他們更像優伶，寫作就是逗人快樂，娛樂而已。

　　新世紀文學最突出的現象就是「80 年後」文學，最初我們稱
之為「青春寫作」和「校園寫作」，但目前它越來越脫離「青春寫
作」和「校園寫作」的範疇。我認為，「80 後」寫作不是年齡的問

---

[172] 張炯：《「新世紀文學五年」與「文學新世紀」之我見》，《文藝爭鳴》2005
　　年第 4 期。

題，而是時代和審美風尚的問題。當代作家中，王蒙、劉紹棠、蘇童、格非等都在二十歲左右就寫出了非常成功的作品，但他們的寫作不能稱為「青春寫作」。「80 後」寫作深受網路文化、青年文化和大眾消費文化的影響[173]，和傳統的文學相比具有異質性。1999年《萌芽》雜誌舉辦的「新概念作文大賽」是「80 後」文學的一個重要事件，它對「80 後」文學具有深遠的影響。我理解，「新概念作文大賽」就是文學性的作文，事實上，80 後的寫作始終不脫離「作文」的範疇，當然它與傳統的「作文」又有本質的區別，但這種寫作卻極大地改變了新世紀文學的面貌，它異軍突起，佔領了文學的很大市場，填補了空檔，使中國文學更豐富而複雜。

當然，「80 年」文學很難說已經取得了很大的成就，和「新生代」相比還有一段距離，更不能和余華這一代作家相提並論，但它在迅速成長，並顯示著強大的後勁。2004 年，80 後作家春樹的照片上了《時代》周刊亞洲版的封面，成為第一個登陸該雜誌封面的中國作家。我更願意把這看作是西方對中國文學的一種樂觀態度，更願意把這看作是中國文學發展變化的一種徵候。

本文原載《學術月刊》2009 年第 4 期，《高等學校文科學術文摘》2009年第 3 期轉載。

---

[173] 江冰：《論「80 後」文學》，《天津師範大學學報》2007 年第 3 期。

下編

文學批評論

論學院批評的問題表現及其原因

「學院批評」[1]是當今文學批評中使用頻率非常高的一個「術語」，更準確地說是一種「命名」，其原因則與「傳媒批評」[2]（或「媒體批評」[3]）作為一種現象的異軍突起有很大的關係，「學院批評」的範圍、特徵和具體內涵正是在和「傳媒批評」的對比中確定的，「學院批評」作為現象正是在和「傳媒批評」的差異中突顯出來的。

所謂「學院批評」，主要是指大學學者的批評，與「大眾媒體批評」和「作家批評」相對，其最重要的品格就是人文精神，強調學術化、文學本位性，屬於歷史批評和審美批評。當代中國文學批評的學院批評的確存在著諸多問題，但究竟包括哪些問題？造成這些問題的原因是什麼？如何解決這些問題？這其實是一個很大的課題，需要學者們共同探討並予以解決。本文中，我主要談談學院批評的問題表現及其原因。

---

[1] 孟繁華認為，90 年代之後，「學院批評」已經成為當代文學批評的主流，見《南方文壇》2002 年第 4 期。「學院批評」一詞在 20 世紀初法國批評家蒂博代的著作中就已經提到，參見《六說文學批評》，生活・讀書・新知三聯書店，1989 年版。

[2] 關於傳媒批評，可參見張邦衛：《論傳媒批評的存在空間及其局限性》，《長沙電力學院學報》2002 年第 2 期。

[3] 關於「媒體批評」，可參見陳曉明：《罵你沒商量》，《南方文壇》2001 年第 3 期；吳俊：《通識・偏見・媒體批評》，《文藝理論研究》2001 年第 4 期；張春林：《傳媒語境中文藝批評的話語反思》，《新疆大學學報》2002 年第 4 期。

一

　　歸納起來，當下中國學院批評存在著這樣一些明顯的問題：

（一）教條主義

　　理論是學院批評的優點，但如果不能很好地把握和運用，也會造成問題。事實上，我們看到，當今學院批評一個重要的缺點就是過分依賴大學課堂上所講的一些文學理論，文學批評不是從文學實際出發，而是從文學理論出發，結果是，其批評既得不到一般讀者的認同，也得不到作家的認同，甚至也得不到學院批評本身的認同。說刻薄些，有很多批評文章根本上就是垃圾。沒有自己的理論，沒有自己對於文學作品的真切的感受，沒有自己對文學現象新的發現，都是拾人牙惠，老調重彈，人云亦云。

　　有的人固守傳統和經典，用舊的理論和舊的文學標準來要求和評判新的文學創作，其結果當然是對新的審美形態的否定，或者對新的具有探索性的文學的視而不見。有些人則相反，急於引入西方新的文學理論，自己都沒有真正弄懂便急於應用，其結果便是生硬，只是詞句上的新，沒有實質性的內容。有的人乾脆故弄玄虛，玩詞語遊戲。這種批評，看似很有理論，很有學問，很有深度，其實沒有多大意義，對創作缺乏影響，對讀者沒有意義，對文學史和文學理論研究也沒有多大意義。[4]

4　關於「學院批評」的理論弱點，拙文《「學院批評」與「作家批評」——當代文學批評的兩種路向及其問題》有詳細的論述，參見《思想戰線》2005年第 3 期。

（二）泛文學批評

　　學者們由於其對文學的認知和理解多來自於學校的教育，包括文學理論教育和文學史教育，他們對文學缺乏深切的感受和理解，對於文學的「文學性」[5]，他們缺乏敏感性，也就是說，他們對所談論的對象其實並不熟悉，於是便採取一種偷懶的辦法，避實就虛、避重就輕、避生就熟，這就是政治批評、文化批評和其他很多類似的批評。

　　過去，政治在人們的日常生活中佔據著舉足輕重的地位，人人都「懂」政治，學者對政治更是熟悉，所以，政治批評便很自然地成為文學批評中最強勢的批評，以至出現了文學批評的「政治批評時代」。由於教育體制的緣故，當今職業從事文學研究的學者最熟悉的似乎是文化，於是文化批評便自然成為學者們最輕車熟路、最便捷的文學批評，這是當代文化批評成為「顯」批評的一個很重要的原因。本質上，當今文化批評走的仍然是過去文學批評的老路，沿襲的仍然是過去的政治模式。

　　應該說，文化批評有它的合理性，其最有價值的地方就在於強調了文學批評的深度。因為文學不可能脫離具體的文化，不可能脫離具體時代的社會哲學思潮，所以，從文化的角度來研究文學有助於對文學進行思想上的定位。但文學之所以是文學而不是歷史、哲學，就在於它的文學性，所以，文學的根本還在於它的文學性，文學研究最終還是要歸結到文學性的研究，任何脫離文學性的文學研究從根本上都屬於非本體的文學研究，都是捨重取輕、主次顛倒、

5　關於「文學性」問題，可參見《中外文化與文論》第 10 輯，四川教育出版社，2003 年版。本期為「文學性問題討論專輯」。

本末倒置。文化批評本質上是一種文學周邊批評，它並沒有深入到文學的根本。

過去，不懂文學的人也可以對文學進行批評，現在這種狀況並沒有發生根本的改變，不同的是，過去不懂文學的人主要是搞政治批評，現在不懂文學的人則主要是搞文化批評。實際上，文化批評給外行批評留下了很大的空間。今天，很多學院批評的學者，他們對文學的感悟能力和鑒賞能力是非常有限的，但這並沒有妨礙他們成為批評家甚至有名的批評家。

現狀是，很多人以文學研究為業，但實際上他們並沒有認真地讀文學作品，有的人在課堂上講了一輩子的《故事新編》，但實際上他從來沒有讀魯迅這部小說，所有的材料實際上都是來自各種途徑的「介紹」。有的人根本就沒有讀作品或者沒有認真地讀作品就寫評論，還振振有辭，「一道菜的好壞不必全吃完才能說」[6]。有的人批評一部小說，批評了半天其實只是批評了小說的題目。有的人根本就沒有讀多少作品，但卻敢發高論，敢做極宏觀的概括。一句話，他們批評的並不是文學，而是文學以外的東西。

（三）職業實用主義

對於大學從事文學研究的學者來說，批評就是一種職業，從而與「飯碗」和「生計」問題緊密地聯繫在一起。正是因為如此，批評家對於批評都非常小心、謹慎。批評家當然也考慮批評的本體職能，但同時也考慮批評的工具價值，考慮盡最大可能讓批評發揮它的實用價值，讓批評為工資、職稱、職務等待遇服務。這樣，當代

---

[6] 王朔：《我看金庸》，《王朔文集·隨筆集》，雲南人民出版社，2004年版，第137頁。

中國學院批評就表現出一種怪現狀：批評本體的弱化，批評附著功能強化。批評越來越有用，但不是對文學創作有用，而是對批評家有用，對批評家評職稱、晉級、考核有用。批評家生怕得罪了作家，生怕觸犯了敏感問題，生怕觸犯文學權貴而惹禍，不敢批評創作中存在的普遍問題，不敢批評文壇中的腐敗現象，不敢批評作家的錯誤，甚至對於明顯的抄襲現象，也不願意揭露，其結果是造成對作家的姑息，既害了作家，也害了整個文學事業。

批評家一個重要的任務就是挑選優秀的作品，同時對劣質的藝術進行批判，但我們的批評家卻並沒有盡到這一責任。當今文學批評給人的感覺是，凡是批評家批評的作品都是優秀的作品。文學批評缺乏對作家、對作品、對文學現象的尖銳批評，文學「批評」成了文學「表揚」。

文學批評同時也不願意互相批評。現在的文學批評領域可以說充滿了「哥們義氣」和師生同學關係網，大家都是朋友，都有互相「用得著」的地方。現在的學術會議又多，何必傷和氣見了面尷尬呢？現在的評獎、評課題、評職稱、評學術帶頭人、申報重點學科、申報碩士點、博士點，名目繁多，很多都要經過「專家」投票打分，大家互相牽扯，互相制約，說不定哪一天「材料」就到了對方手裏，不為個人為單位也不能夠隨便得罪人。於是批評界形成了一種風氣，互相擡舉，互相吹捧，並在互相吹捧的過程中互相得利，所謂「雙贏」。

文學批評不願意互相批評，還有一個重要的原因就是：自己的本領不過硬。文學批評最怕爭論，觀點最怕交鋒，因為一爭論、一交鋒，很多問題都通過較量、對比而突顯出來，觀點之後的知識基礎、儲備、結構以及研究方法等都會顯露出來。很多批評家不願意捲入爭論，其實還是怕爭論露了自己很羞澀的底，因而給自己帶來聲譽上的麻煩。

（四）體制病

　　當今大學的科研考核體制也深刻地影響文學批評，使文學批評害了「體制病」。文學批評已經不再重視其對文學的積極影響和對社會進步的意義，而變成了一種純粹的考核資料，即「科研成果」。不論是對於學校來說，還是對個人來說，「科研成果」都是最終的目的，學校的檔次、級別、排序以及「上臺階」需要科研資料，個人的職稱晉升、各種榮譽需要科研資料。所謂「科研資料」，主要是指著作和包括文章的級別、數量以及獲獎的情況。對於很多學校來說，如果個人沒有規定時間、規定地點、規定級別、規定數量（可以稱之為「四規」）的科研成果，還有飯碗之憂。這樣，在體制的有形和無形的壓迫下，科研「異化」了，本身成了目的，而科研的內容價值已經退到很次要的地位。

　　一旦科研內容本身被忽略，那麼著作文章的價值就變得很虛，評價就變得很泛化，科研不再是比水平和成就，而是比「綜合實力」。本人所供職的學校，竟然連當會長、副會長，當評委，當編委也成了科研成果。批評家也變得很令人生疑。作家中有很多人沒有作品卻成了作家，沒有什麼像樣的作品卻成了知名的作家，學者中也有很多人沒有什麼學術成果，但卻成了知名學者。現在有很多所謂「學術委員」，比如課題評委、評獎評委、教學評估委員等，這些人要對各種學術成果進行評價和鑒定，評來評去，其結果是，套用魯迅的話，本來不是知名學者，評得多了，便成了知名學者。很多人就是在各種「評」的活動中「暴得大名」的。

　　體制化對於學者更為深刻的影響則是「被動學術」。現在的中國，除了農民沒有專業級別以外，其他各行業幾乎都有職級。而定職稱的重要標準之一就是科研，據說幼稚園的老師現在也要求寫學

術論文。我這樣說，絕沒有輕視幼稚園教師學術能力的意思。事實上，任何人都可以做學術研究，包括農民，關鍵在於：是否是出於對學術的熱愛，是否是出於意願，是否是來自於真正的思考，最根本的是，是否具有必要的前提包括天賦和學術儲備等。但讓人萬分悲觀的是，很多人從事學術研究都不是出自於對學術的熱愛，都是被迫的。最初是為了解決生計問題，後來則是為了「更好地生活」。

對於學院批評來說，尤其是這樣。現在，為了學習而學習的人可以說少之又少，很多人讀碩士、讀博士，其實都是為了更好地就業，寫文章不過是為了拿學位。很多大學老師寫文章、寫書，就是為了評職稱、保職位，進而評獎，評「某某江學者」之類的。很多學者包括已經很有名氣的學者都私下表示，他們對學術根本就沒有興趣，也沒有天賦，寫文章純粹是為了生計。所以，很多文章和著作都是為了完成學位、為了評職稱而寫出來的。這樣的學術成果能有多大的價值，能有多少創造性，就可想而知。

沒有激情，沒有思想，沒有探索精神，如何寫文章？別無它法，唯有重複別人的觀點，唯有人云亦云。非常可悲的是：「謊話說多了也成了真理」，一些學者不斷地重複別人的觀點，重複多了，別人的觀點最後好像也成了他自己的觀點。筆者有一位教政治課的朋友，最初他對教科書上的那一套根本就不相信，所以當他最初給學生講時，自己也很心虛，講得很臉紅，但講多了，自己慢慢也相信了，最後竟然講得振振有詞，理直氣壯，不僅給學生講是這樣，給老師講也是這樣。

重複別人的觀點其實就是抄襲。抄襲有兩種，一種是原句、原段、原篇地抄，我們平時逮住的多是這種抄襲。還有一種抄襲非常巧妙，把別人的觀點用自己的話說一遍。而抄襲一定程度上可以說是逼近的。

（五）敬業精神的匱乏

的確，由於各種原因，我們有幾代人在知識上都存在著缺陷。西學沒有學好，中學也沒有學好。與五四那一代人相比，我們不得不悲觀，基礎不好，知識不健全，偏於一隅。但這還不是最重要的，最重要的是我們整整幾代人在精神上的淪喪。看看今天的文學批評，看看我們的大學校園，我們並不缺乏聰明，並不缺乏人才，缺乏的是學術大師的氣魄，缺乏為文學事業獻身，缺乏對文學研究的執著和熱忱，缺乏人文精神，缺乏憂患意識。

我們看到，當今把學術當作生命的人已經極少，更多的人是把學術當作謀生的手段，當作獲取物質利益的工具，表現為：浮躁，急於求成，沉不住氣，不能潛心研究學術。批評領域充斥著淺而空、趨時髦的東西，今天發表或出版，明天就過時。學而優則仕，學術上稍有成就便去做官。整天混跡於酒場、會場，哪裏還有時間去認真地做學問，於是便粗製濫造，便找學生捉刀，可惡的「官本位」不知葬送了多少學人。

做一個批評家是非常難的，它需要多方面的修養和素質，哲學、歷史、文化基礎，文學理論基礎，文學的感悟和才能，特別是今天，文學作品在數量上驚人，僅讀作品就需要大量的時間和精力，這更增加了做批評家的難度。這的確需要批評家耐得住寂寞，坐得住冷板凳，富於犧牲精神，還需要批評家有吃苦的精神，具有毅力。但現實卻是，做批評家好像越來越輕鬆。文學批評是以大量的閱讀作為前提的，但我們看到的卻是，一些批評家到處開會，兼遊山玩水，還是各種場合的「座上賓」，到處講座，但文章和著作的數量卻沒有減少，我不知道他們從哪裏弄時間出來去讀書。

二

當代學院批評為什麼會出現這些問題？為什麼會陷入困境？我覺得應該從兩方面來看。一方面是經濟和時代的原因，這可以稱之為「外在原因」。

90 年代市場經濟轉軌，使中國社會發生了巨大的變化，這種變化也深刻地影響了文化的各個方面，使文化進入了所謂「消費的時代」。學術研究也追求經濟效益，學者講學也像歌星、影星一樣講「出場費」（只不過開價低些），有的學者還有經紀人。不僅從事經濟等實用研究的學者可以成為「富人」，從事文學藝術等研究的學者也多有「富人」。大的經濟環境以及相應的價值觀念的變化也深刻地影響文學批評，當今學院批評缺乏「人文性」，應該說與此有很大的關係。

80 年代以來，文學的地位急劇下降，文學批評也是這樣。過去，在「政治時代」，文學批評肩負著思想和文化的重任，所以，建國以後很多重大的思想問題都是在文學領域展開的、通過文學批評實現的。但現在，在「經濟時代」，這已經變得完全不可能。經濟對於學術的影響，在文學批評上最明顯的表現就是大眾媒體批評對純學術批評的衝擊。「傳媒批評」主要是針對大眾的，所以主要是介紹性的，並在「普遍意識」的基礎上進行評判。由於讀者是大眾，「傳媒批評」總是把學術問題情理化、日常化，並且總是把複雜的問題簡單化，進而簡單地進行藝術的「好壞」判斷和思想的「是非」判斷。而判斷的標準也是很大眾化的，所以，「傳媒批評」永遠具有媚俗性。

　　而「學院批評」則屬於學術研究，主要是學者的批評，是從研究和學術立場出發的純粹批評，具有理論性。它的讀者多是學者，還有作家以及有很高文學素養和理論素養的文學愛好者。所以，「學院批評」不迴避複雜性，文章甚至可以寫得很生澀，文風也不妨很古板。批評不再是講日常情理，而是學理，甚至於深奧的哲學。

　　90 年代以來，由於市場經濟的緣故，大眾傳媒表現出強大的力量，不僅大大強悍和突顯了「傳媒批評」，同時也深刻地影響學院批評。媒體具有壟斷性，並且影響無處不在，從而對文學批評具有制約性，它與政治暴力的形式強制不同，是一種內在性的、誘惑性的強制，所以是「軟暴力」。「軟暴力」對學院批評的影響表現為，學者經不住大眾媒體風光、招搖、權力和物質利益的誘惑，積極向大眾媒體靠攏，學習模仿和參與媒體，從而與大眾媒體合謀，從而喪失了「學院批評」本身的某種品格。

　　經濟、商業和大眾媒體給當代文學和批評帶來了很多負面性的東西，比如炒作和吹捧，導致一些優秀的探索性文學的被遮蔽，相反地，一些平庸的作品被評價得很高。這又表現在兩個方面，一是輿論的導向作用，比如改革開放，反腐敗，歌頌當代所謂英雄人物題材的文學被拔高。二是一些傳統風格的文學，大眾能夠接受的帶有普及性的作品被高度評價，相反地，一些探索性、先鋒性的作品則因為不被理解，不能為大眾所接受，從而在缺乏傳播的意義上事實上被壓制。

　　但另一方面，我們也應該看到，大眾傳媒的力量固然強大，傳媒批評固然強悍，但傳媒批評也有它無法克服的缺陷。表現在，傳媒批評實際上不具有真正的獨立性，它有點學院批評「發言人」的意味，「發言人」雖然風光，但它的發言內容並不是它自己的。媒體批評實際上是建立在學院批評基礎上的，實際上是學院批評包括作家批評的附屬、延伸、簡化、通俗化，是對學院批評的「媒體性」

改造和加工，它任何時候都必須依附於學院批評，沒有深厚的學院批評，傳媒批評是難以生存的。傳媒批評主要是介紹作家、作品和文學現象，而介紹的內容很多都是來自於學院批評的結論，它的主要功能是「傳播」，而「批評」則是極次要的功能。

認為傳媒批評擠壓了學院批評空間，威脅和妨礙學院批評的生存，我覺得這過於危言聳聽。一位報紙編輯描述自己所供職的報紙：「他們時常設想：一個弱智能讀懂什麼樣的文章？那麼他就寫或編那樣的文章。天長日久，一個完全投入的記者或編輯就多少有些弱智——尤其和『學院派批評家』相比。」[7]試想，這樣的批評能對學院批評構成威脅嗎？不能比文章的數量包括讀者的數量，不能比影響的範疇，反過來，當然也不能比文章的質量和影響的程度。就制約文學的發展、開拓來說，學院批評和傳媒批評各有特點。所以，我認為，二者可以和平相處、相安無事。

當代學院批評為什麼會陷入困境？為什麼會出現各種各樣的問題？我認為，最根本的原因還是在於學者自身，還是在於學院批評內部，這可以稱之為「內在原因」。

媒體以「軟暴力」的方式控制大眾，但媒體又被幕後控制。我們應該理解這一點。如果大眾媒體不在思想上與「主流」和「正統」保持一致，或者更直接地說，如果不迎合「主流」和「正統」，它就有生存的困難。其實，非大眾媒體何嘗不也是這樣，只不過它沒有義務，不主動，但也絕對不能「過線」。而學院批評的任務恰恰就在於糾正媒體批評的缺陷，完成傳媒批評所不能完成的任務。更具體地說，在於盡可能少地受大眾媒體和政治的控制而不受干擾地研究學術，從藝術上、從真理意義上研究文學，對文學進行學理上的公正客觀的評價。而這一點正是學院批評沒有做好的。

7　靜矢：《媒體批評與學院批評》，《南方文壇》2001 年第 3 期。

　　所以，我們不應該推卸責任，而應該更多地反省自己。學院批評現在最大的問題也是最根本的問題，不是擺脫傳媒影響的問題，而是重建學術道德、學術倫理，重塑學術精神的問題。問題的關鍵不是傳媒批評侵佔了學院批評的地盤，而是學院批評的自我放棄。表現為，抵擋不住物質和利益的誘惑，沒有歷史感，沒有神聖感，沒有學術使命感，在這一意義上，我們應該提倡學院批評的「人文精神」。

　　本文原載《學術界》2006 年第 1 期。《高等學校文科學術文摘》2006 第 2 期轉載。《資料通訊》2006 年第 3 期摘要。

「學院批評」與「作家批評」

——當代文學批評的兩種路向及其問題

一

　　當代中國文學批評實際上存在著兩種基本的「路向」或者說「模式」：一種是學者批評，我稱之為「學院批評」，這類批評更關注文學理論問題，它雖然也涉及到當下的文學現實，但這些當代文學現象多表現為理論的材料，即是為理論服務的，其最終結果表現為理論形態而不是批評形態，具有中國古代「八股文」的傾向和特點。另一種是作家或准作家批評，或者是具有作家傾向的批評，我籠統地稱之為「作家批評」，這類批評多關注文學的創作實際，多從寫作的角度來研究文學現象，其最後的結論多是為其他的作家寫作或現實文學問題「獻計獻策」，具有中國古代「策論」的傾向和特點。

　　當然，我這裏所謂「策論」和「八股文」都是比擬意義上的。事實上，在內涵上，當代文學批評中的「學院批評」與「八股文」寫作具有根本性的不同，「作家批評」也與「策論」具有實質性的區別。但在寫作特徵和寫作取向上，以及二者各自的優缺點上，「學院批評」與「八股文」寫作具有驚人的相似，「作家批評」與「策論」具有驚人的一致性。「八股文」在寫作上循規蹈矩，引經據典

乃至於墨守成規，文學批評中的「學院批評」也是重歷史問題，尤其是重歷史上的理論問題，也是旁徵博引，理論上一套一套，但卻脫離文學現實，缺乏實際意義。「策論」在科舉考試中與「經義」相對，主要是議論時事，所以本質上是「時論」。而「作家批評」也是關注文學中的時事，包括創作經驗和體會，具體作品的創作得失，文學發展的價值取向、政策措施等。所以，本質上，「作家批評」屬於實用批評，而「學院批評」則具有純粹的學術研究性。

其實，「學院批評」與「作家批評」的分野並不是當代文學批評的特殊現象，也不是中國文學批評的特殊現象。英國哲學家、美學家科林伍德曾把對藝術哲學懷有濃厚興趣的人分為兩種類型：一類是「具有哲學素養的藝術家」，另一類是「具有藝術趣味的哲學家」。「藝術家型的美學家熟知自己所談論的內容，他能分清藝術的事物與非藝術的事物，還能說出那些非藝術的事物究竟是什麼，是什麼原因妨礙它們成為藝術，又是什麼原因使人們誤認為它們就是藝術。」也就是說，他們對藝術非常敏感，善於鑒別藝術，對他們所談論的內容非常熟悉，其缺點是不能對藝術深層的原理進行深入的追問。而「具有藝術趣味的哲學家」則相反，「他們令人羨慕地免於講不出道理，但是要說他們瞭解自己所談論的事物，那可就沒有保證了。」但是，「哲學家的美學，因為缺乏一種有形的標準，無法判斷美學理論在與事實關係中的真實性，只能運用一種形式上的標準。它能檢驗出某種理論在邏輯上的缺陷，因而予以捨棄，但是它卻永遠不能主張或提出任何一種作為真理的美學理論。」[8]也就是說，他們能對藝術問題講出很多道理出來，但這些道理屬於哲學問題而非藝術問題。對於具體的藝術，他們的感悟能力非常有限。科林伍德把哲學家的美學稱為「學院派的美學」。

---

[8]　科林伍德：《藝術原理》，中國社會科學出版社，1985 年版，第 3、4 頁。

　　實際上，科林伍德所概括的兩種傾向不僅適用於美學研究，也廣泛地適用於文學批評，不僅廣泛地適用於西方的文學批評，也廣泛地適用於中國當代的文學批評，中國當今的文學批評仍然是這兩種基本的缺陷和問題。

　　法國現代批評家蒂博代在《六說文學批評》一書中則把文學批評分為三種類型：「自發的批評」、「職業的批評」、「大師的批評」。「這三種批評，我將稱之為有教養者的批評，專業工作者的批評和藝術家的批評。有教養者的批評或自發的批評是由公眾來實施的，或者更正確地說，是由公眾中那一部分有修養的人和公眾的直接代言人來實施的。專業工作者的批評是由專家來完成的，他們的職業就是看書，從這些書中總結出某種共同的理論，使所有的書，不分何時何地，建立起某種聯繫。藝術家的批評是由作家自己進行的批評，作家對他們的藝術進行一番思索，在車間裏研究他們的產品。」[9]對這三種批評，蒂博代還有多種命名，比如「自發的批評」，又稱之為「口頭批評」、「報紙批評」、「當日批評」、「新聞記者的批評」、「每日批評」、「新聞式的批評」、「專欄批評」、「沙龍批評」。「職業的批評」又稱之為「教授批評」、「學院批評」、「求疵的批評」，「雄辯的批評」、「純粹的批評」、「歷史的批評」、「哲學批評」、「道德批評」、「大學的批評」。「大師的批評」又被稱為「尋美的批評」、「同情的批評」、「天才的批評」、「作坊的批評」。這些命名強調的是各種批評不同的側面，當然並不準確，但它們從總體上概括了三種批評的特徵。

　　今天，不論是西方還是中國，文學批評都發生了很大的變化。首先，「文學批評」的概念發生了很大的變化，在蒂博代那裏，文

---

[9]　蒂博代：《六說文學批評》，生活・讀書・新知三聯書店，1989 年版，第 3 頁。

學史、文學理論和文學批評三者還缺乏理論上的區分，而到了 20
世紀 50 年代英美「新批評」產生以後，「文學史」、「文學理論」和
「文學批評」三者便從理論上區分開來[10]，它們三者共同構成了我
們現在所說的「文藝學」。這種區分被後來的文學理論所廣泛地接
受，也為五四以後中國的文學理論所沿用，所以，本文中所說的「學
院批評」不包括文學理論研究，也不包括文學史研究。

　　而具體就中國來說，文學批評的狀況也發生了很大的變化。蒂
博代所說的「貴族沙龍批評」現在可以說完全不存在了。新聞記者
的報紙批評現在被稱作「傳媒批評」，仍然存在，但它在整個文學
批評中的地位已經大大降低，在現代報紙中，文學批評的空間已經
變得很小，「每日批評」已經變成了一個遙遠的夢。並且批評的方
式也發生了根本性的變化，輕鬆、活潑、幽默、趣味、個人感覺和
閱讀體驗已經不再多見，取而代之的是介紹、政治定性、風格定位，
且是文風僵硬而死板。專門的文學報紙少而又少，其中的文學批評
充滿了政治和愛好的偏見，且十足的學究氣。

　　「職業的批評」已經不再限於大學，大學以外有很多專門的並
且體制化了的文學機構，這些機構養活了一大批文學創作人員、文
學管理人員、文學組織（編輯）人員，當然還有一批文學研究人員，
而這些文學研究人員才是真正的「職業文學批評家」，他們以文學
批評為業。與他們相比，大學教授的文學批評反而變得有些業餘，
因為大學老師以教書為「天職」，學問上則以「研究」為正統，文
學批評則為教書的附庸，和文學「研究」的延伸，除非是以當下文
學作為「專業」的大學老師，對於絕大多數大學文學專業老師來說，
文學批評並非他們的本職。

---

[10] 可參見韋勒克、沃倫著《文學理論》第一部第四章，生活・讀書・新知三
　　聯書店，1984 年版，第 30-39 頁。

　　在蒂博代的著作中,「求疵的批評」屬於「大師的批評」範圍,但在現代中國,它更屬於「職業的批評」。在蒂博代那裏,「雄辯的批評」是「職業批評」的重要特點。所謂「雄辯」,當然具有理論上的意味,但蒂博代主要是在語言的修辭學意義上而言的,也即詞語的優美和力量以及文風的輕鬆。而在當代中國的文學批評中,這恰恰不是學者的特點,而是作家的特點。所以,蒂博代所說的三種文學批評在當代中國實際上已經簡化為兩種文學批評,即「學院批評」與「作家批評」,並且在批評品格上非常分明。當然,我這裏所謂「學院批評」和「作家批評」,並不完全是由職業位置決定的,並不是說大學裏的文學批評都是「學院批評」,作家協會裏的文學批評都是「作家批評」,大學裏也有「作家批評」,作家協會裏也有「學院批評」。「學院批評」與「作家批評」的區分主要是根據批評的品格來決定的,大致來說,「學院批評」重理論研究,主要是一種理論形態,而「作家批評」則是實際研究,表現為一種實踐形態。

　　反省這兩種批評,我們看到,它們各有自己的優點和合理性,但同時它們又都存在著相當的不足,並且這種「不足」正是制約和妨礙中國當代文學和中國當代文學批評發展的重要原因。

二

　　「學院批評」的確具有「作家批評」所不具有的一些優點,表現為:具有歷史感和理論的深度,在表述上邏輯性強,周密、嚴謹,注意用詞的分寸,材料豐富。一般地說,屬於「學院批評」的批評家大多都受過良好的理論訓練,他們大多數是從大學本科到碩士研究生再到博士研究生一路讀過來,他們對於中外文學史非常熟悉,

特別是對於屬於專業的中國現、當代文學史非常熟悉，他們大多數都系統地學習過西方文論史，這樣他們在談論他們的批評對象時便有一個以理論為「橫」以文學史為「縱」的座標，這種「座標」非常有效地使他們的談論具有學術性、規範性、知識性甚而「權威性」。

但問題在於，文學史是發展的，文學是發展的，文學的發展必然導致新的審美觀念和審美形態的形成。與文學的發展相輔相成，文學理論也應該發展和更新。並且新理論大多數是建立在舊理論基礎上的，也就是說，它是在一方面吸收舊理論的合理性因素，同時又克服舊理論缺陷的過程中建構起來的，所以，理論的「新舊」與時裝的「新舊」具有完全不同的性質，把運用和借鑒新的理論簡單地看作是「時髦」，這是對理論的極大誤解。而更重要的是，很多新理論同時也是在對新文學現象的解釋和總結中建構起來的。在這一意義上，過分地重視文學的歷史形態，過分沿襲過去舊有的文學理論以及文學批評方法，文學批評便會在不自覺中變得老化，滯後，便會用舊的批評標準來衡量新的文學，其必然趨勢是厚古薄今，其必然結論是今不如昔。在舊的文學理念和舊的文學批評標準之下，反傳統的新的文學幾乎是先在性地必然會遭到否定、壓抑，這是不證自明的。而文學的發展正在於創新，文學批評的職責恰恰在於總結這種創新，扶持這種創新，當然也糾正創新過程中的某些不良傾向。現實卻是，有些「學院批評」已經嚴重喪失了文學批評的功能，不是幫助文學的發展，而是阻礙文學的發展、打擊文學的創新。

對於我們的文學批評，很多作家乾脆不予理睬，這其中的原因當然是多方面的，但一個很重要的原因就是我們的批評家並沒有說到根本性上。文學創作已經發生了根本性的變化，但我們的批評家卻還在用老一套話語進行言說，作家自己感到得意和滿意的地方，

恰恰是我們批評家不滿意並批評的地方，批評家所肯定並提倡的東西恰恰是作家已經拋棄的東西，作家新的創造被我們批評家視而不見，作家寫作中平庸的東西卻被我們的批評家激賞。作品對於作家來說就像孩子，對於寫作他們雖然講不出道理，但哪裏寫得好、哪裏寫得不好，作家還是有感覺的。批評家所評論的和作家的創作實踐之間存在著巨大的差異，文學批評根本就沒有擊中創作的要害之處，不論是說好還說壞，都不能令作家信服，那作家為什麼要買我們批評家的帳。實際上，很多作家，都是因為聽從了批評家的「指點」和建議，結果寫作越來越失敗，其作品越來越不受讀者的歡迎。楊沫的《青春之歌》初版本來很好，後來按照我們批評家的意見進行了修改，結果卻是越改越糟。姚雪垠的《李自成》第一卷本來寫得很好，如果作家就這樣寫下去，《李自成》肯定不失為當代文學的一部傑作，但作家受我們批評家的影響，採納了批評家的一些意見，結果越寫越差，終至以成功開始以失敗告終。批評家這種因為不正確的批評而「害了作家」的事，在當代文學中時有發生，在當下可以說正在頻繁地發生。在這一意義上，我們的批評家難道不應該作深刻的自我反省麼？

「學院批評」在當下最大的問題就是從理論出發而不是從文學實際出發，由此而帶來一系列的問題。比如，理論的陳舊、問題的陳舊，便會導致視野的狹隘，只看到了歷史上的文學現象，和與歷史現象非常相似的當代文學現象，而對新的文學現象卻視而不見，或者用舊的文學理論標準來評價新的文學現象，即把新的文學現象納入到歷史的框架中去評論，從而導致對新的文學現象的否定。一句話，在理論上過於執守傳統和經典，常常會對當下的文學現象缺乏敏感性，特別是對新的文學探索、新的審美意識和形態的麻木。

呂進先生是國內知名的新詩研究專家，在新詩文體學、新詩鑒賞、詩學理論等方面都有很大的貢獻，他在總結 80 年代之前詩歌

創作成就方面也做出很大的成績。他自己也是一個詩人，有創作體驗，這加強了他詩歌評論的力度。2002 年他在《文學評論》上發表〈二十世紀下半葉的中國新詩研究〉[11]一文，應該說，這是一篇非常有分量的文章，對於「政治論詩學」、「新詩研究觀念轉變」、「新詩文體」等問題的描寫都是很準確的，也很有見解。但也有缺憾，那就是，遺漏了「先鋒詩論」，用陳仲義先生的概括：「對 20 世紀後 20 年代──新詩研究中最活躍部分的整體遺失」[12]。我認為陳仲義的分析是非常有道理的，它列舉的事實恰恰構成了呂進先生論文的補充。對於先鋒詩以及相應的先鋒詩評，我們可以有各種不同的看法，但先鋒詩和先鋒詩評這一事實本身卻不能否認。呂進先生長期關注詩歌和詩歌理論，我相信他注意到了先鋒詩歌和先鋒詩論這些現象，我也相信他不是疏忽了這些現象，而是有意地忽略，而忽略的背後就是詩歌觀念和文學理論基礎。我們可以把這看作是個人的詩歌偏好，看作是對詩歌的不同理解，但這「偏好」和「理解」從根本上受制於理論。

　　作為學者，我覺得我們應該時時反思我們的理論基礎，包括：理論的合適性與不合適性，理論的優長與缺陷，理論是否在總體上已經過時，我們對理論的運用是否過於偏執或僵硬。我們應該關注文學理論以及相關理論的發展，並充分吸收這些新理論的合理成分，這不是趕「時髦」的問題，而是「與時俱進」（可惜這個詞現在用得有點濫）。

　　與上面的情況相反，一些「學院批評」倒是很熱衷於引入西方新的文學理論，但卻犯了另一種毛病，那就是，一些新的文學理論在批評運用中又往往落入生搬硬套的極端。表現為，新的文學理論

---

[11]　呂進：《二十世紀下半葉的中國新詩研究》，《文學評論》2002 年第 5 期。
[12]　陳仲義：《整體缺失：新詩研究的最大遮蔽──與呂進先生商榷》，《南方文壇》2003 年第 2 期。

不是在精神上，而是在形式上運用於當代中國文學批評，不是因為新的文學現象需要新的文學理論來闡釋，而是引入的新的文學理論需要新的本土文學現象來證明，從而能夠為人們所接受，也就是說，新文學現象是用來為新文學理論服務的。我們的文學批評似乎不是在解決當下文學創作中的問題，而是在證明外來理論的普適性，新文學現象成了理論的佐證材料，成了外來新文學理論的附會。筆者充分肯定當下一些「新潮批評」或「先鋒批評」的合理性、探索性、理論建設性，但同時也注意到它們存在的問題，其中最根本的問題就是理論與實踐的脫節，理論與實際在批評順序上的本末倒置。

當代文學批評借鑒西方現代文學理論，比如後現代主義文學理論，這具有充分的根據，是合理的、積極的。事實上，它對於推動中國文學批評的發展、對於推動中國文學創作的發展都起了很好的作用，它發現了很多問題，對很多文學現象特別是新的文學創作現象進行了新的解釋，對於建立新的審美原則具有推動性。但缺憾也是明顯的。有些批評理論上頭頭是道，但和寫作實際相距甚遠。西方的文學理論有它西方文化、政治、經濟背景，有它特殊的文學實踐的基礎，它主要是在西方文學創作實踐的基礎上建構起來的。我們承認文學具有某種共通性，但也必須承認中西文學之間存在著巨大的差異。在差異的層面上，西方新的文學理論對我們的文學批評具有參考價值，但也有適用的限度。西方新的文學理論並不完全適用於我們的文學現實，生搬西方理論來解釋中國文學現象，就會方枘圓鑿、無中生有、牽強附會、矛盾衝突乃至扞格不入。

現實是，有些「新潮批評」，一味地趨新，對於西方的某些文學理論，自己也只是知道了一點皮毛，但卻馬上「拿來」，生怕別人搶了先。不是結合實際靈活地運用，而是照搬照抄機械地運用；不是精神和原理上運用，而只是詞句上運用，結果充滿了缺乏限定

和說明的怪異的詞句。更令人生厭的是，有些「新潮批評」故弄玄虛，故意語言含混、模糊、不知所云，故意邏輯混亂，結果弄得大家如墜五里雲中，連學者們都看不懂。有的「新潮批評」完全與文學創作實際脫節，幾乎近於玩批評遊戲，批評在這個時候完全走向了自我封閉，成了圈子裏的自娛和表演，也即不是寫給一般讀者看的，也不是寫給作家看的，而是寫給「哥們」看的。這樣，中國當代文學批評一方面是理論的氾濫，表現為各種西方文學理論紛紛引入中國並被迅速地運用到文學批評的實踐中去，另一方面則是很多文學現象並沒有得到合理而有效的解釋，一方面似乎是理論過剩，另一方面又似乎理論還不夠。歸結起來，還是我們的「學院批評」不夠成熟，關鍵的問題則是理論的先入為主，理論與實踐之間的本末倒置。

所以，文學理論既成就了我們的「學院批評」，也害了我們的「學院批評」。「學院批評」手中掌握了很多理論，但這些理論多是外來的，多是經過訓練和學習而掌握的，並不是從文學批評實踐中總結出來的，不是原創的。因此，對於「學院批評」來說，我們一方面應該發揚理論的長處，但同時也應該克服學院派過分依賴於理論的缺陷，吸收作家批評的長處。

三

從上面的分析我們可以看到，「學院批評」很大的問題就是對創作的不熟悉，批評過分依賴於理論從而所談論的問題只是理論上的，而與創作實際不相符合。而「作家批評」則相反。作家們對創作有很好的理解，有創作經驗或體驗，他們能很好描述創作過程，他們清楚地知道創作的艱難與辛苦，並且一眼就能看出「出彩」的

地方，但他們對於文學創作的過程卻不能進行理論上的解釋；他們知道創作中哪些是好的哪些是不好的，但卻說不出為什麼好或為什麼不好；他們對文學史不熟悉從而導致批評缺乏歷史感，表現為，他們對自己的創作以及別人的創作缺乏歷史的比較和定位，有些作品並沒有多少創造性，但他們卻以為很有創造性，反過來，有些作品具有真正的創造性，但他們對其創造性卻木然不知；他們對自己很熟悉，對別人卻很陌生，他們的批評代表了自己的一種經驗，但對於其他創作卻並不適應，即他們的批評在理論上缺乏概括性；他們的批評主觀性太強，往往以個人的愛好為批評的標準。

　　多年前，王蒙先生提出「作家學者化」的問題。王蒙主要是從寫作的角度來談論的，他說：「靠經驗和機智也可以寫出轟動一時乃至傳之久遠的成功之作，特別是那些有特殊生活經歷的人，但這很難持之長久。有一些作家，寫了一部或數篇令人耳目一新，名揚中外的作品之後，馬上就顯出了『後勁』不繼的情況，一個重要原因就是因為缺乏學問素養。光憑經驗只能寫出直接反映自己的切身經驗的東西。只有有了學問，用學問來溶冶、提煉、生發自己的經驗，才能觸類旁通、舉一反三、融會貫通生活與藝術、現實與歷史、經驗與想像、思想與形體……從而不斷開拓擴展，不斷與時代同步前進，從而獲得一個較長久、較旺盛、較開闊的藝術生命。」[13]其實，作家沒有「學問」，其弊端遠非這些，它深刻地影響作家對生活、對社會的認識，從而制約作品的深度和力度。中國現代文學史上的大師級作家，如魯迅、郭沫若、茅盾、巴金等，他們都是學貫中西、具有深刻思想的人，這正是他們成為大師的重要原因。反過來，缺乏深厚的學術修養，缺乏深刻的思想，這正是當代中國缺乏

---

[13]　王蒙：《一個值得探討的問題──談我國作家的非學者化》，《文學：失卻轟動效應之後》（《王蒙文存》第 23 卷），人民文學出版社，2003 年版，第 92 頁。

大師級作家的一個重要原因。作家沒有「學問」，更會深刻地影響他的文學批評，主要表現為批評沒有理論性，他們對作品的批評往往是現象羅列，讀後感，創作談，停留在寫作的層面上，不是純正的作品細讀，缺乏理性的分析，缺乏理論的發現，缺乏思想的挖掘，缺乏藝術的總結和審美性的歸納，在結論和具體論證上缺乏邏輯的嚴密性、全面性，總體上表現出「淺」的特點、並且不能對批評進行準確的歷史定位。

王朔在當代文學史上其貢獻不可磨滅，他以「異類」的方式進入文壇，給當時的文壇帶來一陣騷動和震蕩。他的創作別具一格，具有很大的創造性，很受一般讀者的歡迎。他的反崇高、消解嚴肅、幽默、調侃等都對當時的文學觀念和審美風尚構成了巨大的衝擊，對於推動中國當代文學的發展，是有重要作用的。王朔也涉獵文學批評，並且一時也很引人注目，但我們不得不說，王朔在文學批評上總體上非常糟糕，是一個「沒知識」、「沒文化」的人。

當然首先要說的是，王朔的文學批評也有他的一些優點，並且這優點還很特別，不是一般人能學到的。這優點大略說來就是：很機智，既表現為發現的機智，又表現為表述的機智。很聰明，這種聰明既表現在寫作方式上，比如他很善於選擇批評的對象，對於具體的批評對象，他知道該從什麼角度去批評，既要批評又能把握分寸，更表現在悟性上，對於文學的悟性，王朔可以說是少有的「天才」，這不僅表現在創作上，天生的會講故事，天生的語言感覺，也表現在文學批評上，他並沒有系統地學習過文學理論，但卻無師自通，看問題有時能一針見血，很能說到要害處。「謊話說多了便成了真理」，文學理論中有很多結論其實都是話語建構，即謊話性的「真理」，王朔的可愛之處就在於他不相信一些人云亦云的文學信條，而是從個人體驗出發，因而有很多發現，也反映了他的獨立思考。與上面兩個特點相應，王朔的批評很輕鬆、很幽默，可讀性很強。

　　但問題也是非常明顯的。由於沒有學問的底蘊，沒有理論的基礎，每當涉及到複雜的理論問題、思想問題、文學史問題，王朔的思考便捉襟見肘，常常是錯誤的，且錯得太基本。他常常按日常情理來講高深的學術問題，因此犯錯誤當然就在所難免，因為學術根本就不是一種情理性的東西。比如他在金庸前加上「專寫古代犯罪小說」[14]的定語，雖然調侃不失為風趣，卻馬上暴露了他對於武俠小說的無知，也反映了他文學愛好的偏狹。王朔的小說有它獨特的藝術魅力，而支撐其小說藝術的是背後的王朔的審美理念。以自己的審美理念和藝術追求為標準來否定其他審美理念和藝術追求，非常無理，正如用傳統的「高大全」標準來否定王朔一樣無理，這反映了王朔不諳文學之基本。王朔批評金庸：「就《天龍八部》說，老金從語言到立意基本就沒脫舊白話小說的俗套。老金大約也是無奈，無論是浙江話還是廣東話都入不了文字，只好使死文字做文章，這就限制了他的語言資料，說是白話文，其實等同於文言文。」[15]，金庸小說的語言的確構不上優美，可以批評，但卻不是這樣批評的。說這話，一下子就顯示了王朔的「沒文化」，反映了他對於現代文學「老祖宗」們的不熟悉，所以金庸反唇相譏：「不過單說金庸不行，已經夠了，不必牽涉到所有的浙江人。……白話文寫得好的浙江人，好像也不少。魯迅、周作人兄弟、蔡元培是紹興人、郁達夫是富陽人、茅盾是桐鄉人、俞平伯是德清人、徐志摩是海寧人、夏衍是杭州人……」[16]可以說逮了個正著。

---

[14] 王朔：《為海岩新作〈海誓山盟〉序》，《王朔文集·隨筆集》，雲南人民出版社，2004年版，第8頁。
[15] 王朔：《我看金庸》，《王朔文集·隨筆集》，雲南人民出版社，2004年版，第137頁。
[16] 金庸：《浙江港臺的作家——金庸回應王朔》，廖可斌編《金庸小說論爭集》，浙江大學出版社，2000年版，第11頁。

　　如果說王朔對金庸的批評，其主要問題還只是文學偏見和文學
知識問題的話，那麼，王朔對魯迅批評的錯誤則完全是由於他缺乏
必要的文學理論的訓練，一句話，他不懂魯迅。他認為魯迅的小說
並不好，「蒼白」、「食洋不化」、「概念化」、「遊戲」，沒有寫長篇小
說：「我認為魯迅光靠一堆雜文幾個短篇是立不住的，沒聽說有世
界文豪只寫過這點東西的。」「一個正經作家，光寫短篇總是可疑，
說起來不心虛還要有戳得住的長篇小說，這是練真本事……」「在
魯迅身上，我又看到了一個經常出現的文學現象，我們有了一個偉
大的作家，卻看不到他像樣的作品。」[17] 一句話，在王朔看來，魯
迅不是一個偉大的作家，沒有「真本事」。此外，王朔還對魯迅思
想的深度和魯迅的人格提出了質疑。魯迅當然可以批評，包括精神
和人格上的批評，但不能這樣批評。從王朔的文章來看，王朔對魯
迅的瞭解和認識，其來源非常可疑，小學課本（應該還有中學課本，
因為王朔是讀過中學的）、兒時的印象、朋友的聊天（並且很多是
商業上的朋友，「吃吃喝喝」的朋友）、根據魯迅的作品改編的電
影……他是否系統地、認真地讀過魯迅的作品，是非常值得懷疑
的。他並沒有認真地讀金庸的作品，就對金庸妄加評論，對於魯迅，
他未嘗不可以如法炮製。

　　而更重要的是，以王朔的學養，即使他認真地讀了魯迅，也未
必就能讀懂魯迅。對於魯迅思想的深刻，他未必能理解。王朔說他
讀小學的女兒「不學無術」，對於魯迅，他何嘗不也是「不學無術」。
並不是魯迅沒有像樣的作品，而是對於魯迅的「像樣」，他不能理解。
對於《故事新編》，他只看到了「遊戲」，而看不到「遊戲」之外的
東西，對於這種「遊戲」的藝術性和創造性，他並不能理解。

---

[17] 王朔：《我看魯迅》，《王朔文集・隨筆集》，雲南人民出版社，2004 年版，
　　第 124 頁。

　　對於王朔關於魯迅的很多結論，其實是沒有必要去認真辯駁的，不能太去計較。但我這樣說，並沒有輕視和否定王朔的意思，恰恰相反，我是非常喜歡王朔的小說的，對於他的批評，我也給予一定的肯定，但是，僅憑生活積累以及感覺和悟性可以寫好小說，可以成為有名的作家，但僅憑生活積累、創作經驗以及感受和悟性絕不能寫好評論，絕不能成為一個有名的批評家，一個真正的合格的批評需要很多條件，包括對文學作品的良好感覺、欣賞水平，特別是理論的能力。而理論的能力則非一日之功，也絕非聰明能解決，它需要長期的訓練和積累，需要系統的學習。「作家批評」一個普遍的欠缺就是理論學養不足，因而其批評缺乏深度。這不是王朔一個人的問題，而是普遍的問題。

　　我個人很喜歡《白鹿原》，看小說，我想像作家在寫作時一定對很多問題思考得非常深刻，我想像作家對文學的理解也一定非常獨到，對作品一定經過了一番經心的構思。從作品中我們看到，《白鹿原》氣魄宏大，它寫出了中國社會複雜的階級關係、階級意識和階級鬥爭，表現出相當的人性深度。它反映了深層的中國傳統道德和人性的衝突與矛盾，揭示了中國社會的某種內在張力。它對中國文化的反映是全面而豐富的，特別是對中國傳統文化結構的剖析深刻而細緻，表現出了一種強烈的文化自覺意識。它還反映 20 世紀中國新舊文化的激烈衝突與鬥爭，有濃厚的傳統文化理想主義色彩，是一部「史詩」性的作品。但讀完作者的〈陳忠實創作申訴〉，我感到深深的失望，我覺得陳忠實不論是對於文學的理解，還是對於社會、歷史、文化的理解，都比小說所表現出來的要淺得多。我甚至不敢相信這些創作談和評論就是他寫的。當他說他為了寫這部小說而去看《中國近代史》時[18]，我感到很驚訝。因為具有深厚的

---

[18] 陳忠實：《關於〈白鹿原〉與李星的答問》，《陳忠實創作申訴》，花城出版

生活積累，他的小說是成功的，但批評卻是失敗的，失敗的根本原因就在於他並不具備批評家的理論素養，因而面對批評對象時他講不出什麼道理。據說賈平凹拙於言辭，但我想，在描述、敘述、講故事方面，賈平凹不會「拙」，在小說方面「拙」對於賈平凹來說是難以想像的，恐怕真正「拙」的是理論的表達。理論上的「拙」，正是當今「作家批評」普遍存在的問題。

當代中國文學批評明顯地可以劃分為「學院批評」和「作家批評」兩種類型，並且兩種批評在品格上涇渭分明，這與當代文學的格局以及文學理論的學科化歷程有很大的關係。其實，現代文學階段並不是這樣，那時的作家多是學者，搞文學研究的學者也作家化，但到了當代卻嚴重分化。當代文學創作與文學研究走的似乎是兩條不同的路，從事的似乎是完全不相干的工作，文學研究走的是大學之路、學術之路，被納入大學和研究所機制，學者對文學的知識和理解主要是通過文學理論教育和文學史的教育獲得的。文學創作走的是實踐之路，被納入了行政機構，歸作家協會管理，作家對文學理解和知識主要是通過文學創作實踐的摸索以及對經典文學作品的體驗和感悟而獲得的。而文學批評則分屬於這兩種體制，「學院批評」屬於大學體制，「作家批評」屬於作家協會體制。學者多是通過大學教育的方式訓練出來的，他們對文學理論的感覺遠好於他們對文學作品的感覺。而作家則是從廣闊的社會生活中成長起來的，是在文學創作實際中成就出來的，他們並沒有進行過系統的文學理論訓練，或者說這種訓練與他們的創作之間並沒有多大的關係。

正是因為如此，「學院批評」與「作家批評」在批評上表現出兩種完全不同的品格。90 年代之後，這種分裂狀況雖然有很大的

改善，但並沒有根本性的變化。我認為，要提升中國當代文學批評的水平，需要改變目前的狀況，包括，一方面要改變文學教育狀況，其中，應該重視學者的文學感受的培養。另一方面要改變作家的狀況，特別是提高他們的理論素養。

本文原載《思想戰線》2005 年第 3 期。《高等學校文科學術文摘》2005 年第 3 期「學術卡片」摘要。人大複印資料《文藝理論》2005 年第 11 期複印。《觀點・文學 2005》摘要，福建人民出版社，2006 年版。

提倡「唱反調」的文學批評

　　「唱反調」有有意刁難、無理取鬧的意味，還有譁眾取寵的意味。所以，在當代中國，「唱反調」的文學批評是一種很不受歡迎的文學批評。但我認為，「唱反調」的文學批評，對於克服和糾正文學批評的不正之風，對於促進文學創作的健康發展，具有重要的作用和意義，「唱反調」對於文學批評來說其實是一種很好的品質。當代中國文壇特別需要「唱反調」的文學批評。

　　法國批評家蒂博代把「唱反調」的文學批評稱為「求疵的批評」。在蒂博代的描述中，「求疵的批評」是下定決心要挑作品的毛病，不挑出毛病，批評家就好像顯得沒有水平或者沒有學問似的。蒂博代並引用了伏爾泰的一段話：「我們看到，在致力於文學發展的現代國家裏，有些人成為職業批評家，正像人們為了檢查送往市場的豬是否有病而設立了專門檢查豬舌頭的人一樣。文學豬舌檢查者沒有發現一個健康的作家。」[19]但當代中國的文學批評則完全相反，在中國文學批評家的筆下，似乎沒有一個當代的作家不是文學大師，似乎沒有一部作品不是優秀的作品，似乎每一作家以及每一作家的每一部作品都可以進入文學史的經典行列。文學「批評」完全變成了文學「表揚」，變成了文學的歌功頌德，變成了人際關係的工具。文學批評對於很多文學批評者來說，不是出於對於文學的責任，不是出於對於文學本身的熱愛，不是出於追求真理的信念，

---

[19] 蒂博代：《六說文學批評》，生活・讀書・新知三聯書店，1989 年版，第33 頁。

而是謀生的手段。既然文學批評是「謀生的手段」，那麼，最大限度地利用文學批評這種職業來謀取利益便成為順理成章的事。從這種人際關係和物質利益出發，「作揖主義」、「好好主義」便成為當代中國文學批評的普遍現象。其結果是，既害了文學創作，也害了文學批評本身。當代中國文學批評為什麼缺乏活力？為什麼沒有重大的理論建樹？為什麼沒有廣泛影響的文學批評大家？為什麼沒有產生文學大師？應該說這與文學批評本身的未盡職責也有很大的關係。

現在看來，中國現代文學之所以取得輝煌的成就，產生了那麼多優秀的作家，創作了那麼多經典性作品，原因當然是多方面的，但批評的監督作用功不可沒。概括起來，文學批評無非是兩種類型，一是表揚，對某些文學現象的肯定和正面提倡，對某些探索的鼓勵，對某些新的具有藝術性的文學的發現並指出它的藝術性之所在。二是批評，對某些不健康、錯誤、鄙俗、低級趣味、有損藝術聲譽的文學現象的批評，對文學創作中重複、抄襲、知識錯誤以及不道德現象的揭露。前者是肯定，後者是否定。肯定和提倡，扶持新人等固然重要，但批評和揭露文學創作中的不良現象也同樣重要。中國現代文學批評健全性的一個很重要的表現就是它既具有肯定性的批評，又具有否定性的批評。而「唱反調」的批評或「求疵的批評」就是否定性批評的一個很重要的類型。

實際上，「唱反調」的批評或「求疵的批評」在中國現代文學史上是一種非常廣泛的文學批評現象。在中國現代文學史上，沒有誰是不可以批評的，沒有哪一位著名的作家是沒有被批評的，不敢說每部（或篇）經典作品都被批評過，但至少可以說絕大部分的經典作品都被批評過，並且越是大名作家、越是大名作品越容易被批評。在中國現代現代史上，魯迅的名氣是最大的，文學成就是最高的，地位也是最高的，是公認的世界級的文學大師，毛澤東稱讚他

是中國現代的「聖人」。但恰恰是魯迅遭受的批評最多，從林紓、章士釗、陳源到蘇雪林，從各種文化名人到各種無名小卒，從封建頑固派，到封建復古派，到新文化運動的「右翼」，再到激進的「左翼」，我們能列出一長串的名單。魯迅的《吶喊》，是中國現代小說的奠基之作，更是公認的中國現代小說名著，但卻遭到成仿吾的激烈批評。成仿吾明明知道魯迅「是萬人崇仰的人，他對於一般青年的影響是很大的」，明明知道魯迅「名聞天下，門人弟子隨處皆是」，可以他就是要「幹眾怒」、「吹毛求疵」，就是要和普遍的「共識」「唱反調」。在成仿吾看來，「〈狂人日記〉很平凡；〈阿 Q 正傳〉的描寫雖佳，而結構極壞；〈孔乙己〉、〈藥〉、〈明天〉皆未免庸俗；〈一件小事〉是一篇拙劣的評論；〈頭髮的故事〉亦是隨筆體；惟〈風波〉與〈故鄉〉實不可多得的作品」。[20]郭沫若更大罵魯迅：「他是資本主義以前的一個封建餘孽」，「是二重的反革命的人物」，「是一位不得志的 Fascist（法西斯諦）」。[21]這已經不是「求疵」了，而近於人生攻擊了。

　　歷史自有公論，現在看來，成仿吾和郭沫若的批評在觀點和看法上是錯誤的，原因在於他們的文學觀過於偏狹，他們並沒有真正理解魯迅和魯迅的文學創作。但另一方面，他們對魯迅批評這本身並沒有錯。過去很長一段時間，凡是批評過魯迅的人，不管其批評的是錯誤的還是正確的，一律都遭到人生的打擊和政治上的迫害，這是非常荒謬的。郭沫若批評魯迅是法西斯，但政府的公安機關並不因此就把他抓捕起來；梁實秋說魯迅「領盧布」，這是絕對的不懷好意，是「政治構陷」，所以魯迅非常生氣，但當時國民黨政府和公安機關並沒有因此就把魯迅當作共產黨「嫌疑犯」。這說明當

[20]　成仿吾：《〈吶喊〉的評論》，《創造季刊》第二卷第二期（1924 年 1 月）。
[21]　郭沫若：《文藝戰上的封建餘孽——批評魯迅的〈我的態度氣量和年紀〉》，《創造月刊》第二卷第一期（1928 年 8 月）。

時的文學批評環境是正常的。在這種正常的文學批評環境裏，我認為什麼都是可以批評的，至於批評的正確與錯誤則由批評者個人負責，所謂「文責自負」是也。所以，不僅郭沫若、成仿吾批評魯迅應該被容許，其他一切魯迅批評都應該被容許。我認為，這些批評不僅不會損害魯迅的偉大，反而會成就魯迅的偉大。對於批評，魯迅一方面是反批評，並在反批評的過程進行正面的建構，魯迅雜文中很多精彩的篇章都是屬於這種反批評性的建構；另一方面，面對批評，魯迅常常會自覺地反省自己，反省使他不斷地學習，也不斷地進步，比如魯迅就是在和「左翼」文人的爭論過程中讀了很多蘇聯的文藝理論著作的，這些理論對於魯迅文學思想的全面性有很大的幫助。同時，批評也使魯迅非常慎重地對待他的寫作，盡量地嚴謹，以便不給論敵留下把柄。從長遠的效果來看，批評對於魯迅來說是一件好事，試想，如果沒有批評，魯迅還是現在的魯迅嗎？我們過去講魯迅，認為其最重要的品格之一就是其「戰鬥性」，而「戰鬥性」不正是在批評的過程中逐漸形成的嗎？

事實上，中國現代文學史上的著名作家絕大多數都曾被批評，魯迅是這樣，郭沫若也是這樣。沈從文曾專門寫過一篇〈論郭沫若〉的文章，這也是一篇「唱反調」的文章。沈從文認為：「郭沫若小說並不比目下許多年青人小說更完全更好。」「他不會節制。他的筆奔放到不能節制。」不能節制便是「廢話」，「所以看他的小說，在文字上我們得不到什麼東西」。由「節制」他還捎帶性地批評茅盾：「在國內作者中，文字的揮霍使作品失去完全的，另外是茅盾。」他批評成仿吾是「雄糾糾的最地道的湖南人惡罵」。沈從文對整個創造社的批評可以說是非常尖銳：「創造後出，每個人莫不在英雄主義的態度下，以自己的生活作題材加以冤屈的喊叫。到現在，我們說創造社所有的功績，是幫我們提出一個喊叫本身苦悶的新派，是告我們喊叫方法的一位前輩，因喊叫而成就到今日的樣子，話好

像稍稍失了敬意，卻並不為誇張過分的。」[22]現在看來，這可以說是太苛刻了，並且對錯參半。

沈從文的批評雖然有錯誤，其主要原因是從他自己的藝術愛好出發，以自己的文學標準為一切文學的標準，屬於典型的「作家批評」，是一種排斥異己的批評，有一己之見，但失之片面，但我仍然要為沈從文辯護，我認為這是正常的批評，對於作家來說，從自己的創作經驗出發，從自己對文學的理解出發，這是可以理解的，也是不可避免的。更為根本的是，這種文學批評對於整個文學事業來說，可以說是有益無害的。對於郭沫若和創造社的一些成員來說，這可以說是一種提醒，他們應該意識到「喊叫」在小說創作包括詩歌創作中的缺陷。沈從文的批評不會使郭沫若從根本上改變文學信念、改變創作方式，但它或多或少會對郭沫若有所影響，這對於郭沫若創作在情感上的「節制」應該說是有幫助的。

中國現代文學史上，不僅個人與個人之間的相互批評是一種普遍的現象，而且流派、社團之間的相互批評也是一種很普遍的現象。大的方面，保守主義、激進主義和自由主義相互之間存在著爭論和批評，小的方面，保守主義、激進主義和自由主義內部又有分歧和爭論。所以，中國現代文學史上，流派眾多、社團林立，文學理念、風格各異，因而批評和論戰比比皆是。新文學派與林紓之爭、與學衡派之爭、與甲寅派之爭、與鴛鴦蝴蝶派之爭，左翼文學派與新月派之爭、與「自由人」和「第三種人」之爭、與論語派之爭，文學研究會與創造社之爭，京派與海派之爭，語絲派與現代評論派之爭，「兩個口號」之爭，周揚與胡風之爭，關於大眾語文之爭，關於現實主義之爭，關於民族形式之爭等等，這些都是現代文學史非常有影響的爭論。

---

[22] 沈從文：《論郭沫若》，《沈從文全集》第 16 卷，北嶽文藝出版社，2002 年版，第 155、156 頁。

　　縱觀中國現代文學批評，我們看到，批評者的動機各種各樣，有純粹的文學愛好、文學信念、文學觀念的不同，有文化的原因，有政治的原因，還有個人的私怨以及文人幾乎是與生俱來的「相輕」。批評的程度也不一，有的激烈，有的溫和。批評的水平也參差不齊，有的有很高的理論水平，雖然最終來看未必正確，但必須承認它講得「有道理」，有的則純粹只是一種態度，甚至連「觀點」都稱不上，有的則純粹是個人攻訐，如狗吠吠，屬於雜音。但總體上，我們不能不說，這些批評對於中國現代文學和文學理論的建設與發展其作用是巨大的，它不僅豐富了中國現代文學，更重要的是使中國現代文學充滿了生機、創造和活力。在爭論中明辨是非，在批評中建構理論。文學和文學理論正是在這種批評中相互競爭、相互促進，從而出現了繁榮的局面，出現了一大批優秀的作家和作品。

　　但反觀當代文學批評，我們甚至可以用「死氣沉沉」來形容。沒有性格鮮明的文學流派，沒有具有獨立藝術主張的文學社團，沒有真正藝術觀念之間的交鋒。文學批評似乎變得高度統一，一種理論模式、一種文學觀念，批評模式的統一、批評標準的統一，甚至於批評的文風都非常接近。文學批評和爭論大多是「藝術內部矛盾」，即沒有藝術原則上的分歧，也沒有藝術根本觀念上的分歧，實際上是站在同一平臺內說話，不同的是極為局部的。有些文學觀點表面上看來似乎是尖銳地對立，但內在上卻驚人地一致。很多爭論都不是藝術觀念上的根本分歧，而是雞毛蒜皮的個人恩怨和雞毛蒜皮的個人趣味。對於某一部作品，大家不用通氣就會有共同的看法，並且好壞的標準和好壞的具體內容都是一樣的。批評家與批評家之間太和氣，批評家與作家之間太客氣。大多數的批評文章都是揀好的說，盡量往好處說，最後來點缺點作為點綴，以示公正。當今文壇上可以說充滿了太多的吹捧的批評，太多的肉麻的批評。批

評家的誠信度已經降到冰點，讀者已經不再相信批評家，作家也不再相信批評家。

在當代中國，「唱反調」的批評或者「求疵的批評」，可以說是「久違」了，已經變得非常稀有。「從眾」已經成為當代文學批評的「集體無意識」。如果大家都說某個作家好，有一位批評家跳出來說這個作家不好，那麼這個批評家肯定會遭到冷遇甚至嘲笑、譏諷。如果批評家仍然堅持己見、一意孤行，就會遭到孤立甚至圍攻，就會被排擠在文學批評圈之外，成為「另類」。另外，行政干預、半行政干預和其他種種非文學批評方式的干預仍然時有發生，這不僅使批評者感到精神上的壓力，也使發表批評文章的報刊雜誌有行政上的壓力。另一方面，對於批評，我們的作家有著太多的誤解，有著太多的敏感，太害怕批評，太承受不起批評包括不正確的批評，有「文革」、「草蛇症」或「驚弓症」，以為批評就是批判，就會遭來「殺身之禍」，就會身敗名裂，就會從此抬不起頭來。很多作家還是在「否定」的意義上來理解「批評」的。因此，批評家在評論時，不論是對人還是對己，都非常小心謹慎，盡量以和為貴。

其實，今天的文學批評環境雖然不能說絕對寬鬆，但批評家自由表達文學觀念，哪怕是錯誤的觀念還是被容許的，文學批評家不會因為文學觀念錯誤而遭受人生自由方面的壓力和限制，起碼公安機關不會按照批評家的指責包括政治指責去抓人。王朔曾經批評魯迅，認為魯迅的小說並不好，「蒼白」、「食洋不化」、「概念化」、「遊戲」，沒有寫長篇小說，屬於沒有「真本事」[23]，因而不是一個偉大的作家。這其實也是一種典型的「唱反調」的批評。王朔的批評讓很多人驚慌、憤慨，因而大加撻伐，一時甚至成為一個熱門話題。

---

[23] 王朔：《我看魯迅》，《王朔文集・隨筆集》，雲南人民出版社，2004 年版，第 124 頁。

王朔的批評引起了那麼多的議論和關注，這實際上反映了當代文學批評的不正常。對於王朔的批評，我絕對不同意他的看法，實際上，王朔並沒有真正理解魯迅，而且我認為就目前王朔所達到的藝術和思想的深度來說，他也不可能理解魯迅，在這一意義上，王朔的魯迅批評實際上是沒有必要認真對待的，也是不值得一駁的。但另一方面，我又極力為王朔的批評辯護，王朔有他表達觀念的權力和自由，並且有表達不正確觀念的權力和自由，當然王朔也必須承擔表達不正確的責任，必須承擔文學批評由於學養不夠從而給他帶來的聲譽上的後果。王朔對批評魯迅的意義不在於具體的觀念，而在於批評本身，在今天，敢於批評魯迅，敢於對魯迅提出不同的意見，這是王朔的了不起。

　　魯迅生前遭受到那麼多人的批評，且批評者中不乏名人包括政治名人、文化名人、文學名人，這麼多批評都沒能扼殺或摧毀魯迅，反而使魯迅愈來愈高大，難道王朔的批評能撼動魯迅嗎？如果王朔這樣的批評都能使魯迅受損，那魯迅還是魯迅嗎？所以，對於當代中國文學批評來說，關鍵還不在於如何批評魯迅，而在於魯迅是否可以批評。魯迅也可以批評，這才是批評的正常。「唱反調」的批評更在於監督作家、激勵作家、幫助作家。魯迅已經遠離我們而去，現在的批評不會對魯迅本人有影響，也不會從根本上改變魯迅。但對於當代作家來說，批評的作用和意義就不同，批評將使作家對他的寫作非常慎重。當今文學，低水平重複比比皆是，模仿成風，抄襲時有發生，這其實是批評的嚴重失職。對於有些偷懶的作家，對於有些自我感覺過好的作家，對於有些心術不正的作家，尤其需要尖刻的批評。

　　最近讀了李建軍先生的《時代及其文學的敵人》[24]一書，對於他的很多觀點，我都不同意，我認為它明顯具有某種偏執，主要體

---

[24] 李建軍：《時代及其文學的敵人》，中國工人出版社，2004 年版。

現在他對於賈平凹的批評和對於先鋒文學的批評。老實說，我不同意他關於《廢都》和《懷念狼》的總體評論，也不同意他對於賈平凹後期創作的基本估計和定位，賈平凹的創作當然存在著某些問題，包括知識方面的問題，即我們通常所說的「硬傷」，但他作為當代中國文壇大作家的地位是不能否定的，他是當代中國少數的幾位重量級作家。從《廢都》和《懷念狼》，賈平凹在創作上有很大的變化，這種變化不是退步了，而是進步了，在藝術上成熟了，在思想上更加豐富從而具有了立體感和深度，表現了更多的探索，具有了更多的現代性意味，也更加耐讀。當然有些嘗試和探索富於爭議，不論是出於某種現實的原因，還是出於藝術的原因，這都是可以理解的。我覺得李建軍先生批評賈平凹的標準過於傳統，有過多的個人藝術愛好和個人藝術趣味的成分在裏面。

但另一方面，對於李先生的坦誠、大膽、勇氣、探索、不怕得罪人，我又懷著一種深深的敬意，對於李先生對當代文壇的憂慮、對文學批評的執著、傾盡心力，我同樣懷著深深的敬意。我非常欣賞李建軍先生的這種「直諫式」的批評，我覺得當代文壇需要這樣一種尖銳的批評，不論是對於文學批評本身還是對於文學創作，它都是好事。李建軍先生的文章很有氣勢，富於感染力，文筆也很優美。他提出了很多重要的問題，他的很多描述都符合當代文學的創作實際，他的很多批評也是一針見血的，值得我們深思。

趣味無爭辯，我本人比較喜歡賈平凹的小說，但這構不成反對別人不喜歡賈平凹的理由。的確，趣味不同、愛好不同、理論基礎不同、批評標準不同，對於作家和作品的評價肯定也會有很大的差異。更進一步，對於賈平凹來說，由於他的創作在藝術風格、思想主題、表現手法等方面都有很大的變化，所以對於他不同時期的創作肯定也會有不同的評價。其實，不只是評論賈平凹是這樣，對於大多數作家的評論都存在著這一問題。在這一意義上，我雖然不同

意李建軍對於賈平凹的總體評價，但我充分尊重他的觀點，特別是尊重批評本身，這是批評家的權力和職責。這是正常的批評，我們應該保護這種批評。對於賈平凹這樣知名的作家，過去的批評缺乏尖銳性，這恰恰是不正常的。我覺得作家本人也應該對這種批評抱著善意，也應該理解這種批評。

　　就像政治需要監督一樣，文學也需要監督。政治如果沒有監督就會出現腐敗，文學如果沒有監督同樣也會腐敗。文學的腐敗不同於政治的腐敗，主要表現為作家在文學精神乃至整個人文精神上的墮落，甘於平庸，不思進取，小有成績便沾沾自喜、自滿自得。如何防止文學的腐敗，文學批評則是最重要的監督之一，而「唱反調」的文學批評作為文學批評中的「反對派」，其監督性尤其不可或缺，不論是對作家來說還是對文學批評本身來說，它都是一種監督。為什麼那麼多作家敢粗製濫造，甚至抄襲，應該說這與文學批評的缺乏有效的監督有很大的關係。「唱反調」的文學批評，其意義和作用是雙重的，對作家及其文學創作是一種制約、激勵和壓力，對文學批評本身則具有反思性和挑戰性。在中國現代文學史上，文學批評吹毛求疵，挑毛病可以說是普遍的現象，只有能言之成理，便可以得到認可，便可以獲得聲譽，便可以流傳，這可以說是社會對這種「唱反調」文學批評的一種獎勵，這種獎勵的後果之一便是促進文學的繁榮。

　　中國當代作家在作家的層面上可以說過得太輕鬆了，也太容易了，只要寫出幾部甚至幾篇像樣的作品就能出名，就能成為知名的作家。有的作家，甚至根本就沒有像樣的作品，但卻莫名其妙地成了「知名作家」。中國的作家，一旦出名便會終身受益，一旦成名便會被國家養起來，便會終身不愁飯碗的問題。在中國，從事文學事業的人很多，但卻缺乏激烈的競爭，不管什麼人，似乎只要願意，

就可以在文學這個行當裏混飯吃，所以，文學界實際上充斥著「閒人」。

中國當代文學整體上還非常落後，其重要的表現就是缺乏大師級的作家和具有廣泛影響的藝術精品，所以，中國文學要走向世界先進水平，還需要艱苦的努力。但現實卻是，我們的作家整天生活在自得之中，生活在社會的恩寵之中，自我感覺良好的作家太多了，他們沒有藝術精神上追求創造這一層面的痛苦，他們對人類社會的痛苦缺乏敏感，更不能承載社會的痛苦。他們在思想上缺乏先覺性，豈但不是「先知先覺」，簡直就是「後知後覺」，因為他們不是走在時代思想的前面，而是走在思想的後面，當代文學中可以說充滿了思想上的「媚俗」。在我們的作家和批評家的意識中，似乎到處都是文學大師，似乎每個作家都是大作家。

當代中國文學的這種不爭氣狀況與當代中國文學批評的過於溫和有很大的關係，作家們缺乏深刻的思想、缺乏進取的精神，享樂主義至上，不願意讀書、不願意學習，在知識儲備上嚴重地不足，在一定程度上，也是我們的批評家太客氣或者說姑息遷就所至。我們的文學批評家並沒有盡到批評的責任。對於那些陳舊的藝術觀念，重複性的創作，沒有創造性、沒有新鮮意義的創作，我們的批評家不敢批評。生活中的和氣和團結是好事，但文學批評上的團結和一團和氣絕對不是好事，當代中國文學批評太客氣了，太一團和氣了。一味地表揚，對作家和整個中國文學事業都是不利的。中國當代文學需要尖銳的批評，需要「唱反調」的批評。當今中國不論是政治環境還是文化環境，都為這種「唱反調」的文學批評不至於濫用提供了保障。

本文原載《內蒙古社會科學》2006 年第 2 期。人大複印資料《文藝理論》2006 年第 8 期複印。

淪陷區文學運動與文學理論批評初論

　　淪陷區是指中國從 1931 年「九·一八」事變起到 1945 年抗日戰爭結束這段時間先後被日軍佔領的地區。淪陷區是一個不斷擴大的範圍，最大時包括東北、華北、華東、華南、華中五大地區以及臺灣，其地域之廣闊達大半個中國，當時的政治經濟文化中心城市南京、北京、上海、武漢、廣州等都在這一區域內。相應地，淪陷區的文學運動與文學理論批評則是指這一地域內的帶有普遍性的文學創作和文學理論批評，可以相應地劃分為東北、華北、華東、華南、華中以及臺灣等幾個地域板塊，也可以從時間的角度進行階段性的劃分。但由於論題的需要，這裏，我主要從宏觀的角度、比較的角度，把淪陷區文學及其文學理論批評作為一個總體來進行研究，地域上相對應的國統區文學及其文學理論批評、解放區文學及其文學理論批評，性質上相對應的抗戰文學及其文學理論批評，將始終是我們論述問題的或隱或顯的參照系或座標。上海「孤島」文學及理論不在此研究範圍內，但仍然是我們研究問題的重要背景。

　　淪陷區的文學運動與文學理論批評在整個現代文學研究和現代文學理論批評研究中還是一個非常薄弱的環節，特別是淪陷區的文學理論批評研究，至今幾乎還是空白，未見有專著出版和論文發表。其實，淪陷區的文學運動與文學理論批評在地域上和國統區、解放區的文學運動與文學理論批評是三足而立的，在成就上，它雖然與後兩大地域不可同日而語，但它的文學運動與文學理論批評的客觀存在卻是不能否定的。據有人統計，不包括臺灣在內，淪陷區

「淪陷時期出版的作品集在六百種以上，文學刊物（包括以文學為主的綜合性雜誌）在一百五十種以上，有影響的作家有百餘人」。[25]這個期刊數肯定是保守的。又據有人統計，「華東淪陷區的文藝和以文藝為主的期刊」僅查到的就有三百零四個，這裏所謂「華東」是一個區域概念，包括上海「孤島」和臺灣，其中「孤島」的期刊有一百多種，「為整個上海淪陷期間文藝雜誌的半數」，「『孤島』之外上海淪陷時期以文藝為主的雜誌也有百餘種」。[26]而華北淪陷時期以文藝為主的期刊有一百七十七種，其中文藝期刊八十二種[27]。再加上東北、華中、華南等淪陷區的文藝和以文藝為主的期刊，就是一個不小的數目。眾多的文藝和以文藝為主的期刊，充分說明了淪陷區的文學是一個不能忽視的事實。

　　問題是如何研究和評價淪陷區的文學運動與文學理論批評。因為被遺忘，有意聳人聽聞，無限地誇大它，像美國有學者「認為1937 年～1945 年中國真正有價值的現代文學是產生在淪陷區的作品」[28]，這是錯誤的。但完全漠視它、忽略它，甚至因為政治上的原因而有意地貶低它，也是不正確、不公正、不客觀的。研究淪陷區的文學運動與文學理論批評，既要看到它在絕對歷史維度上的不足，即在整個中國現代文學史和文學理論批評史上，淪陷區的成就和影響都絕對性地不大，但同時也要看到淪陷區的文學運動與文學

25　徐西翔、黃萬華：《中國抗戰時期淪陷區文學史》，福建教育出版社，1995年 7 月版，第 1 頁。

26　封世輝：《華東淪陷區文藝期刊概述》，《中國現代文學研究叢刊》1994 年第 1 期。

27　封世輝：《華北淪陷區文藝期刊鉤沈》，《中國現代文學研究叢刊》1993 年第 1 期。

28　小愛德華：《被冷落的繆斯──1937 至 1945 年的中國現代文學》，參見徐西翔、黃萬華：《中國抗戰時期淪陷區文學史》，福建教育出版社，1995 年 7月版，前言。

理論批評是在特定的歷史條件下生存和發展的，要看到它相對性的成就。抗戰期間，除了像周作人這樣極少數的大名作家還滯留在淪陷區以外，當時比較有名的作家和文藝工作者絕大多數都撤退到了後方，留在淪陷區的大多是一些「文學青年」和一些不太知名的作家、文藝工作者。可以說，淪陷區的文學運動與文學理論批評是在文化「大逃亡」之後的文化荒地上重建起來的，最後能取得如此的成就，應該說相當的不易。同時，我們還應該特別考慮到淪陷區的政治文化背景，中國人民在日本法西斯軍國主義統治下，其生存環境是異常嚴峻的，文化在鐵蹄下苦苦掙扎，其情形可以想見是何等的艱難。文學和文學理論與現實的關係是最為密切的，在這樣一種嚴酷的政治環境下，它處處受到壓抑和限制，不可能產生魯迅那樣的民族魂似的大師級作家和理論家，是顯而易見的事實，正如有人所說，淪陷區是一個「低氣壓的時代，水土特別不相宜的地方」[29]。所以，在這種情況下，我們就不能簡單地用過去的兩大標準來評論和研究淪陷區的文學運動與文學理論批評。對於淪陷區的文學運動與文學理論批評，民族標準應該是第一標準，在異族的軍事、政治、經濟的高壓統治下，文學仍然保持民族的血脈，仍然保持民族的文學傳統，在內容和形式上仍然具有民族的特色，無論是用長遠的歷史尺度來衡量還是用短期的政治功效尺度來衡量，都是值得肯定的。冒著生命危險，甚至置生命於度外，勇敢地和侵略者進行抗爭，這固然是英雄，值得欽佩和敬仰，但在無奈的情況下，採取不合作的態度，心理上的不屈服，以保持民族特色為反抗方式，這卻是普遍的方式，也是比較現實的方式，這同樣是值得肯定的。在淪陷這種特定的背景下，逃避也是一種反抗。政治的標準絕對是需要的，對於出賣民族利益、投靠敵人、賣國求榮的漢奸文學和文學理論，

---

[29] 迅雨：《論張愛玲小說》，《萬象》3 年 11 期（1944 年 5 月）。

無論它多麼有藝術性和理論的深度,都是不可能令國人原諒的,這是全世界的共同標準。但對於淪陷區和後方,顯然不能用同一個政治標準。對於後方來說,抗日是一般的標準,而對於淪陷區來說,就是高標準了,所以,同樣是抗日,淪陷區的抗日文學與文學理論比後方的抗日文學和文學理論更具有英雄主義的色彩。

1937～1945 年,中華民族處於生死存亡的關頭,在文學和文學理論上,抗戰顯然是非常顯著的特點,也是這一時期最重要的成就之一。但這時的文學顯然不只是抗戰。不論是在解放區、國統區還是淪陷區,都存在著「與抗戰無關」或者與抗戰沒有密切關係的文學和文學理論,而且,非常有意思的是,抗戰期間,三大地域的最高文學成就恰恰都不是抗戰文學,解放區的最高文學成就是工農兵文學;國統區的最高文學成就是諷刺文學、暴露文學的「七月派」文學;淪陷區的最高文學成就是鄉土文學、諷刺文學、洋場文學。這一時期最有名的作家主要有趙樹理、艾青、張天翼、沙汀、艾蕪、路翎、張愛玲、錢鍾書等,這些人顯然都不是因為抗戰文學(狹義的)而成名的。具體對於淪陷區文學,情況也是非常複雜的,既有抗戰文學和文學理論,也有非抗戰文學和文學理論。

大致來說,淪陷區的文學運動與文學理論批評主要有這樣一些內容和特點:

(一)旗幟鮮明的抗戰文學在淪陷區是存在的,比如程造之的長篇小說《地下》、谷斯範的長篇小說《新水滸》,但這畢竟不是淪陷區普遍的文學現象。同樣是抗日文學,淪陷區的抗日文學不同於國統區和解放區的抗日文學,它不是直接的,不表現在激烈的言辭上,沒有明顯的憤激的情緒,而是曲折的、深沉的、內在的抗爭。正如有的專家所指出(在淪陷區文學中):「同敵偽統治直接對抗的逆鱗之作並不多見,而大多數採取曲折的抗爭方式。……較多的作品致力於『心理的抵抗』的開掘或描寫種種蘊含著民族復蘇生機的

傳統民風，其中潛行著某種民族正氣。……『隱忍』、『深藏』也成為相當多作品的特色，表面似乎對現實統治採取冷眼旁觀的態度，實際上深藏著對日本帝國主義的不滿、反抗，對現實的憤憤不平。」[30]比如廣泛盛行於東北華北淪陷區文壇上的「鄉土文學」，就是通過對祖國風俗民情的真實描寫，通過對民族性、國民性的發掘和高揚來抵制日本帝國主義的侵略文學，表現出對民族命運的深深的憂慮，從而具有抵抗的性質。

在淪陷區，在理論上明確提出「文學抵抗」的就更少。在日本帝國主義文化的高壓統治之下，整個淪陷區的文學理論與批評表現得非常慘澹和蕭條，因為比起創作來，理論更缺乏含蓄和隱諱的特點，所以在理論上直接提出文學的抗日就更具有生存的困難、更冒險、更缺乏可能性。因此，和文學上的曲折抗日一樣，淪陷區的抗日文學理論也表現出一種深藏和內在的特點，它主要通過提倡民族性、現實性、國民性來抵抗異族統治和異族的文化滲透與侵略。倡導「鄉土文學」，強調堅持五四新文學傳統和保持傳統民族文學的血脈，強調現實主義的創作原則等，都可以看作是這種特徵的表現。

(二)漢奸文學及其理論則是淪陷區文學和文學理論的一個獨特現象。什麼是漢奸文學？毛澤東說：「文藝是為帝國主義者的，周作人、張資平這批人就是這樣，這叫漢奸文藝。」[31]這其實還比較籠統，不能算作是對漢奸文學的定義，比如周作人，他作為漢奸是確鑿無疑的，但他在當漢奸時的文學是否就是漢奸文學，顯然還是有爭議的。我認為，所謂漢奸文學，是指中國人寫的，配合異族的政治、文化侵略的，出賣民族利益的文學，比如 1934 年東北出

---

[30] 徐西翔、黃萬華：《中國抗戰時期淪陷區文學史》，福建教育出版社，1995年 7 月版，第 24 頁。

[31] 毛澤東：《在延安文藝座談會上的講話》，《毛澤東選集》第 3 卷，人民出版社，1991 年 6 月版，第 855 頁。

版的劇本《王道光》、1943 年 1 月在北京出版的配合華北第五次治安強化運動的短篇小說徵文集《短篇小說展覽會傑作集》、1942 年 3 月武漢出版的劇本《三個方向》、1943 年 7 月廣東出版的《和平劇集第一集》、1944 年 4 月蒙古自治邦政府弘報局出版的《適用劇本第三集》（內收《感謝皇軍》、《八路軍的醜惡》等劇）等是典型的漢奸文學。在淪陷區，在日本帝國主義直接策劃、操縱、強制推行、壓迫、引誘下，漢奸文學並不是個別的現象，而形成一種思潮或運動，這是客觀存在，雖然我們今天極不情願承認這一事實。在淪陷區，上有汪偽政府，下有漢奸團體，漢奸形成一套完整的機制，有漢奸思想，有漢奸運動。在文學上，有漢奸文人、漢奸文藝雜誌、漢奸文學團體、漢奸文學理論，還有所謂「年會」、所謂「紀念會」、所謂「座談會」、所謂「有獎徵文」等，漢奸文學及其理論可以說有聲有色，是一種帶有普遍性的運動或思潮。

　　漢奸文學在理論上主要是所謂「和平文學」和「大東亞文學」。「和平文學」在理論上主張用文學來宣傳和平思想，使文學「透過了和平、反共、建國的理論」，「替和平運動，定更良好的根基」[32]。「大東亞文學」理論是「大東亞共榮圈」法西斯政治理論的派生物，它主張整個大東亞文學為一個整體，而日本則是這個東亞一體的霸主，宣傳只有以「先進」的日本為領袖，才能「復興中國」、「建設東亞」。在內容上要求文學為「大東亞戰爭」服務，宣傳所謂「共存共榮」的思想，美化日本的侵略行徑，反共，煽動中國人仇視英美。由偽新民會主辦的《新民報》宣稱其刊物和宗旨是：「欲於唇口筆墨之微力，促成今日東亞之偉大的建設事業，掃蕩現在殘餘之共黨，排斥世界兩大惡魔：共產主義與資本主義。」[33]周作人說：

---

[32] 林蓬：《建立和平文藝》，《中華日報‧文藝副刊》1940 年 2 月 4 日。另可參見黎風《關於和平文藝諸問題》，《中華日報‧文藝副刊》1942 年 1 月 31 日。

[33] 見《新民報》（半月刊）1939 年 6 月 1 日。

「新中國文學復興之途徑沒有第二條，這與新中國之復興走的是同一條路。……文學是文化的一部門，文化的進路不能與政治分歧，那麼文學也是如此。」[34]周作人的文章寫得很恍惚，但意思還是看得出來的。把文學和法西斯政治緊密地捆綁在一起，這是「大東亞文學」理論的最本質特徵。上面所提到的劇本《王道光》可以說是體現這種漢奸文學理論的「典範」作品，它寫一個叫田元良的農民，因為躲債上山當了土匪，幾年後他下山看妻兒，發現他的家鄉在日本人的「王道」治理下變得非常美好，人人快樂幸福，簡直就是天國，他非常感動與感激，於是下定決心做良民。

　　漢奸文學理論以「和平」為幌子，泯滅中國人民的抵抗意識，而又以「復興」、「繁榮」為誘導，號召中國人民進行「大東亞戰爭」，完全是顛倒正義戰爭與非正義戰爭，是強盜邏輯。但它當時卻迷惑了很多人，包括很多文學青年和一部分知識份子。所以，研究淪陷區的文學運動與文學理論批評，漢奸文學運動與文學理論批評作為一種客觀存在，是不能忽視的。

　　（三）鄉土文學及其理論是淪陷區在特定環境下的最重要的成果之一。淪陷區的鄉土文學最早開始於臺灣，30年代末40年代初在東北和華北盛行，形成一股潮流，代表作家有賴和、鍾理和、疑遲、山丁、秋螢、黃軍、范紫、關永吉、馬驪等。中國現代文學的「鄉土小說」是由魯迅首開風氣的，它在20年代形成為一種文學潮流。但20年代的中國鄉土小說主要是一種藝術上的探索和題材上的開掘，而淪陷區的鄉土文學則不同，它除了藝術和題材的意義以外，還有一層明顯的反抗日本帝國主義文化侵略的政治色彩。賴和的鄉土文學，其目的就與日本的「皇民文學」分庭抗爭。在東北

---

[34] 周作人：《新中國文學復興之途徑》，《中國文學》創刊號，1944年1月20日。又見陳子善、張鐵榮編《周作人集外文（1926～1928）》，海南國際新聞出版中心，1995年9月版，第589頁。

淪陷區，山丁和秋螢在 1937 年系統地提出「鄉土文學」的主張：
要寫出「我們一大部分人的現實生活，我們的鄉土」[35]，要「暴露
鄉土現實」，寫「平凡的市鎮和平凡的鄉下」[36]，「能使我們嗅到強
烈的土巴味」[37]，其意在於抗衡日人的「移植文學」理論。鄉土文
學理論還提倡「描寫真實」。聯繫淪陷區的特殊政治背景和日偽提
倡粉飾現實阿諛「太平」的特殊文學背景，我們可以看到，山丁等
人提出「鄉土文學」理論，具有明顯的民族對抗意識，它以「暴露
現實」對抗「粉飾現實」，以濃郁的鄉土色彩高揚民族意識。

　　鄉土文學理論的反抗性在華北淪陷區的關永吉等人的文學理
論批評中表現得更為直接。關永吉對「鄉土文學」的定義是：「任
何一個國家，都有其獨自的國土（地理環境），獨自的語言、習俗、
歷史和獨自的社會制度。由這些歷史的和客觀的條件限制著的作
家，他在這國土、語言、習俗、歷史和社會制度中間生活發展，其
生活發展的具象，自然有一種特徵。把握了這特徵的作品，就可以
說是『鄉土文學』。」[38]之所以提倡鄉土文學，關永吉說：「我們要
把今日地方的文壇活動歸復於主流，而且使之健康發展，所以在題
材上提出『鄉土文學』，求其擴展視野，抓取現實。此處之所謂『鄉
土』，並非單純的農村之謂，乃是說的『我鄉我土』。」[39]這裏，意
思比較明確，「鄉土文學」既是從文學上的復興的考慮，但同時也
是從政治上的抵抗的考慮，關永吉後來說得更清楚：「我們提出『鄉

---

[35] 山丁：《鄉土文學與〈山丁花〉》，《明明》1937 年第 7 期

[36] 山丁：《〈山風〉後記》，《山風》，長春益智，1940 年版。

[37] 山丁：《〈大凌河〉序》，轉引自嶽玉傑《試論梁山丁的鄉土小說》，《中國現
代文學研究叢刊》1993 年第 1 期。

[38] 上官箏（關永吉）：《揭起鄉土文學之旗》，《華文大阪每日》（半月刊）第
11 卷第 1 期（1943 年 7 月 1 日）。

[39] 上官箏（關永吉）：《再補充一點意見——答巴人先生的一封公開信》，《中
國公論》第 9 卷第 3 期（1943 年 6 月）。

土文學』的要求，其動機和企圖，是認為『鄉土文學』是克服今日文壇墮落傾向的唯一武器，才拿這武器來引導今日的新文學運動，復歸於歷史的主流。……我們所需要的『鄉土文學』，是要正確的認識現實，把握現實，而且在形式和內容上，要徹頭徹尾的現實主義和具備民族底的與國民底的性格。」[40]國民性、民族性、現實性，這幾乎就是鄉土文學的代名詞。林榕說：鄉土文學「最重要的是國民性和民族性兩點。國民性是由一個國家傳統的風俗習慣而來，民族性是由種族歷史的進展而獲得」[41]從這些論述來看，淪陷區的鄉土文學理論不僅僅只是繼承了五四時期魯迅等人鄉土文學理論的傳統，同時還在內容上有所豐富、深化和發展，這是淪陷區的文學理論的重要成就之一。更重要的是，在特定的歷史背景下，淪陷區的鄉土文學理論表明的是一種對於現實的政治、文化處境的反抗意識，隱含著民族主義立場，具有抵抗性質。

　　（四）現實主義文學及其理論是淪陷區文學理論很重要的內容。在淪陷區，除了漢奸文學是虛假的偽浪漫主義以外，其他文學都具有很深厚的現實主義的特徵，「鄉土文學」是這樣，抗日文學是這樣，都市文學是這樣，就是和現實政治比較「疏離」的「純情」文學、洋場文學、通俗文學等都表現出一種強烈的現實主義特點。比如錢鍾書對知識份子心理的發掘、對人情世態的精緻入微的觀察和表現，張愛玲對中產階級生活和心理的細緻刻畫和描寫、對資本主義社會中封建性生活的反映，予且對愛情婚姻生活的解剖，蘇青對「現代」家庭日常生活特別是家庭女性的日常生活的反映與剖析等等，都顯然是屬於現實主義的。就是一向沉溺於才子佳人、打鬥

---

[40] 上官箏（關永吉）：《鄉土文學的問題》，《中國文藝》第 8 卷第 4 期（1943 年 6 月）。

[41] 林榕：《新文學的傳統與將來——兼論鄉土文學》，《中國公論》第 10 卷第 3 期（1943 年 12 月）。

豪俠等虛幻世界的言情、武打文學，在淪陷這種殘酷的環境中，也
失去了往昔的那種悠閒和輕鬆，從而表現出一定的現實主義特徵。
比如一向以商業趣味迎合讀者、逃避現實的「鴛鴦派」，這時也開
始面對現實，「鴛鴦派」的最重要人物之一周瘦鵑 1943 年重新創辦
《紫羅蘭》通俗文學月刊，在創刊號的〈寫在《紫羅蘭》前頭〉一
文中聲言該刊的原則是「趣味與意義兼顧」[42]，在第 8 期則進一步
聲明：「這些年來，兵連禍結，天天老是在生活線下掙扎著，哪裏
有這閒情逸致侈談戀愛呢？」因而強調「態度嚴肅，並且一些沒有
肉麻的意味」[43]。事實上也是，比起從前，這時的《紫羅蘭》，其
大多數作品明顯地比較貼近生活，比較注意把審美趣味和特定的時
代文化內涵和心理特徵結合起來。

　　現實主義文學是中國古代文學的傳統之一，也是五四新文學最
重要的特色之一，在理論上，經過茅盾等人的建樹，現實主義文學
理論在抗戰之前就已經非常成熟，達到了中國現代文學理論批評的
高峰。所以，在理論上，淪陷區對於現實主義文學並沒有什麼特別
的貢獻，也很難有什麼特別的貢獻。它主要是如何堅持現實主義創
作原則並把它貫徹到創作中去的問題。有所不同的是，在淪陷區，
現實主義具有雙重意義：既有文學理論上的進步的意義，也有政治
上的抵抗的意義。現實主義文學是一切進步文學的共同特點，只要
堅持現實主義的原則，就必然勇於面對現實從而反映和表現現實，
具體於淪陷區，只要堅持現實主義的創作原則，就必然要反映日本
侵略軍的統治暴行，就必然要反映淪陷區人民在鐵蹄下掙扎的殘酷
與困苦，這就是恩格斯所說的「現實主義的勝利」[44]。這是第一方

---

[42]　《寫在〈紫羅蘭〉前頭》，《紫羅蘭》創刊號（1943 年 4 月 1 日）。
[43]　《寫在〈紫羅蘭〉前頭》，《紫羅蘭》第 8 期。
[44]　恩格斯：《致瑪‧哈克奈斯》，恩格斯認為巴爾扎克在政治上有偏見，但
　　他嚴格地遵守現實主義的創作方法，寫出了偉大的作品，這是現實主義

面的進步意義。另一方面，在淪陷區提倡並堅持現實主義的創作原則，又有一種對日偽反動文學理論的抵抗的意味。關沫南說：「新的文學之創造的美學基礎，是站在社會現實的生活上，積極地發掘我們的現實，以忠實的美學觀點，來忠實的觀看人生，忠實的描寫生活。」[45]「真的文章」要由「真的生活者」來寫[46]。又說：「只一味地寫『感謝情調』的讚歌」的「國策文學」是「最卑劣的，是文學本身的價值上所最唾棄的」[47]。這顯然不是單純的現實主義文學理論，其政治色彩也是很明顯的。

（五）洋場文學、都市文學、幽默和諷刺文學等和時代、現實比較「疏離」的文學，是淪陷區最有特色、也是最有成就的文學。我們之所以認為，在同一時期，淪陷區文學可以和解放區文學、國統區文學鼎足而立，其最大的理由就是有這些文學作為根據。錢鍾書、張愛玲、師陀、蘇青、張秀亞、楊絳、李健吾等都在中國現代文學史上佔有引人注目的地位，他們以其作品而名垂中國現代文學史，缺少了這些人，中國現代文學史是不全面的，也是缺少一些色彩的。

總的來說，這類作品在藝術上主要表現為個人主義、唯美主義、趣味性、富於詩意與哲理，面對現實但卻避開敏感的政治問題，而多寫愛情、婚姻、家族，主要在人情、人性、人的心理等方面進行深層的挖掘與表現。比如華北淪陷後第一個純文藝刊物《朔風》明確表示「不談政治時事」，除「向中上階級供給一些精神的糧食」

的勝利。《馬克思恩格斯選集》第 4 卷，人民出版社，1972 年版，第 461-463 頁。

[45] 關沫南：《論文學創造的美學基礎》，轉引自徐西翔、黃萬華《中國抗戰時期淪陷區文學史》，福建教育出版社，1995 年 7 月版，第 649 頁。
[46] 關沫南：《漫話文章》，《青年文化》1945 年第 1 期。
[47] 關沫南：《我們要什麼樣的文學》，《大北新報》1938 年 3 月 4 日。

外,「毫無其他作用」。[48]與《朔風》約略同時的文藝性刊物《沙漠畫報》也公開申明:「惟以趣味為主且請勿傷大雅,含政治色彩者,希勿見惠。」[49]當時華北淪陷區影響最大的刊物《中國文藝》則標榜「坦白性和純潔性」,明確宣稱不刊載「含有某種宣傳作用的東西」[50]。華東淪陷區的文學的這種特點更明顯,蘇青說:「我對於一個女作家寫的什麼『男女平等呀,一齊上疆場呀』就沒有好感,要是她們肯老實談談月經期內行軍的苦處,聽來倒是入情入理的。」[51]具體地,張愛玲、蘇青主要追求日常生活的情趣,爵青、袁犀主要是表現人生的哲理,關注人的生存、人的心理結構、人的本能等問題,楊絳的喜劇則在輕鬆幽默的背後深刻地表現出了世態炎涼、人情冷暖等等。

　　我認為,淪陷區文學的這種特點,既是作家在藝術上的自由選擇,同時也是作家們在現實政治環境的重壓下不得已的一種自我保護之計。比如華北淪陷區的文學在散文上特別活躍,這除了一些藝術的原因以外,其實,也有一些特殊環境逼迫的意味,有人說:「散文隨筆的範圍較廣,所寫的內容是『宇宙之大,蒼蠅之微』,無所不包。同時,以個人生活為主,不至於牽涉到另外的事情;寫的是自己生活中的瑣事,用不著擔心意外的麻煩。」[52]所謂「意外的麻煩」,其意思明眼人一眼就能看出來。但是,也正是因為這種避世傾向、唯美主義、世俗化、個性化、追求純藝術,淪陷區文學在藝術上意想不到地取得了很高的成就。當無法在思想上、在重大社會事件上有所作為時,他們便躲進「象牙之塔」,主要在藝術技巧上、

---

[48]　《朔風室箚記》,《朔風》創刊號(1938 年 11 月 10 日)。
[49]　《朔風室箚記》,《朔風》創刊號(1938 年 11 月 10 日)。
[50]　《朔風室箚記》,《朔風》創刊號(1938 年 11 月 10 日)。
[51]　蘇青:《浣錦集後記》,《浣錦集》,四海出版社,1944 年 7 月版。
[52]　吳樓:《我們的毒舌》,《吾友》第 43 期。

在人情世態上、在日常生活上，在一些中性的題材上，有所突破、開拓、發掘和貢獻，因此，其作品從內容到形式各個方面都具有某種恆久性，這正是他們在藝術上成功的一個很重要的原因。淪陷區的文學和解放區文學、國統區文學走的不是同一條路子，這是被迫和無奈，但卻正好自成一家，形成自己獨特的風格。五四以來，中國現代文學始終和中國現代政治緊密地連在一起，淪陷區的文學被迫與政治疏離，而在愛情、婚姻等日常生活、家庭瑣事等這些所謂「永恆」的題材和主題上進行開掘，正好填補了五四新文學的一些空白。時過境遷，當民族仇恨的切身感受被疏遠、這些作品的寫作背景被淡化之後，重讀這些作品，其藝術技巧上的嫻熟、精巧、完美，真是讓人感到震驚。當時，這些作品是人們茶餘飯後的很好的消遣，今天，它仍然是人們茶餘飯後的很好的消遣。新時期以來，中國現代文學研究不斷地在這個領域有新的「發現」，就是在這種意義上的。其實，與其說是「重新發現」，還不如說是被「遮蔽」了。

　　淪陷區文學是中國現代文學研究中一個薄弱的環節，而淪陷區的文學運動與文學理論批評更是很少有人涉足，本文試圖有所突破，提出一些不同的看法，歡迎批評。

　　本文原載《海南師範學院學報》2000 年第 1 期。《文藝理論》2000 年第 6 期。

學術「情理化」批判

　　在當今學術界，普遍存在著一種學術情理化的傾向。這裏，我所說的「情理」是一個和「學理」相對應的概念。所謂「學術情理化」，指的是把學術問題日常生活化，不是從學術理論上探究學術問題，而是用日常生活的簡單道理來講述學術問題。這樣，複雜而深邃的學術理論研究便被簡化為和吃飯、穿衣服相類似的簡單行為，學術道理變成了吃飯、穿衣服的道理。一段時間內，歷史散文非常流行，歷史通過散文的方式得到了非常方便的傳播，散文歷史化以一種沉重的方式似乎給散文增添了厚重。很多學者，包括很知名的學者轉而寫一種很學術性的散文，興起了一股「學者散文」的熱潮。一些以思想方式和面目出現的學術性雜文也很走俏，特別深受大學生的青睞和歡迎，學術也「速食化」了。更重要的是，學術除了以學術之外的方式向社會推銷自己以外，學術內部也有一股試圖掙破學術自身限制的企圖，視學術學院化為牢籠，為了追求學術的社會價值和效應，甚至於迎合大眾，不斷地降低學術品位，學術越來越變成了吃飯、穿衣服的學問了。而更令人擔憂的是，隨著學術的走出學院和殿堂，學術不再神聖化，似乎也不再具有深奧的神秘性，再加上現實的學術體制和學術風氣存在著一些弊端，一些根本就不具備一定學術理論修養和知識儲備的人也來做學問，他們想當然地、根據日常情理來講學術的道理，堂而皇之，振振有辭，也登大雅之堂，真是令人啼笑皆非。

如何評價「散文歷史化」、「學者散文」以及「學術速食化」，這是一個非常複雜的問題。對於學術應該如何應對現代社會的經濟和文化，這也是一個需要認真研究的課題。但無論如何，有一點是肯定的，學術理論不能等同於日常情理。日常情理雖然也稱為「理」，但它本質上不是理論，而是我們經常所說的「合情合理」，即合乎人的情感特點和人在交互過程中所建立起來的行為規範和準則。這裏，「理」更是一個社會的範疇，主要是一個道德和倫理的範疇，它和人的情感傾向緊密相聯，所以被稱為「情理」。日常用語中的「道理」就是屬於情理的範圍，當我們要求別人「講道理」的時候，我們並不是要求對方對他所講的話或者表述進行學術上的論證，我們實際是要求對方提供證據，當對方的表述即證據合「人情」、合「事理」，即合乎普遍的情感標準和價值標準時，我們便認為是「有道理」。從邏輯程式上來說，「提供證據」在形式上是學術的，但從證據的內涵和價值標準上來說，「提供證據」在本質上又是非學術的。而「學理」則不同，「學」是學術、科學，「學理」則是從學術和科學的角度講理由和提供證據，它實際上是對事物和社會現象作理論上的深刻的追問。理論本質上是人類對事物的認識或者掌握事物的一種方式，它是人類，特別是人類中的精英分子，對事物的長期探索的一種積累，它是人類的「象牙之塔」。科學研究當然也具有情感性，特別是社會科學的學術研究不可能不帶有情感性，但我們這裏所反對的不是科學研究的情感性，而是科學研究在理論上的「情感」化、簡單化、低俗化、日常化。

日常情理當然也具有邏輯性，但日常情理在思維上是簡單的，主要是一種形式邏輯的。而學術研究在思維上則是複雜的，它以形式邏輯作為基礎，但超越形式邏輯。如果思維只是停留在形式邏輯的思維層面上，連理解學術都成問題，更何談研究學術。就目前的中國而言，學術的通俗化還有很多工作可以去做，或者更準確地

說，如何讓更多的非專業的人士瞭解學術、理解學術，這項工作還有很大的潛力。但從根本上，學術是不可能「普及」的，學術只有「提高」，思維沒有達到一定的層次，是不可能真正理解學術問題的。記得很多年前，經常聽到我們的領導幹部，有的還是從事文化工作的領導幹部責問我們的作家說：「難道我們的工人階級就是這樣？」「難道我們的農民就是這樣？」「難道我們的領導幹部就是這樣？」這真是哭笑不得的提問方式，從藝術和藝術理論的角度來看，這是一個笑話，在知識水平和思維能力大大提高的今天，大多數人都能理解這個笑話的可笑性。但在一個更高的層次上，今天我們的社會包括學術界仍然充斥著這樣的笑話，只是我們大多數人還不能理解其可笑性。從前有一句話：「秀才遇到當兵的，有理說不清。」在現代社會，這是充滿了偏見的論調。但「秀才」和「兵」這裏更是一種意象，它真正的意思，是表明思維和知識結構之間的差異所造成的交流和理解上的隔閡。「秀才」的「理」主要是一種學理的，在中國古代社會，主要是儒道等傳統經籍所建構起來的學術體系，它懸浮於社會文化之上，構成了中國古代社會的思想，它代表中國古代社會的理論思維。而「兵」也有「理」，但「兵」的「理」主要是現實層面的，具有日常性，以日常的術語、概念和話語方式進行表述。兩種「理」從根本上不是在一個層次上，所以不能交流和對話，因而才會出現秀才有理說不清的尷尬。

　　日常情理主要依據的是形式邏輯，在思維上具有初級性，所以日常情理不具有思想性。而學術研究在思維上主要是辯證邏輯，它以形式邏輯為基礎，但反對單一的線性的因果關係，反對絕對化的矛盾律、排中律、同一律，反對絕對的對立，而強調變化、轉化、對立統一、差異、內在的緊張與衝突等。恩格斯說：「辯證法不知道什麼絕對分明的和固定不變的界線，不知道什麼無條件的普遍有效的『非此即彼』，它使固定的形而上學的差異互相過渡，除了『非

此即彼！』，又在適當的地方承認『亦此亦彼！』，並且使對立互為仲介；辯證法是唯一的，最高度地適合於自然觀的這一發展階段的思維方法。自然，對於日常應用，對於科學的小買賣，形而上學的範疇仍然是有效的。」[53]恩格斯這段話是深刻的。所謂「形而上學的範疇」，在思維方式上主要是形式邏輯，它主要對日常應用和科學研究的簡單問題行之有效。學術研究作為科學，其思維是複雜的，簡單的形式邏輯不能解決複雜的學術問題，也不能理解複雜的學術問題。所以，學術情理化不是簡單的學術理念問題，而是對學術從本質上的深刻的誤解。

　　現象是簡單的，但對現象的認識和理解則不是簡單的。太陽作為現象是簡單的，月亮作為現象是簡單的，但對太陽和月亮的認識和科學研究則不是簡單的。日常情理中，我們更多地是看到太陽和月亮的升起和降落，和這種升起與降落所造成的種種自然現象以及這些現象與人類之間的關係。而科學則對太陽和月亮為什麼升起和降落做學理上的深刻追問，對太陽和月亮所產生的現象做物理性的研究，這些，通過簡單的日常情理是不可能解決的。同樣，社會現象也是如此，社會規範以及人與人相處所建立起來的倫理和道德的關係作為現象是簡單的，但對社會現象的學術研究則不是簡單的。日常情理以現行的社會規範和社會倫理、道德作為基礎和前提，現行的社會規範和社會倫理、道德既構成了一般人的行為準則，也構成了他們的思維範圍，社會現象構成了他們思維本身。而社會科學研究不僅研究現行的社會規範和社會倫理、道德的內在結構，即做學理性的解剖，而且還追問這些社會範疇的歷史生成過程，可以說，不僅知其然而且知其所以然。

---

[53]　恩格斯：《自然辯證法》，《馬克思恩格斯選集》第三卷，人民出版社，1972年版，第535-536頁。

　　恩格斯說:「一個民族想要站在科學的最高峰,就一刻也不能沒有理論思維。」[54]學術情理化不僅對學術本身是一個巨大的損害,對整個時代來說都潛藏著巨大的危險,那就是降低學術水準,降低民族的理論水平。在圖書市場,我們看到,當今的學術著作完全亂套了,我們有時難以分辨,究竟是非學術盜用了學術的名義,還是學術本身墮落了,反正是不堪入目的學術著作充斥市場,粗製濫造且不說,大量的學術著作根本就沒有學術品位,選題沒有理論價值,論證沒有學術性,講的都是一些非常簡單的日常道理,有的不過只是羅列了一些普遍的社會和文化現象而已,但也冠以「學術」的名義,完全是對「學術」的一種褻用。學術隊伍似乎在無限地膨脹,但實際上有太多的人在製造文化垃圾。和學術著作相較而言,學術雜誌似乎是一塊淨地,但翻雜誌,同樣令人不堪卒讀。大量的談體會、談學習的文章醒目地登在學術雜誌上,還有很多是頭版頭條;大量的工作總結、工作彙報、工作經驗夾塞在學術文章中。一些領導幹部一夜之間便成了專家、學者,出版專著、發表文章,樂乎其哉,似乎登上領導崗位的同時也走上了學術崗位。圖書館如何借書、如何還書也成了管理方面的學問,竟然堂而皇之地寫成了文章發表在學術雜誌上。一時,學術似乎成了「婊子」,人人都可以「搞」。

　　而學術情理化更為深藏的表現則是「學習性學術」,所謂「學習性學術」指的是與「創造性學術」相對應的概念。學術本來是一種高度創造性的勞動,沒有創造性便無所謂學術。但就中國目前的學術狀況來看,大量的學術論著從根本上不過是對學術的一種學習,或者是對國外的學習,或者是對大師的學習,或者是對某一專

---

[54] 恩格斯:《自然辯證法》,《馬克思恩格斯選集》第三卷,人民出版社,1972年版,第 467 頁。

業的學習。有的所謂學術著作或者學術文章簡直就只能說是「翻譯」，不過是把國外的新的理論或者學術觀點用中文的方式介紹進來而已，當然我們承認翻譯也具有創造性，但翻譯的創造是和學術不同的另一種創造。大師不僅是學術精神的表徵和靈魂，而且是學術的高峰，一個大師就是一座山峰，學術就是由這些毗連的山峰所建構起來的山脈。對於我們來說，要站在學術的最高峰，就必須經過這些山峰，所謂「站在巨人的肩膀上」，就是指必須充分吸收前人的學術成果，後人的學術必須以前人的學術成就作為基礎。而所謂「經過這些山峰」、「站在巨人的肩膀上」或者說「充分吸收前人的學術成果」，本質上就是學習。所以，要真正達到學術研究的程度，必須有一個漫長的學習階段，有一個漫長的知識積累和基本功訓練的過程，包括思維能力的訓練、語言文字功夫的訓練、基本知識的積累、專業知識的積累等。特別是對於社會科學研究來說，這個過程更長。但現狀卻是，大量的學人開始做學術積累的時候同時也開始了學術研究，有的人甚至連基本問題都沒有搞清楚就開始寫文章了，所以對前人的學術成果想當然、道聽途說的現象比比皆是。有的人雖然把大師的思想搞清楚了，卻不把大師的思想和自己的思考作區分，似乎述說大師也是學術研究。更有甚者，有的述說不過是抓住了大師的一點皮毛，雖然也表現出一種學術的外表方式，但真正於學術的前沿性研究來說，不過是一些學術常識而已。作為學人，我真誠地為那些講專業知識 ABC 的學術成果而感到汗顏。「授業解惑」和「學術」是兩個不同的概念，前者主要是知識和學習的範疇，後者則是研究和創造。但現在學術界有太多的「老師」式的學人，很多人寫的文章目的似乎就是給那些初學專業的人看的，他們不過充當了大師和專業知識的使者的角色。對於真正的學術研究來說，現在的重複性勞動太多，這不僅僅只是學術浪費，同時也是為後人的學術通向高峰製造障礙。

　　比如美學，我對美學的認識和理解是：這是一門非常深奧而又純粹的學問。愛美是人的天性，人人都有愛美的能力，但並不是每個人都有研究美的能力和天才。審美和美學根本就是兩回事，審美本質上是人類的社會生活現象，而美學則是對這種生活現象做哲學的追問。美學最初隸屬於哲學，後來才從哲學中分離出來作為一門獨立的學科。從學術的角度來說，美學是跨學科，涉及到哲學、人類學、藝術學等多種學術門類，作為研究，它需要深厚的學術修養，特別是哲學的功底。但現狀卻是，到處都有美學，美學研究的隊伍之龐大和美學著作以及文章之多，讓人望洋。有服飾美學、建築美學、音樂美學、教學美學、文化美學、裝飾美學、體育美學等，各種大的美學門類中又可以劃分為更為具體的小的美學門類，如體育美學中又具體有足球美學、籃球美學、舞蹈美學、圍棋美學等。現在似乎只差「吃飯美學」、「解溲美學」之類的了。但讀這些美學論著，我們除了看到一些美學的術語和概念以外，根本就看不到哲學。我們看到，有些甚至寫了多本美學專著的學者，對哲學其實一無所知。有的美學論著談的根本就是一些簡單現象以及對現象的體會，不過借用了美學的外表，實際上根本就無深度可言。

　　學術腐敗在當今已經是無庸諱言的事實，所以，很多問題都超出了學術範圍，不能通過學術本身予以解決。但學術內部也存在著問題，包括學術理念的紊亂和學術道德的淪喪，這同樣也是無庸諱言的事實。社會上的不正之風正在嚴重地侵蝕著學術界，當今的學術機制也存在著很大的缺陷，但我認為對於學術來說，這些都不是最可怕的，最可怕的是學人的學術意識的喪失，這才具有根本性。外部的環境可以很容易就能改變，它可以通過社會的總體改革而得到改善和提升，但學術內部出了問題，學術賴以存在的根基出了問題，要改變則非短時間所能奏效。前幾年，文學界曾有「人文精神」的討論，所謂「人文精神」，我的理解，最重要的就是知識份子對

知識的忠誠和信念，就是知識份子對人類命運和社會發展的深層思考，以及知識份子勇於承載人類痛苦的精神。作為一介書生或者說學人，我們所能說和所能做的只是從學術本身的角度提倡學術學理化，我們應該時時告誡自己堅守學術本身的品格。作為一個學者，我們應該自覺地維護學術的品位性，捍衛學術的神聖性。

本文原載《天府新論》2003 年第 2 期。

論「中與西」的現代學術意識性

　　不管人們怎樣從理論上試圖超越「中」與「西」的二元對立思維模式，也不管人們怎樣對自近代以來的中西對抗和衝突做歷史的反省，事實上，中西矛盾構成了中國近代以來社會和文化歷史演進的線索，也建構了中國近現代社會和文化的價值觀和價值體系，中國近現代社會和政治、經濟、文化、倫理、道德等作為歷史，最終都可以從這裏找到根源，中國現代文化起源、發生、發展以及作為類型的內在矛盾、衝突和緊張，都可以從中西交匯、碰撞、選擇、融合以及中西力量的對比、轉換等方面得到深刻的闡釋。不論是從歷史的角度還是從現實的角度，不論是理論上還是實踐上，中與西作為一種線索和內在的結構方式以及社會和文化進程的力量，對於我們認識和研究中國現代社會和文化都是不能迴避的。中與西，不論是從社會文化本身來說還是從我們對於社會文化的研究與認識來說，過去是，現在是，將來很長一段時間內仍然將是我們的一大癥結和困惑。我們可以從新的角度、用新的理論來重新看視和表述中與西，但作為問題或範疇，特別是作為歷史範疇或問題，這是繞不開的。本文試圖對中與西作為理論與現實、作為實用理性與價值理性，它的內涵及其在特定境遇中的延伸，做一種新的表述和追問。

　　「中國」與「西方」是地理位置的不同，也是文化類型的不同。從政治和經濟的實用主義角度來看，中西文化之間的確存在著先進與落後的差別，也即存在著科學與不科學，甚至於反科學的差別，但單從文化本身來看，中西文化各有優長，互為補充。從世界文化

在總體上的生動性與豐富性來看，文化應該多元化，應該保持各種不同文化之間的互相競爭，從而保持各種文化的張力與激情，並進而從深層上即機制上，使世界文化具有一種繁榮的契機。但在近現代特殊的歷史條件下，東西方文化從交通到碰撞，劇烈地衝突、矛盾和緊張，「中國」與「西方」不僅在地理位置上，而且在文化上構成了尖銳的對立。

　　從內涵和品格上說，與西方的政治、經濟、軍事和科學技術相一致，西方現代文化主要是一種科學文化，西方現代科學精神與西方傳統基督教的獻身精神以及救世精神等正性的因素相結合，科學便表現出一種強大的精神力量、物質力量和擴張性。19 世紀，西方輻射式地向世界各地擴張，從西方文化的本位立場上來說，它不過是科學精神和基督精神在對外開拓上的一種表現，在對外族文明和文化精神缺乏充分的科學與理性認識的情況下，殖民思想、殖民政策、殖民行為具有歷史的必然性。西方 19 世紀的對其他世界的殖民化其實在最初的哥倫布航海的所謂「探險」中已經初露端倪，哥倫布的「探險」已經隱含了其「擴張」和「開拓」的基本精神，19 世紀西方登峰造極的殖民主義行為其實是這種「探險」精神的延伸，略有不同的是，哥倫布表現出的更多的是正性，即「探索」與「發現」作為人類進取的表現，而 19 世紀的西方殖民侵略更多地表現出的是負性，即侵略性和威脅性，它給第三世界的國家、民族和人民造成了巨大的、主要是精神上的傷害。所以，站在中國文化本位立場上，西方文化具有雙重性，一方面是科學的先進性以及強大的物質力量和精神力量，這是中國所缺乏的，因而是急需學習的，事實上，正是科學作為物質力量和精神力量導致了中國現代化的進程。另一方面，西方文化是伴隨著西方政治、經濟和軍事強行輸入中國的，政治的霸權、經濟的不平等、軍事的武力征服，使科學具有強烈的意識形態性，因而在中國近代和現代特定的歷史條件

下，西方的科學文化充滿了宗教性和血腥味，而這又是中國所拒絕和排斥的。

　　所以，中國近代以來的中西文化交流表現出一種矛盾、尷尬的雙向流程，一方面，從消極的方面來說，是西方文化的侵略性以及相應的中國文化的防衛性，另一方面，從積極的方面來說，是西方文化的傳播性和相應的中國文化的接受性。西方文化的雙重性以及中國人學習西方文化的雙重性構成了中國近現代文化品格最為重要的歷史根據。中國近現代文化生成過程中內部的紛爭、矛盾、衝突、困境、價值取向的困惑以及相應的文化選擇上的派別，都可以從這裏找尋到歷史的淵源。在這樣一種特定的歷史背景下，中國人在近現代表現出一種極度的內在的矛盾與苦悶。政治、經濟和軍事上的被動挨打，中國人雖然奮力抗爭，民族精神和氣概絕對可歌可泣，但無奈技不如人，特別是戰爭的一敗再敗，中國不得不承認西方在政治軍事上的強大和文化上的先進，中國被迫學習西方，被迫走上從政治軍事到文化的痛苦的回溯式的反省過程。所以，中國近現代向西方學習在心理上充滿了屈侮與痛苦。西方在物質上的繁榮、政治和軍事上的強大以及內在的文化上的先進，這是中國樂於接受的，但另一方面，西方政治經濟以及文化又是裏挾著武力征服和欺凌而來，這又是向來自尊甚至自大的中國人所不能接受的。一方面是先進而發達的西方文化給中國歷史造成了巨大的衝擊，並從根本上改變了中國文化的現狀，可以說，沒有西方的全方位的入侵和殖民化過程就沒有現代中國，就沒有中國文化的現代轉型，但另一方面，這種轉型又給中國人留下了難以抹去的心理創傷和痛苦的記憶，這是始終銘刻在中國人心上的揮之不去的陰影，至今記憶猶新。這樣，不論是學習西方還是反西方似乎都是一種悖論，學習西方的目的是為了反西方，但學習西方的結果卻往往是西方化，這又是和反西方背道而馳的；學習西方的目的是為了保存傳統，但學習

西方的結果卻往往是放棄傳統，這又是和保持傳統背道而馳的。這一悖論一直困擾著中國近現代的知識份子，至今仍然是解不開的謎團，是排不開的情結。中國近現代社會和文化進程的猶豫、徘徊、時進時退等，似乎都可以從這裏找到心態的根據。

學習西方與反西方、繼承傳統與反傳統，構成了中國近現代社會和文化發展的內在張力，也可以說是中國近現代思想的主脈和軸心，並且這本來是不同範疇和邏輯理路的兩對矛盾，在近現代中國特定的歷史條件下，竟然奇妙地契合，學習西方往往意味著反傳統或者擯棄傳統，反西方往往意味著承繼傳統或者認同傳統，這樣，學習西方與反西方，反傳統與繼承傳統就奇跡般地二合一，從而在同一邏輯理路和過程中運作。學習西方與繼承傳統理論上並不矛盾，但事實上為什麼如此互不相容，這與中國傳統文化的排外性、嚴密但更是封閉的體系性有關，也與西方文化在輸入的過程政治化、霸權化有關。因此，中國近現代文化充滿了內在的緊張、矛盾與衝突，中國近現代社會和文化就是在這種西方與反西方、傳統與反傳統的激烈衝突中曲折地前行的，兩種力量的消長、均衡、對抗從根本上主宰了中國社會和文化的發展趨向，中國社會和文化實際上就是在這兩種力量的均衡和消長中而搖擺不定，外在表現為一種歷史的曲折性與複雜性。

也正是在這一意義上，在中國近現代文化中，中與西、傳統與現代、新與舊演化成具有同一性的範疇。我們當然可以在概念上對這三組概念做區別，從理論上對它們進行界定。但在內涵上它們複雜地糾葛在一起，實踐上我們無法把它們分割開來。中與西主要是一個地域概念，正是地域的不同，使中西文化存在著巨大的差異，但無論存在著怎樣的差異，中西文化在時間上是平行的、在地位上是平等的。但站在中國文化的本位立場，從中國文化的視角出發，中國文化是本土的、是熟悉的，因而是舊的，西方文化是外來的、

是陌生的,因而是新的。又因為西方文化具有一種強大的物質力量,在與中國文化競爭時處於明顯的優勢,而中國文化則處於明顯的劣勢,中國被迫向西方學習,中國文化從而越來越西化,固有的文化越來越成為過去的文化,因而被視為傳統,而西方文化則代表了中國文化的未來的發展方向,因而被視為現代的。這樣,中西文化在言說的過程中就被倫理化了。因此,中與西以及相應的傳統與現代、舊與新作為範疇,實際上是歷史地建構起來的。

中國近現代文化上的各種主張和觀念以及以團體或者組織形態表現出來的流派,其實都可以通過這樣一種線索或者座標來進行定位。中國近現代文化的發展其實可以歸納為從極端崇拜西方到極端反西方,或者極端反傳統到極端維護傳統這樣一種發展線索,各種文化派別和文化實踐以及文化理論其實都可以在這條線索上找到它自己的位置。中國近現代文化就是在這各種力量相互競爭、相互學習、相互衝突、相互制衡的過程中達到的一種平衡。當然,這種平衡並不是靜態的平衡,而是動態的平衡,也即充滿了內在的緊張與衝突,正是這種張力使它具備繁榮和創造的契機,也正是這種張力使中國近現代文化富於變化,從而充滿活力。中國現代文化正是在這各種力量相互制衡、相互競爭中逐漸形成並成為一種新的文化類型的,流動、內在緊張正是中國現代文化最重要的品質。內在上,中國現代文化的主流實際上就是在中與西之間搖擺和滑動。全盤西化派可以說是最積極地看視西方科學文化,頑固派可以說是最消極地看視西方科學文化。

今天,我們把 20 世紀中葉進行的革命稱為反殖民主義、反封建的革命,把 1949 年的革命勝利稱為推翻了帝國主義、封建主義和資本主義「三座大山」的勝利,而把這場革命之前的社會稱為半殖民主義、半封建主義社會。這主要是從政治角度來說的,並且具有簡單化的傾向。而文化則更為複雜。某種意義上說,中國近現代

文化也是一種半殖民主義、半封建主義的文化，或者說是半西方、半中國傳統的文化。把它稱為半殖民、半封建的文化，主要是一種否定性的定性，也即負性地看問題。但西方和中國傳統對於中國近現代文化來說，除了負性的影響以外，還有正性的影響。我們通常把西方文化中富於侵略和霸權性的東西稱為殖民主義或者帝國主義，但西方文化對於中國社會的現代化進程也有它積極的一面，它的科學原則、文明原則、進步原則則顯然不能簡單地稱為殖民主義。中國傳統文化也是這樣，我們通常把負性的稱為封建性，但中國傳統文化不全是負性的，也有積極的一面。把中國現代文化稱為半殖民主義、半封建主義的文化，這是對過去文化的一種全盤否定，本質上是一種歷史虛無主義，把這種歷史虛無主義的觀點付諸文化實踐，其害處將是巨大的，後來的歷史充分證明了這一點。所以，1976 年以後，中國不得不全方位地「撥亂反正」，不得不一步步進行精神上的回溯，然後以五四所建立的基礎為起點，進行繼續學習西方的「改革開放」，完成五四所未竟的現代化事業。

而且，這裏所謂「半」，並不是中西之間有意識地折衷或者調和的比例分配，而是兩種力量上的一種均衡，是矛盾雙方的一種勢均力敵或者膠著，是一種歷史的結果，是事實上的，而不是理論上的。我們過去總是批判中國近現代社會的封建主義對帝國主義的妥協，也許，政治或某種社會勢力的確存在著這種妥協、合流甚至於同流合污，經濟上也存在著這種有意的互滲與融合，但文化上絕沒有這種人為的妥協，只有事實的均衡與共存。從文化上說，近現代中國，主要是兩種文化的對抗，即外來的西方文化對中國傳統文化，以一種積極的態度，從正面來看，主要是西方的科學文化和中國傳統倫理文化之間的矛盾與衝突；而以一種消極的態度，從負面來看，主要是西方殖民主義思想和中國傳統的封建思想之間的矛盾與衝突，特別是殖民主義思想和封建思想作為兩種落後而頑固的思

想,可以說勢不兩立,你死我活,何有妥協之說?中國現代文化就是在中西文化交通、碰撞、衝突、互補、融合過程中形成的一種新文化類型,它既不同於中國傳統文化,也不同於西方文化,而是第三種文化,即中國現代文化。從成分上說,它既具有中國傳統文化的成分,又具有西方文化的成分,既具有中國傳統文化和西方文化正性和積極的因素,又具有中國傳統文化和西方文化負性和消極的因素,而且這各種成分千絲萬縷地聯繫在一起,絕然難以分開,而以種種形態表現出來。在中西衝突中,中國傳統文化處於守勢,西方文化處於攻勢,攻守中兩種文化並不是勢均力敵的,西方文化明顯處於優勢。所以,總體上,中國現代文化是一種深受西方文化影響的文化,因而它是現代文化。中國傳統文化是以現代轉化的形態存在於中國現代文化之中的,西方文化也不是原生形態的存在,也是一種轉化的形態,這一點又決定了中國現代文化具有中國性、民族性。因此,對於現代文化選擇來說,徹底地反傳統、反西方在實踐上根本就是不可能的,理論上,徹底地反傳統、反西方便意味著文化淪為虛無,也即沒有文化。「文化大革命」期間中國以一種過激的方式反「封、資、修」,結果文化便陷入了災難,「革命」之後所存的文化單調、蒼白、空洞。不論是中國傳統文化還是西方文化,都具有二重性,即積極的一面與消極的一面,並且正面與負面是緊密地結合在一起的,互相滲透,難以絕然分開,完全純化某種文化根本就是不可能的。

正是在這一意義上,從中與西這條線索來追索中國現代文化發展和變化的根源、動力以及歷程是深得要害的。中與西作為理論模式,是研究中國近現代文化無法擺脫的糾纏,作為歷史事實,這是必須面對而無法迴避的問題。對於中國近代文化和現代文化作為類型的定性以及品格的認識,這是排解不開的困擾,必須做出正面解答,否則便會使結論淪於漂浮無根。不僅歷史如此,現實也是如此,

是面向現代還是回歸傳統？是學習西方還是固守「國粹」？是追求民族性還是強調世界性？「中西體用」並不是一個遙遠的理論問題，我們必須做出某種選擇，不論主觀上多麼強烈地希望繞開這一問題，希望逃離其束縛和控制，希望不落其窠臼，但選擇是不可避免的。現實就在其中做出某種選擇，中國近代到今天的歷史從沒有脫離這一軌道，過去的發展我們總是可以在從極端西化到極端傳統化這樣一條理論的鏈條上找到其位置。

在學術研究上，中與西作為比較意識對於加強我們的文化身分認同、突顯我們的學術自我意識具有重要的參照價值。學術研究中的比較研究，比如比較文學研究絕不是為了比較而比較，比較的本質是一種跨文化、跨學科，歸屬在於本位文化、本位學科的確認。異域文化和異域學科在研究中既是一種參照系，但同時也是一種學術背景，它實際上是一種座標，為我們確定自己的文化和學科提供了位置和視角，同時它也是一種觀念和意識，它使我們能站在一個更高的層次，以一種超越的眼光來觀測自身，來認識自我。事實上，對於我們來說，民族、國家、中國、中國文化、中國文學這些概念都是在比較中確立的。如果世界上的人在文化、習性、語言等方面沒有任何差別，便不會有「民族」這個概念。同樣，如果我們只知道我們自己，只知道作為漢人的「我們」，而不知道還有其他民族的「他們」，也不可能有「民族」這個概念。所以，只有當民族作為差別的事實存在並且我們意識到這種存在的時候，「民族」作為概念對於我們來說才成為可能。從語源或語義上來說，「中國」最初有「中心國家」的意思，就是我們經常所說的「天朝心態」，這種「天朝心態」作為一種民族或國家意識，其實也是在比較中確立的，主要是在和亞洲的我們周邊的國家和民族的比較中確立的，是它們的相較而言的落後確立了我們的優越感即「天朝意識」。但隨著我們交通範疇的擴大、比較範圍的擴大，特別是和強大的歐洲各

國家和民族相比較，我們的自我意識，我們對自己文化的認識便發生了變化，這個時候，我們認識到，中國不過是世界民族之林中的一支，對於有識之士來說，我們不僅不是中心，反而事實上是邊緣，這時候的「中國」不過是一個國家的符號，而不再具有文化優越意識。

　　當我們還不知道世界上還有歐洲文化、印度文化、非洲文化等作為客觀存在的時候，或者說，這些文化作為事實在我們的意識中還不突兀的時候，「中國文化」作為一個概念或意識是不存在的，或者說即使存在也是沒有多大意義的。在古代漢語語境中，沒有「中國文化」這個概念，因而事實上作為客觀存在的中國文化不具有整體性，中國古人從不像現在的學者一樣研究「中國文化有什麼特徵」諸如此類的問題。中國文化作為一個基本範疇、作為意識上的具有整體性特徵的特殊文化類型，主要是在中西大規模文化交通以後確立起來的，是在和西方文化的比較中突出其特徵的。當我們說「中國文化」這個詞的時候，不管我們意識到還是沒有意識到，我們事實上包含了西方文化作為背景，「中國文化」的背後隱含著「西方文化」這個概念。正如有學者所說：「世界的發現，導致了中國自以為天朝的中心觀念瓦解，中國作為文明國家的惟一性消失，現在，它只被看成是眾多文明中的一支，這一文明的價值，也不再不言自明，而是需要依靠與世界其他文明建立聯繫，在不同文明的相互碰撞與權衡、較量中確定。」[55]就是說，不僅「中國文化」這一概念的產生與比較有關，中國文化的特徵也與比較有關，所謂中國文化的特徵，對於現實的學術規範來說，主要就是指異於西方文化的特徵。

---

[55] 戴燕：《文學史的權力》，北京大學出版社，2002年版，「前言」第4頁。

　　中國文學也是這樣，中國古代只有具體的詩、詞、賦、曲、文、話本、傳奇等具體的文學概念，而沒有今天意義上的與哲學、歷史相對應的籠統的文學概念，至少可以說這種籠統的文學意識不強烈。今天我們所說的文學的概念主體是從西方引進的，它實際上也是通過和哲學、歷史相比較而確定的。就中國古代文學研究而言，我們實際上是按照西方的文學的觀念，把中國古代典籍中符合這一文學標準的文本挑選出來而組成「中國文學」的概念。當只有中國文學的時候，「中國文學」這個概念是沒有多大意義的，就像我們今天還有發現其他星球有人類和人類文學的時候，「地球文學」作為一個概念沒有意義一樣。比較文學既確定了「中國文學」這個概念，同時也相應地確立了中國文學的特徵，中國文學的優長其實是通過和西方文學的比較而顯示和清晰起來的。所以，研究中國文學，西方文學始終是潛在的學術背景和知識背景。

　　「中國本來是一個閉關自守的國家。若沒有與西洋民族接觸，則我們仍然是自成為一個世界，也就無從得知自己的短長。」[56]中與西作為學術意識，對於我們的學術研究來說是非常重要的，它實際上大大開闊了我們的視野，使我們站在一個更高的層次來審視我們的傳統學術，來檢討現代學術的成敗得失。它使我們對於我們的古代和現代文化以及學術都有一種清醒的認識，對於我們的文化和學術戰略也有重大的意義。越是世界的、越是民族的，這是被無數的事實證明了的真理。中國從晚清時開始走出國門、走向世界，表現在文化和學術上就是向西方學習。今天，文化的交流已經構成了我們生活的基本事實。文化交流不是消弭了文化之間的差異，而是相反，它加強了文化之間的差異。美國國際問題研究專家亨廷頓認

---

[56] 李景漢：《潘光旦〈民族特性與民族衛生〉序》，《潘光旦文集》第3卷，北京大學出版社，2000年版，第5頁。

為,冷戰之後的世界,意識形態、階級、國家這些概念將退居其次,而文化將突顯出來,構成實體,就是說,文化將成世界差異性的最重要的標誌。在這一意義上,中與西的衝突將可能成為一個非常突出的文化現實,那麼,相應地,中與西的學術意識也將會變得越來越鮮明。因此,我們強調中與西作為學術意識的重要性。

所以,不論是從理論上還是從實踐上,中與西都不是一個過時的話題,它是一個還未解決的理論難題,並且還將長期困擾著我們。不論是對於中國古代的學術研究,還是對於中國現代的學術研究,它都極需要一種比較的意識和學術眼光。對於現實,也需要我們在不斷的比較中確立自己、調整自己,同時建設自己。這一意義上,中與西仍然是一個重要的學術課題,是否面對它、解決它以及如何面對它、解決它,將對我們的歷史研究和現實選擇有重大的意義。

本文原載《山西大學學報》2003 年第 1 期。

重建學術公共話語

——談當代中國學術話語規範

　　學術話語的歧義與混亂從而造成學術觀念上的錯位以及學術爭論的無效，這是學術界長期存在的問題。中國學術界，由於漢語的詩性化、現代學術話語的外來性、意會性、混雜性，這個問題尤其突出。

　　比如「詩學」這個概念，在西方，自亞里士多德以來，它一直是指「文藝學」或者「文學理論」，在西方，因為「詩」被認為是最典型的文學，詩的特點最充分地體現了文學的特點，所以「詩學」便是文藝學。在中國，「詩學」在字義上是指有關詩歌的學問，即詩歌理論。五四以後，西方文學理論引進到中國，「詩學」的這兩種意義便同時存在於我們的文藝理論話語中，所以，亞里士多德的《詩學》曾無數次誤導那些對詩歌和詩歌理論有興趣的人，滿懷希望地把它從圖書館借出來卻又失望地還回去。再比如「批判」一詞，在西方學術術語中，它是「研究」的意思，比如康德的《實踐理性批判》、《純粹理性批判》、《判斷力批判》，實際上就是「實踐理性研究」、「純粹理性研究」、「判斷力研究」。「批判」一詞在五四時引入到中國學術界，所以就有《〈紅樓夢〉批判》等學術著作。但在中國本土語境中，「批判」主要是「批評」的意思，特別是「文化大革命」中，它主要是「批鬥」、「審判」的意思。所以，文學理論家李長之便因為《魯迅批判》一書而在解放後遭受人生的厄運。其

實，「魯迅批判」不過是「魯迅評論、分析」的意思。但我們不能簡單地把這看作是笑話，簡單地把它看作是「文化大革命」諸多笑料中的一種。這實際上涉及到深層的公共話語的問題，就當時的公共話語及其民族文化層次來說，這非常正常。

就中國的學術界來說，這樣的話語歧義和誤會還是簡單的，它可以通過話語分析進行簡單的澄清。但 80 年代新名詞大爆炸和 90 年代新話語之後，中國學術話語的情況就複雜多了。伴隨著現代科學技術，特別是電子技術的發展以及相應的知識大爆炸和大交會時代的到來，人類的知識結構和形態都出現了新的變化，其中一個重要的特點就是公共知識領域的擴大。公共知識領域空間的拓展，使公共話語越發歧義叢生，複雜多變，難以把握。

就人類學術和思想的發展歷史來看，文化類型建構之初的學術話語具有統一性，古代希臘和中國的春秋戰國都是這樣。在柏拉圖和亞里士多德那裏，不僅社會科學在話語上具有一體性，而且自然科學與社會科學在話語上也具有統一性。柏拉圖和亞里士多德是古希臘文化的集大成者，在他們的思想體系中，雖然已經具有清晰的學科區分，各種學科都已經形成了初步的話語體系，但各種話語體系之間並不是分裂的，而是有機統一的，也就是說，各種話語體系中的術語、概念、範疇可以交互使用而不至於導致語義混亂，比如倫理學話語也適用於文學理論的表述和言說，所以，古希臘時代的學術話語具有高度的公共性。古希臘之後，西方的學術開始由統一走向分化，首先是自然科學與社會科學的分裂，然後是自然科學和社會科學內部的分裂，開始形成相對獨立的學科，比如物理學、化學、哲學、歷史學、文藝學等。在話語上，也形成相對獨立的話語體系，並且越來越專門化，逐漸形成具有獨特內涵的術語、概念和範疇。正是在對這些術語、概念和範疇的陌生的意義上，人們逐漸對某些學術領域感到陌生。但即使這樣，西方學術在 19 世紀還具

有某些統一性，比如康德、黑格爾在社會科學上就具有集大成性，他們的學術涉及到文史哲各方面，並且在多方面具有建樹性。在話語上，他們的學術具有內在的一致性，各種術語、概念和範疇不是相互衝突，而是相互聯繫，各門學科話語可以通用，即話語具有公共性，並且這種公共性又反過來加強了他們的學術創新和思想的完整性。對於康德和黑格爾來說，各學術領域不是相互妨礙，而恰恰是相互促進，比如歷史學的研究不是妨礙了他們的藝術理論研究，而恰恰是加強了他們的藝術理論研究，反過來也是這樣，這正是康德和黑格爾成為學術大師的一個很重要的原因。

　　但 19 世紀以後，隨著現代社會的發展以及相應的學術膨脹，學術學科急劇分裂，學術越來越走向專門化，同時也走向了相互隔膜。在話語上，各學科的術語、概念和範疇，其內涵越來越封閉，越來越成為專名，只有少數人才能掌握和運用，其他人不容易也不願意知道。這樣對話語的掌握就變成了對具體知識的掌握，從而表現出福科所說的某種「霸權」。「自說自話」在近年來是一個很流行的詞，它主要是批評「個人」的自說自話，即個人在語言上的不規範，表現為詞語意義的私人化、非詞典化，特殊使用的術語和概念缺乏必要的限定，表述對於他個人來說是明白的，但對於其他人來說卻不知所云。其實，學科或群體的自說自話也是相當普遍的現象，知識在這種學科的自說自話中越來越走向自我封閉的內部迴圈，即知識產生於專業和學科內部，也流轉於專業或學科內部，知識越來越遠離我們的生活或生存。這樣，對於社會科學來說，知識表面繁榮的背後其實包涵著很大的虛假性。

　　當然，我們並不是對這種現象和學術趨勢做簡單的否定，事實上，知識的專門化是社會分工的產物，它是人類進步的表現。但問題是，我們也不能忽視知識專門化的缺陷和問題，那就是：知識越來越脫離公眾，知識在表述上越來越不被公眾所理解，知識成了少

數人的專利和權力，它造成了人們在知識上的也是精神上的隔閡。在話語上，專家對自己的學科和研究領域可以說滔滔不絕，但真正明白這種言說的人卻並不多。相反地，專家對其他學科和相關學術領域卻嚴重地失語。知識本來是人類社會的思想形態，每一種知識都與人的生活密切相關，並且知識是相互關聯的，具有整體性，但現在，整體知識卻被分割成了互不相關的學科，並且各學科之間越來越隔膜。知識以專業的話語形態存在，這對於公眾的接受和理解來說就變得越來越困難、越來越遙遠，因而實際上變成了社會主體的異己的東西。

　　知識話語的專門化不僅造成了公共理解和接受上的困難，而且對於學科自身來說，也造成了諸多不便。知識話語的分裂和專業化，使知識在形式上過分膨脹，這大大加重了我們學習知識的負擔。所以，我們這一時代似乎不再可能出現像柏拉圖、亞里士多德、康德、黑格爾這樣集大成的學術和思想大師。在當今，一個人要想同時精通文史哲中的諸多學科，就話語來說已經變得不可能。現代型的學術大師，其影響可能會不亞於柏拉圖、亞里士多德、康德、黑格爾，但他們再也不可能像柏拉圖等人一樣，在多個學科和思想領域都有革命性的建樹。學術話語的分裂和專業化也造成了知識的脫節，這種脫節嚴重地影響了我們當今的學術研究。我認為，學科之間缺乏聯絡是當今學術的一大障礙，也是學術研究的一大癥結。我們注意到，大量的所謂專家，除了對他的專業熟知以外，對於專業以外的專業則非常陌生，這樣專業就變得相當局狹，問題稍一牽涉到其他專業，對有時對其他學科來說可能是常識的東西，也會感到很茫然。在專業範圍內，我們常常看到對其他專業甚至是常識性的問題津津樂道地進行重新思考、重新論證的情況，這在學術上也是巨大的浪費。

　　我們看到，當代學術，就話語來說，每一個學科的話語都具有系統性，是一個完整的體系，但這些話語一旦脫離專業語境，作為

公共話語運用於其他專業，便會在言說上失效，缺乏表述的力量和功能。各種專業話語在內部系統中是協調的，但總體上則相互齟齬。我們經常看到的現象是，有些術語、概念和範疇在不同的使用者那裏，其涵義大相逕庭。學術話語在意義上缺乏公共性，使當代中國學術出現了新的危機，所以，重建學術的公共話語是目前中國學術面臨的一個非常艱鉅的任務。

重建學術公共話語，最重要的就是建立一種能夠為各個學科所共同遵守的話語體系，它能夠為公眾普遍地接受，並且能夠進行普遍的言說。其最重要的途徑就是重建公共知識領域，從而彌補知識專業化的缺陷。公共知識領域本質上是在各門具體專業知識的基礎上尋求公共點，尋求共通的東西，它實際上是吸收各專業基本的普遍性的知識，但如何解決公共知識領域在重建過程中的各學科之間的話語衝突、言說和表述的混亂，這是當代中國學術話語面臨的巨大困難。就中國來說，現代漢語的很多詞語特別是學術概念、術語和範疇本來就沒有很嚴格的規範，不像西方那樣嚴格邏輯化，而80年代以來，外來詞的不嚴格限定的使用更加劇了中國學術話語的不規範化，所以，中國的公共學術話語在80年代以後呈現出更為複雜、歧義的狀態。特別是西方後現代話語引進中國之後，中國學術公共話語變得異常混亂，簡直可以說到了語無倫次的地步。主要表現為，中國當代學術公共話語變得缺乏內在的統一性、缺乏學科的統一性。

我認為，翻譯本身的問題以及翻譯在操作上缺乏足夠的規範是造成公共學術話語缺乏統一性的最重要原因。中國現代學科體系以及相應的學術話語體系是五四以後建立起來的，而這種建立與西方學術話語體系的輸入，更準確地說是與翻譯有直接的關係。五四之後，中國的學術始終與西方的學術息息相關，西方的學術思想主要是通過翻譯的方式進入中國，並且在翻譯的過程中中國化。對於學術思想來說，

翻譯的最大特點是不具有「等值」或「等效」性,不是語言的簡單轉化,而具有創造性,西方的思想術語、概念和範疇就是在翻譯的過程中發生歧變的。西方的學術術語通過翻譯的方式引入中國現代語境,這些詞語由於脫離了原來的語境,再加上翻譯存在著某些技術的問題,比如缺乏必要的限定、注釋、解說等,所以這些詞語與它的初始意義相比,在意義上已經變得面目全非。在話語上,翻譯中存在著諸多尷尬的情況,比如,在外語中意義相同的詞,翻譯成中文之後,意義截然不同,甚至相反,反過來也是這樣,在外語中意義不同的詞,翻譯成中文之後,卻意義相同或相近。有時,在外語中清楚明白的詞翻譯成中文之後,反而意義含混、模糊,歧義叢生。在外語中多義的詞翻譯成中文之後,意義卻變得非常單純,相反地,外語中意義單純的詞翻譯中文之後,意義卻變得複雜。同樣,漢語的術語、概念和範疇也在翻譯的過程中發生了意義歧變。我們看到,現代漢語中的很多詞語雖然仍然沿用古代漢語詞語,比如「文化」、「民主」、「自由」等,但其意義卻發生了根本性的變化。就學術而言,現代漢語中的很多詞語還是古代漢語的詞語,但其固有意義已經發生了根本改變,漢語已經不是原來意義上的漢語。

　　現代中國學術話語在翻譯意義上的雙重歧變,說明了現代中國學術其實還在建構的過程中,這就決定了當今學術在術語、概念和範疇的使用上非常混亂,有的是意會上使用;有的是想當然地使用;有的則是專業性地使用。當然,由於語言體系的不同,以及翻譯本質上的跨文化性,我們承認不可能原本性地使用西方的術語、概念和範疇,我們也承認,想當然地、意會性地使用這些詞語的某種合理性。但話語缺乏必要的規範、缺乏意義的明確性,這對於中國現代學術來說,絕對是一個可怕的局面,它是造成目前學術混亂的一個重要根源。所以,中國學術目前面臨著前所未有的話語清理問題。

　　所謂「公共話語」，即能為大多數學科共同具有的話語。它與「私人話語」相對，也與「專業術語」相對。其基本的要求是：真實性、正確性、真誠性。「真實性」是對知識的要求，「正確性」是對語言表述的要求，「真誠性」則是對倫理的要求。話語的邏輯性或者說理性實際上反映了人，大而化之，反映了整個學術在內在精神上的統一性。公共話語失序，實際上意味著一個時代的學術在精神上處於分裂狀態，也就是說有病。一個人的自說自話和一個集體的自說自話其實並沒有實質性區別，都是精神分裂的表現。公共話語失序便會造成學術爭論的某種假象或泡沫，它使學術根本就沒法在同一平臺上言說，根本就沒法直接交鋒，表面上相同的意見，可能實質上相距甚遠，表面上針鋒相對的意見，可能內在上具有一致性。

　　學術積累、學術交流、學科融合是造成了現代公共學術話語新的特點的最重要原因。學術積累不僅使學術不斷分化，專業領域不斷增加，而且也使公共知識領域作為專業之間聯繫的紐帶的進一步加強，公共性的學科構成了各具體學科共同的基礎。同時，學術積累也包括公共知識本身，也就是說，公共知識也有一個不斷積累和擴大的問題，也有一個觀念不斷豐富和複雜問題，而學術交流和學科融合更加劇了這種豐富性和複雜性。學術一方面是由於發展而分化，另一方面則由於重新分配而融合，學術分化與學術融合則更加強了公共知識領域的平臺性，它使學術交流具有更大可能的公共空間。所以，現代公共話語與從前的公共話語有很大的不同，它實際上具有組合性、交叉會合性，具有內在的張力和差異。

　　中國現代公共學術話語本質上是中西交通的產物，具有中西合璧性。中與西不論是在整個語言體系上還是在具體的學術話語方式上，都是兩套話語體系，它們之間有相諧即互相補充的一面，但更多的是衝突、交叉和不相融。所以，五四之後所建立起來的漢語公

共話語從來都充滿著內在的矛盾和緊張。比起中國古代學術話語和西方學術話語，它不再具有純粹性和統一性，不再是一個封閉的、完備的體系。特別是後現代主義理論引入中國以後，後現代主義的解構、去中心、非同一性、多元論、反本質、解元話語、解元敘事、否定、瓦解、顛覆、永遠承認差異性和追求差異性的話語方式，對傳統規範性的學術造成了巨大的破壞，學術不再像從前那樣循規蹈矩了，學術表達也更加主觀化，用費耶阿本德的話說就是：「怎麼都行。」80 年代以前，中國學術話語雖然也存在著語義模糊、詞意含混，但中國學術一直在追求科學化的道路，「哲學」、「精神科學」、「人文科學」、「社會科學」、「文化」等這些概念在內涵上雖然存在著歧義，但基本意義還是明確的且具有穩定性。但後現代語境中，詞語變得具有「彌撒性」和「蹤跡性」（德里達的概念），什麼是學術也變得越來越不明確，「學術」本身也成了問題。

　　如何清理中國公共學術話語，更進一步，如何在清理的基礎上重建中國公共學術話語，這是一個非常複雜的問題，這可以說是當代中國學術面臨的一大困惑和難題。公共話語有它自己的內在複雜性，這是不能通過簡單的人為規定予以一勞永逸地解決的。本質上，話語規範是一個語言的自然過程，學術話語從根本上不可能通過制定規則的途徑達到規範，話語規則不是制定出來的，語言發展的相對穩定和相對緩慢就會使話語達到自然的規範。有些學者呼籲採取強力措施來使當今學術話語規範，這其實並不具有根本性，所謂「措施」並不能實際有效地解決問題。我們也承認，任何學術大發展時期，都必然存在著公共學術話語的混亂，話語混亂可以說是正常的現象。但同時我們也清醒地認識到，人並不完全是自然的奴隸，人總是試圖利用自然規律改造自然。語言從根本上是人的社會實踐的產物，人一方面受制於作為歷史形態的語言，另一方面，人又可以通過各種努力改變語言，就學術話語來說，人們可以通過學

術實踐以及相應的約定來改變學術話語的混亂現狀。人在語言面前又具有主動性。就人的主動性而言，學術話語規範作為人的主體性行為，它首先是倫理的，也就是說，學術規範主要是指個人在學術道德上自覺遵守學術的神聖性原則，學術不能隨意，而要嚴謹，話語要同一，文章和著作要具有內在的邏輯統一性。其次才是科學的，即尋找規律、制定規則，並且建立相應的能夠讓規則有效實施的學術機制。

現實是，公共學術話語範圍正在擴大，專業的公共領域正在加大，從前的那種耽於一隅的學術方式越來越不可能。比如文學研究現在越來越以文化、哲學以及更為廣泛的政治作為背景，哲學、文化、政治作為學科，已經和文學研究密不可分，也就是說，文學研究越來越依賴公共學術話語。所以，重建公共話語是當今中國學術建設最為迫切的任務，我們深感學術話語的規範、清理和重建的艱鉅性和複雜性，它不是政治性的個人行為以及集體行為所能解決的，我們不能要求所有的人都對各專業有所瞭解甚至精通，我們不能一下子就提高整個國民的學術素質，我們不能阻止個人在意會意義上使用術語、概念。但我們能提倡語言道德，能強調學術責任。個人在學術思考的過程中形成自己獨特的語言習慣，這可以理解，也是容許的。但對於一個嚴肅的學者來說，他應該遵守學術規範，在語言上盡量遵守學術習慣，使其表述具有公共性，不能隨便生造私人化的詞語，不能想當然地使用自己並不理解的詞語。

本文原載《江西社會科學》2004 年第 9 期。《社會科學報》2004 年11 月 18 日第 5 版摘錄。收入《學術規範與學風建設論壇》（教育部社會科學委員會秘書處編），高等教育出版社，2005 年版。

「可愛」

──一種新的審美時尚

「美是生活」[57]，這是車爾尼雪夫斯基關於「美」的最簡潔的定義。今天看來，不管車爾尼雪夫斯基的美學理論多麼富於爭論，美與生活有著密切的聯繫，這卻是毋庸質疑的。事實上，所有的審美形態以及審美經驗等都與人的生活有關，審美範疇實際上都是從生活中衍生出來的，不過是人對生活與藝術的一種概括與總結。從生活的角度來研究審美問題，這是美學的一個基本原則。正是因為生活在美學中的關鍵性地位，所以前些年有學者提出「日常生活審美化」[58]，從日常生活的角度來研究美學問題，從而給多年沉寂的美學帶來一股清風，並在思維方法和審美觀念上都有很多突破。

我認為，多年來，我們的美學研究太過於哲學化、太過於歷史化，我們更多地還是在研究美的歷史問題，更多地還是在哲學的層面上研究美的形而上問題，而對於現實生活中的審美新趨向重視不夠，缺乏對它們進行理論上的總結和提升，缺乏對它們進行美學上的研究。比如對於「可愛」就是這樣。

---

[57] 車爾尼雪夫斯基：《藝術與現實的審美關係》，人民文學出版社，1979 年版，第 6 頁。

[58] 參見陶東風：《日常生活的審美化與文化研究的興起──兼論文藝學的學科反思》（《浙江社會科學》2002 年第 1 期）等文章。

　　如果我們對當代影視領域裏的「滾滾韓流」稍加留心，對當代
兒童藝術中的漫畫、動畫有所注意，那麼我們就會看到，在當代文
學藝術中，「可愛」實際上是一種很重要的現象，也是一種很重要
的審美時尚。比如韓國的電影《我的野蠻女友》、電視劇《浪漫滿
屋》，日本的動漫畫《蠟筆小新》，美國的動畫片《米老鼠和唐老鴨》，
臺灣的漫畫《老夫子》、「幾米作品」等，我認為其基調和氛圍就主
要是「可愛」的。在中國，好多年前流行的電視劇《環珠格格》和
當下正在熱播的電視劇《家有兒女》、《武林外傳》等，「可愛」也
是其中一個很重要的因素。對於這些藝術作品，用傳統的「喜劇」
話語來言說，顯然是蒼白無力的。

　　最近讀到日本學者四方田犬彥的著作《可愛力量大》，感到很
受啟發。這本書有很多缺點，總體感覺是：寫得不怎麼樣，學術性
不強，很多都是現象描述，觀點多是感想性的，缺乏深入的學理分
析，與其說是一本學術著作，還不如說是一本隨筆。可能與作者的
文學藝術知識和理論修養，特別是哲學功底很不夠有關係，當然，
也可能與作者的寫作思路和理念有關，也許，他根本就不想把它寫
成一部學術性和理論性很強的著作。另外，書中的一些觀點也值得
商榷。但是，即使這樣，我仍然要說這是一本好書，主要是選題好，
提出了「可愛」這一審美範疇。這就足夠了，已經非常了不起。

　　我認為，「可愛」作為一種新的審美範疇，完全不同於傳統的
審美範疇，可以和傳統的「悲劇」、「喜劇」、「優美」、「崇高」四大
審美範疇相提並論，可以稱之為「第五大審美範疇」。

　　「可愛」與「悲劇」、「崇高」、「優美」無涉，與「喜劇」比較
接近，特別是與「滑稽」比較近似，但「可愛」從根本上不同於喜
劇，不同於幽默、滑稽和笑，它們在本質上是不同的構成，僅在效
果和欣賞心理上有某種近似，即輕鬆、愉悅。四方田犬彥在一篇文
章中曾給「可愛」下了一個簡單的定義：「指一種給人以小巧的、令

人依戀的、親密無害的,從而使人解除防備與緊張感的感覺。」[59]這個定義具有很強的民族經驗性和個人經驗性,顯然主要是從日本動漫畫、大頭貼以及玩具等現象歸納而來,而忽略了或者說不能概括影視和日常生活中大量的「可愛」現象,特別是與中國人所理解的「可愛」有相當大的差距,但它的確道出了「可愛」的一部分特徵,僅就此來看,也可見「可愛」作為審美範疇與傳統四大審美範疇的根本性不同。

可以說,「悲劇」、「喜劇」以及「優美」和「崇高」,這是屬於「大美學」,而「可愛」則是屬於「小美學」。正如臺灣東吳大學劉維公所說:「可愛生活風格的人生活在『小世界』裏,而不是『大世界』。大世界追求的是權勢的大小,小世界則是追求親密的關係。在可愛的世界裏,『親近人與被人親近』取代了『支配人與被人支配』,成為人與人相處的基本方式。」「可愛生活風格的人喜歡的是『小故事』,而不是『大故事』。大故事是有關於『英雄』、『長大』的故事、內容講的是『大人』如何功成名就、成敗輸贏這類正經八百、嚴肅的故事。小故事則是關於『凡人』、『孩子氣』的故事,內容講的是『長不大的小孩如何讓人疼愛以及如何疼愛別人』這類風花雪月、通俗的故事。」[60]我認為這個總結、概括和延伸超越了原著,真正把「可愛」上升到了美學的理論高度。如果說傳統的美學追求的是「宏大敘事」,那麼「可愛」追求的則是「小敘事」,更關注小巧、精緻、玲瓏、稚氣等,而不關注國家、民族、政治、經濟、軍事、社會民生等。追求輕鬆的愉悅、無關痛癢的快樂、消磨時間的閒適和放鬆,自樂自娛,而不追求深刻的意義、價值、本質、規

---

[59] 四方田犬彥:《什麼是可愛?》,蔣雯譯,《北京電影學院學報》2006年第1期。

[60] 劉維公:《小世界裏的大力量》,《可愛力量大》,臺灣:天下遠見出版股份有限公司出版,陳光棻譯,2007年版,第11頁。

律和社會效應，這是「可愛」作為審美範疇，與傳統審美範疇的最大不同。

　　仔細地觀察我們周圍的生活，可以看到，「可愛」不僅是我們生活中的一個重要的現象，也是一個重要的價值標準，它已經成為評價人物和品評人物的一個重要標準。「可愛」已經構成了現代文化的一個非常重要的方面，已經變成了一種時尚。可以說，這個時代越來越走向了「可愛」，或者說「可愛」已經變成了很多流行文化最重要的品質。在日本，不論是藝術還是日常生活，「可愛」都是普遍的審美範疇，四方田犬彥說：「日本人幾乎沒有關注過巨大、崇高、威壓性的藝術，而一直在被小巧、纖細、易碎的事物所吸引。」[61]這種說法顯然過於誇張，僅就筆者的閱讀視野來看，這一說法也是不確切的，但日本不論是生活還是藝術，都非常重視「小世界」、「小敘事」，注意細節，這的確是事實。在當代日本，追求「可愛」是婦女的時尚，「日本的女性雜誌一直致力於教導女性如何保持『可愛』的問題。不僅僅是少女雜誌才會以介紹『可愛』的時尚裝扮來喚起讀者的消費慾望，以稍微年長的女性為對象的雜誌也會登載如何成為『可愛』大人的特輯。甚至以高齡者為對象的健康雜誌也在告訴我們只有『可愛』才是獲取年輕活力的人生智慧」[62]。其實，生活和藝術具有一體性，藝術上的「可愛」會深刻地影響人們的生活方式，從而大大加強「可愛」在日常生活中的流行，反過來，正是因為日常生活中具有廣泛的「可愛」審美傾向作為基礎，「可愛」的藝術才能得到認同並受歡迎，從根本上，藝術中的「可愛」正是來自於生活中的「可愛」。

---

[61] 四方田犬彥：《什麼是可愛？》，蔣雯譯，《北京電影學院學報》2006 年第 1 期。
[62] 四方田犬彥：《什麼是可愛？》，蔣雯譯，《北京電影學院學報》2006 年第 1 期。

日本是這樣，中國也是這樣，「可愛」也是中國人的一種很重要的日常審美習慣或者說審美心理，至少當下是這樣，否則我們就不能很好地解釋日本、韓國「可愛」類藝術在中國的流行。對於日本動畫片和韓國影視在中國的「肆行」，從民族主義出發，不論上層階級還是普通民眾，都是有一種情緒的。我們的孩子幾乎都不看國產動漫畫了，我們的年輕人很多都沉迷於韓劇，這損失的不僅僅只是經濟，更是文化。在文化的層面上，這對我們的民族自信心也是一種傷害，蜂擁而至的日本「兒童藝術」和韓國「青年藝術」裏挾的實際上是一種文化擴張。我們也在想辦法改變這種局面，除了採取「硬」的辦式，即強制性的行政方式的管理和限制以外，我們也採取了「軟」的方式，即向日韓學習，在青春影視和兒童藝術中，盡量淡化意識形態，盡量去革命化，盡量輕鬆，盡量迎合青少年，研究他們的心理和喜好，甚至於模仿日韓，但不成功，為什麼？我認為，根本原因在於我們其實並沒有搞清楚這些「藝術」流行的原因，我們並沒有深刻地認識到「可愛」在日本「動漫」藝術和韓劇中的地位以及作用和意義。相應地，我們的動漫畫和青春影視藝術並沒有從「可愛」這裏下功夫和想辦法，我們還是老一套的革命、教育、崇高、感人甚至於政治說教等，不僅不能吸收孩子，讓青年人喜歡，甚至也讓中老年人生厭。

四方田犬彥描述「可愛」：「它是與神聖、完美、永恆對立的，始終都是表面的、容易改變的、世俗的、不完美的、未成熟的。然而，這些乍看之下被認為是缺點的要素，從相反角度來看，卻又變成一種親切的、淺顯易懂的、伸手可及的、心理上容易接近的構造。」[63]反觀我們的文學藝術，我感到，我們太理想化，太過於神

---

[63] 四方田犬彥：《可愛力量大》，臺灣：天下遠見出版股份有限公司出版，陳光棻譯，2007 年版，第 66 頁。

聖，太追求完善、偉大，有著太多的歷史使命，因而我們的藝術可
以說太嚴肅、太沉重。雖然我們不論是過去還是現在，都非常強調
藝術與生活之間的關係，但我們對生活的理解是非常片面的，我們
所說的「生活」實際上停留在政治生活和社會生活（也即「大生活」）
上，而日常生活和日常情感與情趣（即「小生活」）則是被排斥的，
似乎它們不是生活。生活當然有沉重的一面，但也應該有輕鬆而愉
快的一面，特別是社會發達，物質生活水平達到一定程度之後，在
一種和平安定的生活環境下，人們日常生活中的輕鬆和愉快便突顯
出來，而「可愛」就是輕鬆和愉快的一個很重要的方式。對於中國
人來說，我們並不乏「可愛」的心理，這除了「可愛」是人的天性
以外，更與當代中國的社會現實有很大的關係，隨著中國社會特別
是經濟的發展，休閒越來越成為中國人生活的一個不可或缺的部
分。所以，「可愛」成了我們對生活和藝術的一個重要的追求，只
是我們的藝術沒有滿足這種需求，而日本和韓國的藝術則「乘隙」
而入，從而填補了這一空缺。

　　從大人的角度來看，「可愛」主要是孩子的一種行為。孩子在
表達和行事上是幼稚的，具有某種欠缺，當這種幼稚和欠缺無論是
對於他自己還是對別人來說都是無害的、不值得責備時，它就是「可
愛」的。在這一意義上，「可愛」與「幽默」在結構上具有相似性。
孩子並沒有「可愛」的觀念，他們的「可愛」本質上是大人的一種
觀看和視角。他們不會表達和區分「可愛」與「不可愛」，但是對
於「可愛」的藝術和「可愛」的生活，他們熟悉、親近、有興趣，
也能夠理解和認同，所以他們也能欣賞「可愛」，只不過這種欣賞，
與大人的欣賞在視角和態度上完全不同。

　　青年人特別是二十歲左右的年青人，他們可以說生活在「可愛」
的世界裏，他們基本上是在父母親、師長的庇翼下生活，還處於無
憂無慮的狀態，生活對於他們來說，還不沉重。他們開始接觸這個

社會但並沒有真正進入這個社會,對社會他們還是懵懂的,也就是說,他們實際上還是生活在「小世界」而不是「大世界」之中,他們熟悉的還是「小生活」,他們的興趣、愛好主要還是局限於「小生活」,所以,「可愛」構成了他們生活的一個非常重要的內容。又由於學習,他們已經有了相當的知識和文化,已經有了相當高的對於藝術和社會的理解能力,所以他們理解「可愛」並欣賞「可愛」,可以說,他們是「可愛」生活和「可愛」藝術的最大消費者。

老年人也有「可愛」,最典型的就是愛因斯坦那張舉世聞名的伸舌頭照片,在這張照片中,愛因斯坦把舌頭完全伸了出來。世界上最偉大的科學家還這樣頑皮,這當然只能是「可愛」了。對於老年人來說,「可愛」是一種心境和氛圍,是一種生活的態度,是擺脫生活的壓力和重負之後的一種輕鬆,是從「大世界」重新返回到「小世界」,是悠閒生活的一種自然流露。這種生活可能不雅潔、不優美、不完善、不機智、不高尚、不深刻,或者說俗氣、清淺、天真,但它無害、輕鬆、自然、諧意,充滿了樂趣,體現出對生活的熱愛和享樂,所以是一種「可愛」。當然,和兒童不能意識到他們自身的「可愛」一樣,老年人對他們自身的「可愛」也缺乏自意識,如果他們自認為「可愛」,那就一點也不「可愛」了,老年人的「可愛」同樣是一種中青年人甚至於兒童的視角和觀看。

在當代中國,不論是生活還是藝術都充滿了「可愛」。四方田犬彥認為:「『可愛』產生於 20 世紀龐大的大眾消費社會,可以說是最新的日本美學。」「『可愛』起源於日本文化的固有傾向。」[64]我不同意這種說法。事實上,自古以來,「可愛」就一直是人類社會生活中的一個普遍現象,所謂「童趣」,其實就是一種兒童的「可愛」。「可愛」起源於人類的天性,而與特殊的文化沒有根本的關係。

---

[64] 四方田犬彥:《什麼是可愛?》,蔣雯譯,《北京電影學院學報》2006 年第 1 期。

當然，某些文化傳統可能更利於「可愛」生活的生長，而某些文化則不利於「可愛」生活的生長，但總體上，文化不是「可愛」生活的源頭，而是「可愛」生活的結果。所以，並不只是日本才有「可愛」，世界到處都有「可愛」。以「可愛」為主體特色或者具有「可愛」特色的藝術很早就有了，美國著名的動畫片《米老鼠和唐老鴨》就是典型的「可愛」，中國現代著名畫家豐子愷的漫畫，「可愛」就是其藝術的基本色調，只不過我們沒有用「可愛」這個審美範疇來表述和言說，沒有建立一套相關的話語體系，沒有上升到美學理論的高度，沒有對它進行深入細緻的研究。大眾消費社會的確是「可愛」生活和「可愛」藝術成為當代社會一個顯著特點的重要原因，但「可愛」絕不是產生於 20 世紀的大眾消費社會，「可愛」在任何社會裏都有。但是，我們也要充分承認四方田犬彥的貢獻，是他第一次把「可愛」上升到審美範疇，或者說第一次提出了「可愛」這一美學概念，並且對它進行了系統的總結、歸納和研究，雖然這種研究還是非常初步的。

　　總之，在當代中國，「可愛」在我們的生活和藝術中佔有非常重要的地位，「可愛」是品評生活、品評藝術的一個重要審美範疇，也可以說是一個重要的尺度和標準。生活中到處都有「可愛」，藝術中到處都有「可愛」，實際上，當代生活和藝術中的很多「流行」都與「可愛」有關。但是，對於「可愛」，我們卻缺乏起碼的敏感，缺乏基本的發現和關注。日本學者四方田犬彥提出「可愛」這一審美範疇，並對它進行研究和總結，這對於我們有很大的借鑒和啟發意義。我們應該充分重視生活和藝術中的「可愛」現象以及它的生活意義和藝術意義，並從這一角度反思和改進我們的藝術，從而彌補我們的藝術在美學上的缺陷，豐富和發展我們的藝術。

本文原載《天府新論》(CSSCI)2008 年第 4 期。

我們需要怎樣的學術論爭？

——評《袁良駿學術論爭集》

　　大約是在大學二年級，我在一份小報上讀到一則掌故，是關於熊十力教育徐復觀如何讀書的。今天寫這篇文章時，我又查了這則故事的來源，不妨轉述如下：已經是陸軍少將的徐復觀去拜訪熊十力，請教應該讀什麼書，老先生推薦了王船山的《讀通鑑論》。過了幾天，徐復觀再去拜訪，熊十力問他讀書的心得，他接二連三說出了一大堆不同意見，但還沒有等他把話說完，熊十力就開口大罵：「你這個東西，怎麼會讀得進書！任何書的內容，都是有好的地方，也有壞的地方。你為什麼不先看出它的好的地方，卻專門去挑壞的：這樣讀書，就是讀了百部千部，你會受到書的什麼益處？讀書是要先看出它的好處，再批評它的壞處，這才像吃東西一樣，經過消化而攝取了營養。」[65]這個故事對我影響很大，這麼多年來我一直抱著學習「好的地方」的態度去讀書。道理很簡單，蜜蜂的目的是採蜜，它應該盯著花而不是幹枝和葉，否則就會耽擱正事；讀書也是這樣，讀書的目的是學習，就是要吸收別人的精華，如果過分地追究問題，就是捨本逐末。

　　對於袁良駿先生的著作，我也是抱著這樣一種態度去讀的。到我自己的書架上一找，竟然有七本袁先生的個人著述，分別是《香

---

[65] 徐復觀：《我的讀書生活》，李維武編《徐復觀文集》第 1 卷，湖北人民出版社，2002 年版，第 293 頁

港小說流派史》、《香港小說史》（第一卷）、《武俠小說指掌圖》、《八方風雨——袁良駿學術隨筆自選集》、《冷板凳集》、《准「五講三講集」》以及《袁良駿學術論爭集》[66]。所以，首先應該感謝袁先生，讀他的書我感覺也是很有收穫的。我認為，他的丁玲研究、港臺文學研究，給我們提供了很多資料，有時還是第一手資料，很珍貴；他的魯迅研究有理有據，功底深厚，在學術上無可挑剔，特別是對「極左思潮」的批判，對於魯迅研究的「撥亂反正」、「回歸學術」有很大的作用，功不可沒。

但是，對於袁先生的《袁良駿學術論爭集》這本書，有些方面，特別是武俠小說研究方面我實在不敢苟同，也不能理解，它不僅涉及到學術觀念、學術方式的問題，還涉及到學術爭論的諸多問題，我覺得這些問題對於我們當今的學術批評建設具有普遍意義，所以就把我的疑惑和一些不成熟的看法表達出來，以求教於大方。

一

首先是如何對該書進行定位和定性的問題。書的封底有這樣一段文字：「《袁良駿學術論爭集》秉承了《中國新文學大系·學術論爭集》的優良傳統，發揚了「當仁不讓於師」、「吾愛吾師，吾更愛真理」的學術風範，論點尖銳深刻，語言鋒利潑辣，是《中國新文學大系·學術論爭集》之後唯一的一本學者個人的學術爭論集。」老實說，讀了這段文字我感到很驚訝，做學問的人都知道，說「有」容易，說「無」難。學術爭論自古就有，現代以來尤盛，可以說是

---

[66] 袁良駿：《袁良駿學術論爭集》，中國文史出版社，2005年版。本文凡引該書，均在引文後注明頁碼，不再一一標注。

非常普遍的現象。中國從 1935 年（《中國新文學大系》這一年出版）到 2004 年，涉及到的人文科學和社會科學各學術領域的學術爭論非常多，出版的著作也非常多，要證明這中間沒有一本個人學術論爭集，雖然不是一個很大的學術命題，但考證的工作量卻是非常大的。而要否定這一命題卻相對容易，事實上，筆者的書架上就有好幾本學者個人學術論爭集，比如伍鐵平的《語言和文化評論集》（1997 年版）、鄭伯農的《在文藝爭論中》（1982 年版），蔡儀的《唯心主義美學批判集》（1958 年版）、張國光的《古典文學論爭集》（1987 年版），也許前兩本書還不是非常嚴格的「論爭集」，其中包含一些「泛批評」文章，但後兩本書卻是非常嚴格的論爭文章結集，《唯心主義美學批判集》是 50 年代「美學大討論」時蔡儀先生所寫爭鳴文章的結集，共九篇，書名咄咄逼人，是當時比較時髦的做法，中性一點其實就是「美學論爭集」。張國光先生是我的大學老師，在古典文學界以「好辯」和「唱反調」著名，《古典文學論爭集》就是這些文章的彙編。

　　當然這段文字可能並非袁先生的手筆，可能出自編輯，具有「廣告意味」，但袁先生是「著作人」，他應該把好關。

　　袁先生的《袁良駿學術論爭集》共收文章五十一篇（封底介紹誤為五十二篇），按照發表的時間，其中 1959 年一篇，其他均為 1978 年以後，最晚為 2004 年。其中真正具有爭論性的文章不足五分之一，還有大約五分之一的文章是典型的「立論」文章，比如〈關於香港小說的都市性與鄉土性〉一文，作者認為香港小說具有「都市性」和「鄉土性」，並沒有對立性的觀念，寫作的方式也不是批駁。而大約五分之三的文章則屬於「泛批評」，其觀念有時針對現象而發，有時針對比較普遍的觀念而發。所以，我認為，《袁良駿學術論爭集》不過是一本普通的論文集，都與學術有關，但有些文章不是嚴格的學術論文，具有「隨筆性」。在現代文學界，袁先生

曾參與甚至發起了一些學術論爭，影響很大，但這本書明顯不是一本「學術論爭集」。

在上面的文字中，在「自序」以及書中，袁先生多次並提到「當仁不讓於師」、「吾愛吾師，吾更愛真理」兩句名言，對於該書的定性，似乎有暗示性。但我覺得，袁先生對這兩句名言的應用似乎不恰當。「當仁不讓於師」語出《論語・衛靈公》，一般解釋為，面對做仁德的事情，即使面對老師也不謙讓。朱熹的注釋是：「當仁，以仁為己任也。雖師亦無所遜，言當勇往而必為也。蓋仁者，人所自有而自為之，非有爭也，何遜之有？」[67]意思是說，擔當實現仁道的重任，即使和老師相比，也不遜色。和一般人的理解稍有差異，但不管怎麼差異，老師都是對象。

「吾愛吾師，吾更愛真理」語出亞里士多德，筆者不懂古希臘文，但知道英語譯文是：Plato is dear to me, but dearer still is truth。亞里士多德長期師從柏拉圖，達二十年之久，但是在探索真理上，他堅持自己的觀念，毫不留情地批評自己的恩師，有人指責他忘恩負義，背叛老師，他說了這句名言。這句話後來幾乎成了學生反叛老師、和老師分道揚鑣的代名詞。比如蔣百里是梁啟超的學生，後來兩人在「革命與改良」問題上意見分歧，蔣百里公開寫文章和梁啟超論戰，有同好問蔣百里：「梁任公是你的恩師，你怎麼同他公開論戰？不怕損害師生情誼嗎？」蔣百里直言相告：「吾愛吾師，但我更愛真理！」所以，「吾愛吾師，吾更愛真理」作為「成語」，它具有特殊的含義，主要是指不同意老師的觀念，和老師據理力爭。這裏的「師」是「師生」的「師」，而不是「三人行必有吾師」的「師」。袁先生在〈五四文學革命與「兩個翅膀論」〉中引用了這

---

[67]　朱熹：《四書章句集注》，《朱子全書》第6卷，上海古籍出版社，安徽教育出版社，2002年版，第210頁。

兩句名言，在范伯群先生是「不折不扣的學長」的意義上，這個引用是對的，但在〈一個天真的學術幻想——王彬彬文讀後感〉一文引用亞氏名言，我覺得就有點不恰當，或者說有點太「謙虛」了。

袁先生曾說：應該「先花點笨功夫，把古文讀懂，把史實、典故鬧清楚」（第245頁），我非常敬重這種治學態度，但說起來容易，做起來就不那麼容易，比如袁先生在〈與彥火史論金庸書〉一文中說彥火的〈扳不倒的金庸〉一文「開良好風氣之先，功似不在禹下」（第369頁）。我覺得這個評價實在太高了。「功不在禹下」語出韓愈的《與孟尚書書》，禹在中國歷史上的地位，我想一般人都知道，傳說中，正是他的治水才把我們的祖先從水中拯救出來的。韓愈認為孟子的治人其偉大並不在大禹治水之下，所以如是說。彥火何其人也，本人孤陋寡聞，他發表在《收穫》上的一篇普通文章，而且還是遭到袁先生批評的文章，怎麼能和孟子的貢獻相提並論呢？筆者初讀以為是校對問題，去查《八方風雨》和《准「五講三噓集」》兩書，發現都是如此。諷刺和反語又都不像，所以只能猜測是袁先生用典隨意了。

袁先生的隨意和馬虎還表現在選文上，有些文章我認為就不應該收進來，倒不是觀念上的問題，而是重複了。同一篇文章，由於作者自己喜愛，重複收在不同的集子中，雖然學術界很多人都反對這樣做，認為是對讀者的不敬，也是出版方面的浪費，但作者執意要這樣做，我認為也無可厚非，學術界很多人都是這樣做的，且學者名氣越大，重複的次數越多。《袁良駿學術論爭集》中很多文章都是《八方風雨》和《准「五講三噓集」》收錄過的，有些不過是題目不同而已，比如〈通俗，豈與高雅無緣〉，在《八方風雨》中有一個副標題「我的雅俗文學觀」，文字完全一樣，文末注明原載《粵海風》1997年第6期。而在《准「五講三噓集」》中則題為〈雅俗共賞和而不同〉，文字略有差異，但基本觀點一樣，文末注明原載香港《寫作》1996年2月。

　　但同一篇文章甚至連改頭換面都不做就重複收進同一本書，我覺得如果是有意，那就有點過分，如果是無意，那就是太馬虎了。比如〈「現實主義」問題商兌〉一文（第 204-210 頁）就是前一篇文章〈關於兩個理論問題〉（第 192-203 頁）的第一部分，即「第一個問題」的改寫，觀點基本一致、材料大致相同，只是文章結構有所變化。而〈周作人為什麼會當漢奸〉（第 412-419 頁）和〈「周作人熱」與「漢奸有理論」〉（第 420-427 頁）兩文則完全一樣，差別僅在於發表的出處不一樣，前文注明發表在《光明日報》1996 年 3 月 28 日，並注明了寫作的時間，後文注明發表在《粵海風》1998 年第 3、4 期合刊。同一篇文章換一個標題再發一次，雖然錯誤，考慮到「坐冷板凳」太辛苦，還可以理解，本人從前也犯過一次一稿兩發的錯誤，現在深為後悔。但同一篇文章在同一部論文集中收錄兩次，筆者還是第一次見到。不知道這是不是「開先」？如果是，我覺得這個「先」開得不好。

二

　　其次是理論體系的問題。讀完袁先生的這本論文集，我感到自己得到的是一團亂麻，滿腦子糊塗，有些問題我不知道袁先生究竟是什麼觀點。人的思想是變化的，但如何變化以及變化到什麼程度才是合理？在不同的語境中，同一事實和材料有不同的意義，但怎樣才能做到不自相矛盾？學術文章應該具有嚴密的邏輯性，但理性與感性應該如何把握？我感到很疑惑。

　　夏志清的《中國現代小說史》一個很重要的特點，就是給沈從文、張愛玲（當然還有錢鍾書、張天翼、吳組緗和師陀）以「專章」的地位，和魯迅、茅盾、老舍、巴金一樣的「規格」。在〈評夏志

清《中國現代小說史》〉一文中，袁先生批評夏志清給予張愛玲「極
高的評價」（第 169 頁），一個重要的理由就是她赤裸裸的反共。也
批評夏志清給沈從文以「傑出」的定位，認為他的代表作《邊城》
「在藝術上有一定成就，這要給以充分的肯定；但是也要看到⋯⋯」
筆鋒一轉，中心點在哪裏，讀者一看句式就知道。「仁者見仁，智
者見智」，這也未嘗不可，但在〈通俗，豈與高雅無緣〉這篇文章
中，袁先生恰恰又把沈從文和張愛玲與魯迅、茅盾、巴金、老舍並
列，通稱他們為「小說大家、小說天才」（第 226 頁），又稱「郁達
夫、葉紹鈞、冰心、茅盾、巴金、老舍、沈從文、吳組緗、張天翼、
張愛玲等」為「數十位卓有建樹的小說家」（第 225 頁），我覺得這
實際上就是「高度評價」。

　　關於如何評價通俗文學及其與高雅文學之間的關係，該論文集
收錄了好幾篇專題文章，加上其他文章中兼及談到，其內容構成了
本書的一大特色。袁先生多次肯定通俗文學作為文類，認為通俗文
學與高雅文學並沒有高下之分，「通俗文學不等於低俗文學，它同
樣可以是高雅的，健康的，優美的。」（第 224 頁）「『俗文學』絕
不等於低俗文學，俗文學中有很多好東西。時至今日，情況更不同
了。所謂『俗文學』與『雅文學』的原有界限，根本就不存在了。」
（第 225 頁）「所謂『通俗文學』和所謂『嚴肅文學』並沒有一條
天然的不可逾越的鴻溝。所謂雅俗共賞，老少咸宜，絕非一句空話，
而是事實上存在這樣的作品。」（第 226 頁）其正面例子就是張恨
水和趙樹理。在這篇文章的另外「版本」中，作者甚至說：「假如
你承認它們是以普及為主的通俗文學，那麼，你就不能不承認通俗
文學不僅不可以一筆抹煞，甚至還可以進入純文學的殿堂，成為比
嚴肅文學還要嚴肅、還要可愛的嚴肅文學。」[68]「通俗文學」與「嚴

68　袁良駿：《雅俗共賞和而不同》，《准「五講三噓集」》，福建人民出版社，2001

肅文學」作為相對立的概念，是歷史形成的，「嚴肅文學」其實就是「高雅文學」，袁先生不過是沿襲過去的用法，具有約定俗成性。具體對於通俗文學中最重要的武俠小說，袁先生也多次肯定其文體，比如他說：「武俠小說既為之小說之一種，自應在文學大家族中佔有其一席之地」（第 383 頁），並且高度肯定中國古代的武俠小說（但作者多用「俠義小說」這個概念）。從這些話中，我們似乎可以得出結論，袁先生是反對「文體偏見」的，也就是說，在文類上，通俗文學無可非議，它可以高雅、健康和優美，甚至比高雅文學更高雅。

但袁先生也同樣多次否定作為文類的通俗文學，否定通俗文學與高雅文學可以相互滲透、相互轉化，否定武俠小說的文體合理性。袁先生否認當今大陸和港臺文學存在「精致文學通俗化」而「通俗文學精致化」，或者「嚴肅文學通俗化」而「通俗化文學嚴肅化」（第 199 頁），認為這種「公式」「根本不存在」（第 200 頁），袁先生用「公式」這個概念，似乎暗示這不僅僅是現象問題，同時也是理論問題。在〈說雅俗〉一文中，袁先生明確反對「事物本來無雅俗之分，雅就是俗，俗即是雅」的觀點（第 393 頁），似乎又恪守雅與俗的嚴格界線。具體對於武俠小說，袁先生又認為是「低檔次、低品位」（第 401 頁），是「相當陳舊的藝術形式」（第 391 頁），認為「武俠小說的寫作模式也早已走入了窮途末路，沒有任何新的生命力可言了」（第 391 頁），「武俠小說這種陳腐、落後的文藝形式，是早該退出新的文學歷史舞臺了」（第 401 頁）。袁先生甚至說：「真正的、嚴肅的歷史小說，其價值要高出現在這樣的『四不像』（筆者按：指金庸的武俠小說）不知多少萬倍。」（第 400 頁）范伯群先生提出「兩個翅膀」論，認為通俗文學與高雅文學構成了中國現

年版，第 230-231 頁。這段話在《通俗，豈與高雅無緣》被中刪除了。

代文學的兩翼，袁先生明確反對，並諷刺說：「搞什麼二一添作五，平分秋色。」（第289頁）。從這些話中，我們又似乎可以得出結論，袁先生是主張「文體等級」的，即認為通俗小說特別是武俠小說天生低賤，無法和高雅文學相提並論。

附帶要說的是，袁先生在「通俗文學」與「高雅文學」的稱謂上也是非常猶豫的。在很多文章中，袁先生都是使用「通俗文學」和「嚴肅文學」這一對概念，並且是在「通俗」與「高雅」或者「雅」與「俗」二元對立的意義上使用的。當然，這種使用並不是很好，容易引起誤解，所以很多人都不用這兩個概念，而是用「通俗文學」與「高雅文學」或者「俗文學」與「純文學」等。語言的意義取決於使用，只要約定俗成，袁先生使用這兩個概念未嘗不可，後來袁先生覺得不妥，換另外的概念也未嘗不可。但袁先生指責范伯群先生使用這一對概念「不科學」，因為「嚴肅」與「通俗」「絕非一對相反的概念」，「『嚴肅』文學可以是『雅』的，也可以是『通俗』的；反過來，『通俗』的文學可以是不『嚴肅』的，但也可以是很『嚴肅』的」（第309頁）。這就有點扣字眼、「望文生義」了。面對范伯群先生的質疑，袁先生表現得很可愛：「既然我沿用過『嚴肅文學』、『通俗文學』的概念，范先生對我的批評就是正確的，我以後絕不再使用這一對不科學的概念。」（第346頁）我覺得，「不再使用」不是問題的實質。

具體在金庸評價上，說起來，袁先生是國內比較早給予金庸武俠小說以較高評價的學者之一，在《香港小說史》的「緒論」中袁先生認為金庸、梁羽生的武俠小說「開了香港小說的新生面」，「在武俠小說的領域內，他們確實發動了一場『靜悄悄的革命』」，「金、梁等人的武俠之作，刷新了武俠小說的面貌，提高了武俠小說的檔次，為武俠小說注入了濃郁的文化歷史內涵，也努力學習了『純文

藝』創作中某些藝術經驗」[69]。這是非常高的評價，雖然在這一段話後面也有批評，但充分肯定是大前提。而在〈與彥火兄論金庸書〉等文章中，袁先生則對金庸的武俠小說給予了整體性的否認，認為「金庸武俠小說正是品位不高的暢銷書」（第 373 頁）並且諷刺嚴家炎先生的「靜悄悄的文學革命」說。袁先生批評金庸的武俠小說：「包括金庸在內，低俗的、黃色的、下流的、不堪入目的東西多得很。」「不著邊際的望風撲影，胡編亂造。」「這是什麼玩藝？隨心所欲到了什麼程度？」（第 374 頁）還有「瞎編亂造」、「低俗肉慾」等。前後形成鮮明的對比。

袁先生曾批評蘇雪林對於魯迅的「自相矛盾，出爾反爾」，事實確鑿，非常有說服力。袁先生把它上升到學術規範的高度，我覺得也非常有道理。「一個人並非不可以改變自己以前的觀念，『新我』隨時可以否定『舊我』。但如果否定，就應直白宣佈『舊我』的錯誤，讓人感到光明磊落。」（第 189 頁）。這個「道理」袁先生在批評余英時也曾表達：「讓人費解的是，十年前這樣首肯魯迅的余先生，為什麼十年後卻來了一百八十度的大轉彎，對魯迅大罵特罵起來？」「當然，一個學者有權改變自己的學術觀點，然而，改變的根據最好能夠說清楚。」（第 85 頁）這個要求可能有點苛刻，不是每一個學者都能勇敢地做到，但對於一個嚴肅的學者來說，基本的觀念一致卻是應該的。

袁先生對金庸武俠小說的態度為什麼會發生這麼大的轉變，從他的論文集中我們似乎找不到答案。關於金庸小說的評價，袁先生和嚴家炎先生曾有一次很有影響的論爭。有意思的是，據說嚴家炎先生參加編寫的「金庸小說評點本」受到了金庸先生的批評，對此，袁先生語含譏諷地議論道：「即使在蒙受了此等奇恥大辱之後，嚴

---

[69] 袁良駿：《香港小說史》第一卷，海天出版社，1999 年版，第 12 頁。

先生依然不改初衷，……仍然對金庸武俠小說大唱讚歌。」（第98頁）我覺得這在文風上有失厚道。老實說，筆者也不同意嚴先生關於金庸武俠小說的某些觀念，但這並不影響對嚴先生學術上的尊重。嚴先生高度評價金庸，並不因為受到金庸先生的批評就改變學術觀念，這恰恰說明了他學術上的嚴肅態度；另一方面，金庸先生並不因為嚴家炎先生曾經高度評價他的小說就違心地說話，該坦率批評就坦率批評，其真誠同樣讓人敬佩。

袁先生曾嘲笑馮其庸先生讀了《書劍恩仇錄》之後親自「三下新疆，去實地考證《書劍恩仇錄》細節描寫的真實性。這就更犯了小學生都明白的常識性錯誤」（第364頁）。在歷史與小說具有根本區別這一意義上，我認為這一批評是正確的。但有意思的是，袁先生正是以歷史和現實的眼光批評武俠小說不真實，「比如郭靖、黃蓉、楊過等為主角的抗元『襄陽保衛戰』，便都是地地道道的無中生有。這樣吹噓武俠小說在現實征戰中的作用，難道不是對歷史的歪曲嗎？」（第400頁）這不也是把武俠小說當作歷史了嗎？

對於民國時期的武俠小說，袁先生總體上是否定的，他說：「民國武俠小說不過是一座巨大的、臭氣熏天的文字垃圾山。」（第303頁）雖然他事實上給予了平江不肖生、王度廬很高的評價。究竟如何評價民國武俠小說，我覺得這是一個很大的學術課題，可以討論，袁先生的觀點不失為一家之言，其結論值得所有研究武俠小說的學者參考和思考。但是，袁先生的論證材料和論證過程卻讓人覺得其道理很勉強。袁先生把五四新文學運動描述是對「舊文學的掃蕩」，其結果是「取而代之」（第289頁），又說，「鴛蝴派」和武俠小說「被打敗」了，但並未死亡，它們照樣存在和發展，並產生了張恨水這樣的「小說大家、小說天才」，（第225-226頁）袁先生多次引用袁進先生統計的「民國武俠小說約有三億言」的材料也似乎說明了「發展」的觀點。這似乎前後不一。所以范伯群先生說袁先

生雖然反對「兩個翅膀論」，但實際上又是主張「兩個翅膀」的[70]。袁先生說：「范先生大力倡導的『兩個翅膀論』，實際上是一個否定『五四』文學革命，為『鴛蝴派』翻案的，似是而非的錯誤理論。」（第 339 頁）「翻案」還可以說，「否定」從何說起？「兩個翅膀」簡單地概括就是新文學「一支翅膀」，承繼舊文學較多的通俗文學「一支翅膀」，明明是承認五四新文學的，怎麼成了「否定」？難道僅承認五四新文學那才叫肯定五四新文學嗎？

　　袁先生認為「俠義小說」發展到清末氾濫成災，「正因為它們的氾濫成災扼殺了中國文學的勃勃生機，阻礙了中國文學的健康發展」（第 101 頁）。在另外一個地方，袁先生又加上了「鴛蝴派」，「它們和鴛蝴派一起，窒息了中國文學的生機，阻礙了中國文學的發展」（第 397 頁），並進而認為，民國時期武俠小說氾濫，中國文學生態被嚴重破壞，「造成了中國文學的空前的災難」。80 年代之後，武俠小說再次氾濫，因此，文學生態被「破壞得一塌糊塗」。（第 383 頁）這和我們一般人對文學史的印象和評價有很大的差距。一般認為，中國現代時期文學生態是好的，所以產生了「魯、郭、茅、巴、老、曹」等一批傑出的作家和經典性的文學作品；80 年代以後，文學生態也是好的，所以文學開始復興，並出現了延續現代文學的繁榮局面。相反地，50～70 年代，特別是「文革」時期，中國的文學生態很差，成績也不如人意。中國有武俠小說的時候，文學生態就好，武俠小說遭禁止的時候，文學生態就不好，這可能僅僅是一種巧合，並不能從根本上說明問題。如果說現代時期和 80 年代之後的中國文學生態「一塌糊塗」，我想我們大多數人都寧願要這種「一塌糊塗」；如果說現代文學時期和 90 年代是中國文學的

---

[70] 范伯群：《還原一討：面對面的學術論爭——范伯群致汕頭大學學報編輯部的一封信》，《汕頭大學學報》2005 年第 3 期。

「空前災難」時期，我們倒希望中國文學永遠處於這樣一種「空前的災難」之中。袁先生曾說：「在學術事業上標新立異並非壞事，自創新論尤為可貴。但有一個前提，即必須符合實際。」（第 40 頁）對此，筆者表示絕對的贊同。

三

　　三是如何評價武俠小說，特別是金庸武俠小說的問題。本人不是武俠迷，但也讀了很多武俠小說，古代、現代的都讀過。本人讀武俠小說遠遠早於本人讀武俠小說理論與批評，就是現在也很少看武俠小說評論。在閱讀上，我的感覺和袁先生的感覺有太大的差距，從一個普通讀者的角度來說，我對袁先生的批評非常不理解，也難以接受。所以，我也把它真誠地表達出來，不知能否算一家之言？

　　袁先生否定武俠小說和否定金庸武俠小說，其理由基本上是一樣的，《再說金庸——以金庸為例》列舉了舊武俠小說的五大問題和金庸武俠小說的六大問題，在這十一個問題中，我認為最重要的問題就是武俠小說「脫離現實生活，不食人間煙火」（第 397 頁）這一問題，這個觀點袁先生在其他文章中曾多次表達，比如：「武俠小說是一種不食人間煙火的消遣品，一種去山霧罩、天馬行空、主觀隨意的通俗讀物。」（第 262-263 頁）筆者感到疑惑的是，就算武俠小說所表現的是一個不食人間煙火的世界，這難道是一種錯誤嗎？童話、寓言、神話以及科幻小說、偵探小說的世界，不也都可以說是不食人間煙火的世界嗎？難道它們在文體上都應該否定？《西遊記》、《聊齋志異》、希臘神話、安徒生童話、凡爾納的作品都應該否定嗎？什麼是「不食人間煙火」？男女愛情、大吃大

喝是不是人間煙火？「拉幫結派，抱成一團，排斥異己，順我者昌，逆我者亡」（第294頁）以及「愚忠」、「奴性」等這是不是「人間煙火」？如果是，武俠小說以及金庸武俠小說也是食人間煙火的。難道一定要寫吃喝拉撒、耕田種地、織布紡綿以及做生意賺錢才叫「食人間煙火」嗎？

有意思的是，袁先生有時也籠統地說：「武俠作品的世界，完全是一個不食人間煙火的世界。」（第250頁），但他又把古代武俠小說以「俠義小說」的名目分離出來：「在古代的俠義小說中，行俠仗義，除暴安良的俠客們雖然武藝高強，膂力過人，但總是吸食人間煙火，立足現實人生的常人。」（第291頁）列舉的作品包括《搜神記》，唐傳奇中的作品，還有《水滸傳》、《三俠五義》等，可是，這些作品寫的都是「現實人生」嗎？其中的人物都是「常人」嗎？《搜神記》且不說，單說《水滸傳》和《三俠五義》，一百單八將是「常人」嗎？展昭是「常人」嗎？白玉堂是「常人」嗎？「七俠」「武義」的生活是「現實人生」嗎？其實他們都是作家想像出來的，在想像的意義上，他們和金庸小說中的人物別無二致，差別僅在於個性內涵不同。武俠小說的世界是經過歷代文人和讀者共同建構起來的世界，是一個具有想像性、虛擬性和遊戲性的世界，它當然與現實生活有關係，但絕不等於現實生活。武俠小說中也有現實，但不只有現實，且這種現實不是直接的、不是複製的，具有隱喻性，可以概括為「現實性」，是情理上、情感上和生活邏輯上的，金庸小說中的人物和故事經常被用來說明生活中的道理就充分說明了它的現實性。

武俠小說不是歷史，不是歷史小說（雖然武俠小說經常以古代某一時期為背景）、不是紀實小說、不是現實主義小說，甚至也很難說它是浪漫主義小說，它是一種特殊的文體，它的世界是虛擬的，其中的「規則」具有沿襲性、「層累」（借用顧頡剛的概念）性

和「積澱」（借用李澤厚的概念）性，具有約定俗成性。江湖爭鬥，
打打殺殺，刀光劍影等正是它的基本內容。所以我們不能用歷史的
標準、社會的標準來衡量它，不能用現實生活來比照它，不能用現
實主義的原則來要求它並進而否定它。如果你不能接受武俠小說約
定俗成的「規則」前提，那你就不要看武俠小說好了，正如你不接
受象棋規則，你就不要下象棋一樣。我們不能用象棋的規則否定圍
棋，也不能用圍棋的規則否定象棋，同理，我們不能用現實主義的
小說標準否定武俠小說，正如不能用武俠小說的標準否認現實主義
小說一樣。袁先生曾說：「萬不可拿鐮刀去否定錘子，也不要拿錘
子去否定鐮刀。」（第 198 頁）我覺得這個表述太精妙了。但實際
上，袁先生並沒有很好地做到這一點。袁先生說：「武打片中常有
的殺人行為，無論殺好人還是殺壞人，皆屬於一種『無政府』行為，
與當今的法制社會、依法治國背道而馳。」（第 249 頁）我覺得這
是混淆了小說與現實生活。又說：「不錯，小說不是歷史，作家可
以杜撰；但你何必掛出康熙的頭銜？何必故意以假亂真，愚弄讀
者？」（第 381 頁），既然是「杜撰」，何來「以假亂真」？何「愚
弄」之有？

　　袁先生旗幟鮮明地表明他的現實主義態度：「弟批評金庸的武
俠小說脫離現實生活，不食人間煙火，根據的的確是這種現實主義
精神。」（第 372 頁）不是說金庸不能批評，而是我覺得用現實主
義精神來批評在標準上是錯位的，建立在與現實生活關系上的「真
實性」標準是絕大多數文學的標準，但不是武俠小說的標準。在《武
俠小說指掌圖》中，袁先生在分析了《射雕英雄傳》中郭靖的種種
「不可能」之後議論說：「這真無異於天方夜譚。」[71]這實在讓人
費解，《天方夜譚》本身就是「天方夜譚」，「天方夜譚」對於《天

---

[71]　袁良駿：《武俠小說指掌圖》，新華出版社，2003 年版，第 249 頁。

方夜譚》來說是「合理」的，也是最有藝術價值的地方，全世界從沒有人因為《天方夜譚》是「天方夜譚」而否定它。武俠小說在文類上和《天方夜譚》非常接近，本來就是「天方夜譚」。豈只是郭靖的故事是「天方夜譚」，整個《射雕英雄傳》都是「天方夜譚」，整個金庸武俠小說都是天方夜譚[72]，整個武俠小說都是天方夜譚。要求金庸的武俠小說不是「天方夜譚」這才是真正的天方夜譚。

　　袁先生說：「仁者見仁，智者見智，同一個作家、作品，不同的讀者和批評者會有不同的認識和評價，這是符合事物發展規律的正常現象。」（第 131-132 頁）我非常認同這一觀點。趣味無爭辯，任何人都不能阻止袁先生用現實主義的方式去閱讀金庸的小說，這已經不是真理的問題，而是愛好的問題了。在這一意義上，我們充分尊重和理解袁先生的閱讀，而同時也充分尊重其他人的閱讀。但閱讀經驗不能代替文學批評。袁先生曾批評范伯群先生主編的《中國近現代通俗文學史》：「《武俠黨會編》的編者們可以不喜歡現實主義，但沒有理由歪曲和攻擊現實主義，更不應該為了維護民國武俠小說這一座垃圾山而把現實主義否定得一乾二淨。」（第 304 頁）我也套用袁先生這段話：袁先生可以不喜歡金庸和武俠小說，但沒有理由歪曲和攻擊金庸與武俠小說，更不應該為了維護現實主義的一枝獨秀，把金庸和武俠小說否定得一乾二淨。可能微有不敬，但心同理同。

　　我們究竟需要什麼樣的學術和爭論，《袁良駿學術論爭集》給了我們許多建設性的啟示，但也給了我們很多經驗和教訓。

　　　　　　　　　　　　本文原載《文藝研究》2008 年第 10 期。

---

[72] 金庸的第一部小說《書劍恩仇錄》1955 年 2 月 8 日開始在《新晚報》上連載，其報紙的欄目就叫「天方夜譚」。

後記

　　其實，某種意義上說，所有研究現當代文學的人都是在研究中國現當代文學史。因為作家研究也好，作品批評也好，還有思潮、流派、社團、文學事件等研究最終都要歸結到文學史的問題上，都可以納入文學史的範疇。文學史實際上建立在各種具體文學現象研究的基礎上，文學史編纂主要是「集成」，是對各種文學現象研究的總結和濃縮。編纂文學史也表明編者對歷史上各種文學現象和目前各種文學現象研究在整體把握上的自信。

　　所以研究現當代文學的人好多都有一個情結，就是編寫一部滿意的文學史，這倒不完全是成就上的考慮，更主要的是對「文學史」的一種偏愛、重視或者說正統觀念。中國人自古以來就非常重視「史」，「史」對於歷史人物來說始終是一種道德約束和規訓，不僅僅只是「以史為鑒」，更重要的是「青史留名」，與西方的人死後升入天堂作為人生的一種歸屬不一樣，「青史留名」則是很多中國人的一種歸屬追求。正是因為「以史為鑒」和「青史留名」，所以一些掌握重權的人雖然可以為所欲為，但卻不敢為所欲為、不敢過於放縱，歷史在這裏其實構成了一種無形的約束、無形的照亮。

　　文學史其實也是這樣，它是很多作家的歸屬追求，它構成了作家生命延續的最重要途徑和方式。正是因為如此，所以現當代文學研究歷來非常重視文學史，它構成了文學研究的中心內容。當今中國大學教育的中外文學專業課程設置幾乎都是「文學史」形態的，外國文學幾乎就等同於外國文學史，中國古代文學幾乎就等同於中

國古代文學史，中國現代文學幾乎就等同於中國現代文學史，中國當代文學幾乎就等同於中國當代文學史。我們的文學教育主要是通過文學史教育來完成的，所以中國文學史、中國現當代文學史、外國文學史等就構成了大學中文系的核心課程。

我的大學文學教育也主要是通過文學史來完成的，通過學習中外各種文學史，我獲得了對人類至今為止的文學的總體瞭解，並且對各種文學現象，特別是作家、作品有一個基本的定位。文學史實際上後來一直是我的文學座標或者說網路，所有的作家作品以及文學現象，我都把它們放置在這樣一個座標系統所構成的網路之中。大學畢業後就到大學教書，從一所大學出來再進另一所大學，不同在於，第一次是學文學，這一次則是教文學，最初是教授文學理論，後來則教授中國現當代文學史。教書對於我來說也是一種學習，「教學相長」，我開始更廣泛地閱讀中外文學作品，有些作品是文學史中有介紹的，有些則是根本就沒有提到的。我開始研究各種文學現象，我知道了更多的文學現象，有些現象文學史有介紹，有些現象則沒有介紹。

我的文學座標系統主要是從大學教科書中學習而來的，現在越來越豐富、越來越充實，也越來越複雜，我自己的文學知識譜系越來越龐大。最初感覺這個座標系統很實用，但隨著閱讀的豐富和獨立、隨著認識的深入，問題隨之而來。我覺得越來越窘迫，我的閱讀和感覺以及認識越來越和這個網路或座標有一種緊張的關係，有的作家和作品因為水平不夠或者藝術價值有限，不能進入文學史這可以理解，但有些作家和作品，我覺得完全有資格進入，且放置起來特別彆扭，似乎什麼地方都不合適。還有許多新產生的作家和作品以及新的文學現象似乎也與這個座標格格不入，它們對這個座標方式本身似乎越來越構成了一種挑戰。

　　我覺得這個坐標系統可能有問題，也就是說，我們過去的文學史觀念、文學史模式可能存在著缺陷。文學史本身也是歷史的產物，中國現當代文學史作為一個學科產生於上個世紀中期，那樣一種政治環境下有些文學現象、有些優秀的作家和作品被排斥或者被貶低，相應地有些作家和作品被撥高，這可以理解，但今天我們仍然沿襲這些觀念和具體的定位，就是我們今天的學者沒有盡到時代的職責。今天，哲學和歷史學都有很大的進步，取得了豐碩的成果，特別是後現代主義思潮的出現，極大地豐富和改變了我們的思想觀念和思維方式，它雖然不可能從根本上顛覆我們的文學史，但對於糾正傳統文學史的一些偏向、修補傳統文學史的缺陷卻是大有裨益的。我不是一個後現代主義者，但我充分承認後現代主義對人類思想和思維發展和進步的作用和意義。

　　新世紀以來，我陸續寫了一些有關文學史反思的文章，涉及到中國現代文學史模式的問題、文學史的分期問題、文學史的思維方式問題、文學史的本體和方法的問題，收在本集中的論文大致是我比較滿意的文章。對於中國現當代文學史，我一直懷著一種崇敬的心情，我覺得我還沒有能力去重寫一部文學史，我的知識儲備也不夠，但我在努力地做一些工作、做一些準備，我相信有一天我會或獨立或主持編一部有特色、有價值、自己滿意的中國現當代文學史。

　　收在本集中的另一部分文章則是關於文學批評的，涉及到「學院批評」、「唱反調」的文學批評、文學批評的學術規範等問題。對於文學批評，我一直強調它的當代性質，我認為文學批評是當下文學研究的核心內容。有人說當代文學無史，這話總體上不正確，當代文學一般以 1949 年為起始時間，至今已經有六十年歷程，難道六十年還不應該有史？但這個話也有一定的道理，它主要適用於當下文學，我們可以說：當下文學無史。對於六十年的中國文學，在研究上我覺得應該區別對待，「十七年文學」、「文革」文學以及新

時期文學已經完全歷史化，我們應該採取「史」的形態進行敘述和研究。80 年代文學、90 年代文學，歷史的輪廓已經基本呈現，但批評仍然是有效的，也是需要的，所以對於它們的研究應該是批評與「史」的結合。而新世紀文學的總體成就、發展趨勢等由於時間太近，我們現在還看不清楚，哪些文學現象是重要的、哪些作家是優秀的、哪些作品可以稱得上是經典，這還需要時間的檢驗，還需要沉積，還需要我們的研究者們進行仔細的甄別，也就是說，需要批評，所以我認為文學批評是當下文學研究的基本形態，也可以說是主體。

文學批評一方面積極地參與當下文學的建設，是當代文學歷史進程的一個重要因素，另一方面它也是為未來的歷史書寫做前期準備工作。在這一意義上，文學批評與文學史在現當代文學研究中具有同等的重要性，文學批評也可以說是文學史的一部分，只是標明的時間物件有所不同。這也是我為什麼把文學史反思和文學批評反思編在一起的原因。

本書中所有的文章均曾在學術期刊上發表，並被《新華文摘》、《高等學術文科學術文摘》、人大複印資料等轉載，這裏都在文末一一注明。對於這些學術期刊以及編發本人文章的責任編輯，我藉此機會表示衷心的感謝。承蒙蔡登山先生厚愛，肯定拙作並予以出版，我感到非常高興和榮幸。蔡先生也是一位非常有成就的現代文學史家，我曾拜讀過他的好多著作和文章，深服他對於現代文學史掌故的熟悉，他的考證證據充分、邏輯嚴密，是我們重新認識和書寫現代文學史非常重要的研究成果。責任編輯詹靚秋小姐在編輯此書的過程中付出了很大的辛勞，在此一併表示感謝。

高玉

2009 年 4 月 21 日於浙江師範大學

國家圖書館出版品預行編目

中國現當代文學史與文學批評反思 / 高玉著. --
一版. -- 臺北市：秀威資訊科技, 2009.11
面；　公分. -- (語言文學類；AG0117)
BOD 版
ISBN 978-986-221-305-6 (平裝)

1.中國當代文學　2.中國文學史　3.文學評論

820.908　　　　　　　　　　　　98017586

語言文學類　AG0117

中國現當代文學史與文學批評反思

作　　者 / 高玉
發 行 人 / 宋政坤
主　　編 / 蔡登山
執行編輯 / 詹靚秋
圖文排版 / 黃莉珊
封面設計 / 陳佩蓉
數位轉譯 / 徐真玉　沈裕閔
圖書銷售 / 林怡君
法律顧問 / 毛國樑　律師
出版印製 / 秀威資訊科技股份有限公司
　　　　　台北市內湖區瑞光路 583 巷 25 號 1 樓
　　　　　電話：02-2657-9211　　傳真：02-2657-9106
　　　　　E-mail：service@showwe.com.tw
經 銷 商 / 紅螞蟻圖書有限公司
　　　　　台北市內湖區舊宗路二段 121 巷 28、32 號 4 樓
　　　　　電話：02-2795-3656　　傳真：02-2795-4100
　　　　　http://www.e-redant.com

2009 年 11 月 BOD 一版
定價：350 元

讀 者 回 函 卡

感謝您購買本書，為提升服務品質，煩請填寫以下問卷，收到您的寶貴意見後，我們會仔細收藏記錄並回贈紀念品，謝謝！

1. 您購買的書名：_____

2. 您從何得知本書的消息？

　　□網路書店　□部落格　□資料庫搜尋　□書訊　□電子報　□書店

　　□平面媒體　□ 朋友推薦　□網站推薦　□其他_____

3. 您對本書的評價：(請填代號　1.非常滿意 2.滿意 3.尚可 4.再改進)

　　封面設計____　版面編排____　內容____　文/譯筆____　價格____

4. 讀完書後您覺得：

　　□很有收獲　□有收獲　□收獲不多　□沒收獲

5. 您會推薦本書給朋友嗎？

　　□會　□不會，為什麼？_____

6. 其他寶貴的意見：_____

_____

_____

_____

讀者基本資料

姓名：_____　年齡：_____　性別：□女 □男

聯絡電話：_____　E-mail：_____

地址：_____

學歷：□高中(含)以下　　□高中　□專科學校　□大學

　　　□研究所(含)以上 □其他_____

職業：□製造業 □金融業 □資訊業 □軍警 □傳播業 □自由業

　　　□服務業 □公務員 □教職　□學生 □其他_____

To：114

台北市內湖區瑞光路 583 巷 25 號 1 樓

秀威資訊科技股份有限公司　　　收

寄件人姓名：

寄件人地址：□□□

(請沿線對摺寄回,謝謝!)

秀威與 BOD

BOD（Books On Demand）是數位出版的大趨勢，秀威資訊率先運用 POD 數位印刷設備來生產書籍，並提供作者全程數位出版服務，致使書籍產銷零庫存，知識傳承不絕版，目前已開闢以下書系：

一、BOD 學術著作—專業論述的閱讀延伸
二、BOD 個人著作—分享生命的心路歷程
三、BOD 旅遊著作—個人深度旅遊文學創作
四、BOD 大陸學者—大陸專業學者學術出版
五、POD 獨家經銷—數位產製的代發行書籍

BOD 秀威網路書店：www.showwe.com.tw
政府出版品網路書店：www.govbooks.com.tw

永不絕版的故事‧自己寫‧永不休止的音符‧自己唱